芦花集

张绍广 著

郑州大学出版社

图书在版编目(CIP)数据

芦花集 / 张绍广著. — 郑州 : 郑州大学出版社,2021.2(2023.7重印)

ISBN 978-7-5645-7647-9

Ⅰ. ①芦… Ⅱ. ①张… Ⅲ. ①散文集 - 中国 - 当代 Ⅳ. ①I267

中国版本图书馆 CIP 数据核字(2020)第 246127 号

芦花集
LUHUA JI

策划编辑	李勇军	封面设计	小 花
责任编辑	刘晓晓	版式设计	小 花
责任校对	孙精精	责任监制	凌 青 李瑞卿

出版发行	郑州大学出版社(http://www.zzup.cn)
地 址	郑州市大学路 40 号(450052)
出 版 人	孙保营
发行电话	0371-66966070
经 销	全国新华书店
印 刷	永清县晔盛亚胶印有限公司
开 本	890 mm × 1 240 mm 1 / 32
印 张	11.625
彩 页	2
字 数	233 千字
版 次	2021 年 2 月第 1 版
印 次	2023 年 7 月第 2 次印刷

书 号 ISBN 978-7-5645-7647-9 定 价 58.00 元

孙晓华 / 摄

张绍广，1963 年生，河南兰考县人。汉族，中共党员，研究生学历。出身贫寒，历任乡文教组干事、初中团总支书记、镇武装部部长、县人武部党委秘书、县纪委常务副书记、县人大常委，兰考县拔尖人才、开封市散文学会副会长、开封市作协理事、河南省作协会员、中国散文学会学员。曾在《中国纪检监察报》《农民日报》《羊城晚报》《河南日报》《奔流》《东京文学》《小小说选刊》等刊物上发表作品，出版有《桐花集》《故园梦忆》等专著。

孙晓华 / 摄

芦　花

［唐］雍裕之

夹岸复连沙，枝枝摇浪花。
月明浑似雪，无处认渔家。

序　采撷生活的花朵

朋友发来张绍广先生的70篇散文，希望我读读，写段文字。

我近年来主要从事网络文学工作，散文读得少了，也很少再为此类短文写评论性文章。奈何朋友一再相托，只好让朋友先将文章发来，抽空读读再说。好在现在是移动阅读时代，阅读的便利极大地刺激了文学创作，不然我也不会专门从事网络文学工作。于是就将存在手机中的这些短文，时不时地读上几篇。这样读的结果就是，一些生动的细节留在脑子里了，总体的印象依然很模糊。碎片化阅读就是这个样子，于文学欣赏可能更方便了，但与我过去以评论为目的的阅读距离却远了些。

这是个信息爆炸的时代，再具冲击力的文字，也很难在读者的脑海里留下持久的印象，产生深刻的影响。但读了绍广先生的这些短文，我还是深深地为其情感的真挚、文字的质朴、语言的清新而感动。我不喜欢虚假做作的情感、拿腔作调的文字，在天天面对网络文学动辄以百万字计的作品时，看到绍广先生的这些文字，忽然有种回到从前的感觉，于是也就有了为此写几句话的念头。

张绍广先生生长在豫东平原，贫穷曾是这里最显著的标签。为治穷治贫，许许多多的共产党人艰苦奋斗，兰考县委书记焦裕禄更是树起了一座优秀共产党员的不朽丰碑。习近平总书记也将焦裕禄视为人生楷模，亲自到兰考指导脱贫攻坚，使兰考彻底撕下了贫穷的标签，顺利完成了脱贫任务，更在全国范围内大力弘扬了焦裕禄精神。张绍广先生就是地地道道的兰考人，生于斯，长于斯，工作于斯。他先后在兰考从事过共青团、人民武装、纪检等工作，对这方水土有着难以化开的浓浓深情，并通过质朴而不失灵动的文字表达出来。

基层工作繁忙琐碎，特别是在焦裕禄工作战斗过的地方，作为焦裕禄事业的继承者，工作任务的繁重可想而知。但张绍广先生始终坚守着对文学的挚爱，持续书写对家乡人与物的情感。工作中，他写了大量的通讯报道、报告文学，热情讴歌武装战线和纪检战线不断涌现出来的优秀党员领导干部和他们的先进事迹，曾多次受到《解放军报》《黄河民兵》《中国纪检监察报》的表彰。工作之余，他坚持文学创作，曾创作80万字的长篇章回小说《官场传奇》，在社会上引起了不小的反响。近些年来，他又致力于散文写作，先后由河南人民出版社、河南文艺出版社出版了《桐花集》和《故园梦忆》两部散文集。《芦花集》是张绍广先生的第三部散文集，收录了70篇散文，字里行间流露出作者对故乡人亲、对人生、对过往生活的深刻感悟和真情厚爱。

这70篇散文，叙事简洁，语言朴实，感情真挚，是回归创作初心和散文本真状态的写作。《我的小学同学》写得朴实无华，又幽默机智，某些章节让人忍俊不禁。《怀念母亲》《故里乡亲》写出了对乡亲乡情的熟稔亲切、对母亲发自肺腑的深沉之爱，没有长期的乡村生活体验和积累沉淀是无论如何也写不出来的。《父亲逸事》用洋洋洒洒3万余言，写了父亲普通平凡又曲折坎坷的70多年的人生历程，不急不躁、不卑不亢、不张不扬、不枝不蔓，如话家常，如对坐闲谈，却又引人入胜，将对父亲熔岩般炽热的情感融化在平实舒缓的文字之中，显示出大家风范来。《六嫂子》《夏增红》《梦之旅》《我的初恋》等，文笔细致婉转，四位女性的形象跃然纸上，飘荡出荷叶荷花的芳香。《白露》《杏花》《打碗花》《花椒》《故乡的榆钱》等，绘景状物惟妙惟肖，典故传说如数家珍，似信手拈来，笔法又腾挪跌宕，足见出作者功力的不凡。

张绍广先生认为，散文是生活中的花朵，只有生活中的有心人才能灵敏地捕捉到它，才能欣喜无限地观赏它，才能慈眉善目地把玩它。这是一种情怀，想从事文学，这份情怀是不可或缺的。生活中，我们每天都会经历这样那样的事件，如果有一双慧眼，就会从这些平凡的人和事物中发现价值、意义和美，将其诉诸文字，就成了文学。真诚祝愿绍广先生继续保持这份情怀，不断从生活中采撷美的花朵，写出更多更好的散文作品！

何弘

2021年2月7日于北京

自序

小时候，我老家坝子村庄的西北角上，有一汪几百亩大小的水淖，水淖的岸边和沙滩上长满了芦苇。每年秋季，芦花白了，一枝枝摇曳的芦穗像雪白的浪花一样，白茫茫一片，把天地都染白了。微风吹来，鹅毛般的芦花四处飞扬，荡漾出一个洁白神奇的世界。我伫立在芦苇荡的旁边，举目追逐着飘飞的芦花，心儿被带到了很远很远的地方……

而今，那个浩大圣洁的芦苇荡没有了，被人为地毁坏了。可是呀，它总在我的梦境里出现。午夜梦回，月华如水，伴着清泪，我对它愈加怀念。每当此时，一片片纷飞的芦花就在我的心坎深处飘飘荡荡，许许多多的往事旧情涌上我的心头。我将感悟生活、追忆亲人、记录故乡亲情友情的文字诉诸笔端，汇集起来，就有了这本散文集，并名之曰《芦花集》。

张绍广

写于2020年深秋，芦花飞雪、蓼花铺红之时

目 录

怀念母亲

有一年春天，我五六岁光景，一个人跑到村外玩耍。不知怎的就登上了野地里的一个坟头，上上下下了许多趟，还英勇地立在坟头上撒了一泡尿，及至被母亲找到才下了坟头。我跟随母亲回到家里，神情萎靡，双目微闭，不吃不喝，额头发烫，这可吓坏了母亲。她紧紧地搂抱着我，轻声呼唤着我，惊惶不安，不知所措，我迷迷糊糊地感觉到有热乎乎的泪水滴洒在脸颊上。这时候，祖母从外面回来了。她老人家问清了我的行踪，说我是“吓着了，丢魂啦”，并责备母亲，埋怨母亲没有把我看护好。母亲不敢犟嘴，只能一个劲儿地哭泣。

祖母从屋里拿了一件我平时穿的蓝布小褂，扛起那把在冬天里搂树叶的竹耙子，直奔村外的那片坟地。到了坟地之后，她将蓝布小褂搭在竹耙子正面的耙齿上，就用竹耙子在坟头及坟头的周遭搂了起来，一边搂一边叫着我的乳名：“痣儿，跟奶奶回家了啊！痣儿，跟奶奶回家了啊……”还说着我年幼不懂事，不论冒犯了哪位鬼神，请不要计较之类的话，然后就拉着耙子顺原路返家了，且一边走一边不停地叫着我的乳名。苍茫暮色里，大老远就能听到祖母呼喊我的声音。

到家后，祖母将蓝布小褂从竹耙子上取下来，盖在仍然昏睡的我的身上，然后扭头对着母亲说：“没事了，睡一觉就好啦！”母亲“嗯嗯”地点着头，寸步不离地守在我的床前，一夜不曾合眼，小煤油灯也跟着亮了一夜。直到翌日早上，我才醒来，揉了揉眼睛就喊饿，母亲这才松了一口气。我吃了祖母给我炖的两个鸡蛋，又欢蹦乱跳地下地玩耍了。从此母亲便禁止我远离她的身边，直到我上小学之后才不得不改了这项“规矩”。我“丢魂”这件事母亲不知跟我说过多少遍，祖母也不知跟我说过多少遍，之所以今天写这篇文章时能知道如此翔实的细节，这都得益于母亲和祖母先前对我的述说。

那一年，我考上了师范学校。母亲和大妹将积攒了一夏天不舍得吃的一瓦罐鸡蛋拿到集会上卖掉，给我扯了几尺藏青色的布料，并领我到缝纫店里，量了腰身，让师傅给我做一件合体的上衣，以待去外地上学时穿。看着母亲和大妹身上打着补丁的衣衫，我的眼眶湿润了。

1983 年 9 月，我师范毕业参加了工作，被分配到外乡的一个文教组工作，离家有三十多里地。正巧赶上预防地震，乡政府大院里搭建了好几个防地震的塑料布大棚子，我便和乡政府工作人员一道夜宿防震棚，不以为苦，还颇感新鲜。

那时节不像现在通信设备这么先进，没有手机，乡与乡之间只能用摇把子电话联系。因老家的乡政府没有熟人替我给父母捎话，我也就懒得去打。等预防地震结束，天气已经很冷了，我才骑自行车回了家。我看到母亲明显瘦了，眼里布满红血丝，头上添了不少白发。母亲见我回来，没有像往昔我回家时那样总是显得很高兴，也没有回应我的问候，她一背脸，竟抽抽噎噎地哭了，令我非常吃惊。一旁的大妹告诉我说："娘不是生你的气，娘是担心你一个人在外，万一地震了，死也死不到一块儿，夜里就老是睡不着，老是念叨你。"

母亲粗略识得几个字，她曾经教我写过"我"字。我坐在她的身旁，用干树枝在面前的光地上写了不知多少个"我"字。而今，母亲去了，我仍然有许多事情没有做好。

母亲小名叫"烦"，这是姥爷给起的，因为姥娘一连生了好几个闺女，母亲是所有闺女中最小的，重男轻女的姥爷便给母亲起了这样一个名字。

母亲的学名叫李秀英，她生于1942年农历十月二十的一更天，生肖属马；卒于2012年农历正月初七，虚岁七十一，还不到中国女性七十九岁的平均年龄。

母亲辛劳一生，因冠心病突发而溘然长逝。她虽然只是一位普通平凡的农村妇女，但她身上所体现的勤劳良善、夫妻恩爱、恪守孝道之美德，却值得后人传承学习。感念母恩，以诗当哭，作长诗《母亲吟》以哀悼之。

母亲吟

母亲遽去儿心悲，
往事历历涌心扉。
寸心难报春晖恩，
泪水化作雨花飞。
忆起儿时身单薄，
母亲日夜呵护着。
及长离家工作去，
感叹聚少分离多。
有子方晓母艰辛，
养儿才知报娘恩。
可恨人生太苦短，
千呼万唤徒奈何！
棚外唢呐声声吹，
吹得儿心冷瑟瑟。
祭灵朋亲一队队，
白衣飘飘如雪野。
正月初七母正笑，
下午门口忽晕倒。
只言片语未留下，
咋不叫儿心碎了！

母亲打小心慧巧，
模样俊俏人夸好。
嫁入贫困张家门，
相夫教子不辞劳。
冬天寒冷冰溜长，
娘就油灯缝衣忙。
夜半儿醒犹未寝，
遗憾不知慰娘心。
树下绣花儿卧看，
不觉酣睡母腿边。
轻轻掂衣盖上身，
娇儿梦里发笑音。
那时还没责任制，
母亲干活不惜力。
年年捧得奖状归，
汗水涔涔笑嘻嘻。
后来分地大包干，
辛勤劳作三更起。
麦苗碧青似绿海，
玉米棒儿比棒槌。
日子渐富娘节俭，
从不乱花一分钱。
粗布衣衫补丁满，

一条裤子穿十年。
母亲养鸡倾心力，
天天下蛋人称奇。
小猪喂得圆滚滚，
羊羔肥壮像牛犊。
庭院桃花颜色好，
青杏小小挂满梢。
大枣枝头羞红脸，
雪花飘落掩蒜苗。
生活蒸蒸正日上，
父亲偏瘫卧在床。
布垫常洗身常翻，
为防丈夫生褥疮。
一波未平一波起，
祖母病重做手术。
术后接回家里边，
母亲端汤到床前。
祖母吃斋忌荤腥①，
母亲常做两样饭。
终日操劳母憔悴，

① 忌荤腥：祖母因为吃斋念佛，平日里不吃葱、蒜、洋葱、韭菜、鸡蛋，并禁食一切肉类，所以母亲做饭时特别难。譬如有时候做饭不小心放了葱花，祖母就不吃了，只好再给她重做一碗。

脊椎变形腰难伸。
儿在外来女出嫁①，
无人帮娘来分担。
难得有空赶趟集，
多年娘亲没看戏。
祖母仙隐驾鹤去，
人人齐夸孝顺媳。
感动祖母娘家人，
贤良大匾抬院里。
母亲刚喘一口气，
父亲病重难护理。
动辄急躁张口骂，
耐心哄劝从不急。
母亲近年心常疼，
吃个药片苦支撑。
福分未享黄泉去，
虚岁年仅七十一。
匆匆撇下瘫老伴，
亲戚邻居叹唏嘘。

---

① 儿在外来女出嫁：我兄妹5人，我最年长，下面有3个妹和1个弟，均已成家立业。我在县城工作，不能常常回家看望父母；二弟在乡政府所在地的葡萄架村委会附近开诊所，也无暇回家；仨妹均已出嫁。平日里，家中仅剩祖母和父母三位老人。

立春之日①母出殡，
慨我命中一苦春。
四十八载弹指过，
想见娘亲阴阳分。
殡后三日是复三②，
添土圆坟寄哀思。
一抔黄土护娘体，
焚其旧衣烟缕缕。
母亲离去难再生，
传统美德世传承。
儿女团结不忘本，
告慰娘亲在天灵。

2012年2月6日泪作

① 立春之日：2012年是壬辰龙年，该年的立春日为农历正月十三，也正巧是母亲的出殡之日。

② 复三：豫东民俗，指人亡故安葬后的第三日，亲人到新坟上添土并摆供祭奠，然后焚烧其旧衣，名曰“复三”，也叫“圆坟”。

雪后行记

这天上午 9 时许，余与四川宏盛天然气有限公司的张总从兰考县城驱车前往 10 公里开外的仪封乡政府，协调乡镇铺设天然气管道事宜。头天断断续续下了一天雪，先是微雪飘落，接着雪粒簌簌，然后是鹅毛大雪，至晚已积雪盈尺矣。此时赴仪，路上积雪已被环卫工人铲除。时令呢，虽说已是初春，但路上尚有积冰，只好谨慎前行。空气清冽，沁人肺腑，一吐一口白气，一吸一口氧气，身心颇悦。

出县城不远，一轮朝阳跳跃而出，光芒四射，金色洒满天地，照耀着路旁的沟沟坎坎及柏油路两侧被积雪覆盖着的平坦无垠的麦田，余只感到惠风和畅，煦日倍暖，不由得吟《瑞雪》诗一首。至仪封乡政府驻地，只见敞开的乡政府大院中间的开阔地上，矗立着一棵硕大无朋、沾霜濡雪、叶片墨绿、春意盎然的广玉兰树，匝地半亩。心头欣喜之余，赋诗一首《题广玉兰》，感念人间之美好也。

瑞雪

雪覆中原沃大地，
化作春水滋苗急。
麦苗嗖嗖忙返青，
乡村父老笑嘻嘻。

题广玉兰

巍峨矗矗雪中立，
碧叶肥肥荡春意。
常叹开春无颜色，
玉兰春色熠天地。

2017年2月22日作

去道南

去道南

去道南呀去道南，
阳光明媚花灿烂。
树枝青青柳丝长，
道路宽广车如电。

这是我在去道南的路上口占的一首小诗。

我退居二线后，承蒙高站老弟关照，让我去他的道南料厂帮忙。说是帮忙，至厂里后亦无多少实事可做，经常是喝茶、吃饭、饮酒和睡觉。他的公司设在陇海铁路之南，我每次去时，先从县城教育小区的家溜达到老西地下道口，需要大约 15 分钟。然后，在老西地下道口乘 102 路公交车至连霍高速路口，大约 25 分钟。下车后，径直南行约 1 公里，约略

20 分钟。总体算来，要一个钟头。我来回往返已一年有余。

厂内东南角是办公区域，办公区北面盖有一座东西向的小楼，共三层。我的办公室在二楼最东头，共计两大间，西间是办公室，东间是卧室，卧室内侧有厕所。办公室内，有茶台，有信阳南湾湖桶装水。办公室和卧室内均装有冷暖空调。

我去了，也没什么具体的事儿，先烧上一壶水，泡一杯龙井茶，然后看书写字或看手机微信及头条新闻。中午 12 点时，大厨师傅老郭在厨房门口大喊几声："开饭喽！开饭喽！"我就拿碗下楼吃饭。厨房在办公小院的西南角，碗是专用的，筷子亦是专用的，吃完饭自己刷了，自己放好。

办公小院之外，则是宽阔的砂石料厂，占据着东北、西南、西北三个角落，约有 30 亩，被顶棚高大的蓝色石棉瓦覆盖着。

偶尔，客人或高总的父母会来。客人来了，在紧挨着厨房北面的职工餐厅之北，有单独的招待餐厅，中央一个大圆桌，上有自动转盘，能容纳十多人就餐。高总的父母来了，大厨师傅老郭往其父母的专用房间里端几盘小菜，恭恭敬敬摆放在那张油漆漆过的红色木质小方桌上，我陪着饮几盅老酒。当然，平时陪同的还有管伙食的沉默寡言的张国利，偶尔还有高总和高总的光头司机张其磊。

张其磊有点耳聋，但人极聪明，很善于察言观色。高父不打麻将，烟抽得也少，基本上无不良嗜好，就好饮几杯小酒，喜欢有人陪饮，但不多喝。他有时从家里带酒来，来了就呼朋唤友，说有好酒。中午开喝，场面颇为有趣。他喜讲过去的逸事，逗得我们几个很开心。高父当过乡镇政府的副职，瘦高个，紫糖色面皮，为人和蔼，好接近。他走路时左腿有点儿拖拉，远望之似鹤而行，这是近年来一次脑梗发作落下的后遗症。高母曾是城关乡政府的工作人员，年老退休，肤白富态，慈眉善目。其子自主创业，身价千万，大有成就。子贵母荣，人生如此，亦足矣！

这一年春天某日，去道南料厂，见路畔一片油菜花粲然正笑，有感而作小诗一首。

吟油菜花

油菜花开灿若金，
清香弥漫醉诗魂。
朝伴杏花将春染，
晚催桃花涂红云。

2017 年 3 月 9 日作

香菜，香菜

香菜这东西实在是一个“尤物”，憎其味者，嗅之无不恼羞成怒，大骂其“祖宗八代”。近闻国外讨厌香菜者们还成立了一个什么“诅咒香菜协会”，定期上街游行，声讨香菜，对其口诛笔伐，无所不用其极，恨不得立马让香菜从地球上消失方才大快，实乃天真可笑、愚蠢至极矣！而喜其味者，见之无不咧嘴欢笑，爱心满满，奉若人间至味！设若羊汤没了香菜，味道就要大打折扣，其中奇妙只有善喝羊汤者才能真正体味。还有，嗜此味者，烧酸辣鸡蛋汤或三狠汤时离了香菜，就会觉得汤仿佛没了“汤魂”似的。在汤滚沸时，抓一把香菜末儿一撒，我的天呵，立时香味扑鼻，醒神提脑，食汤之后无不大叫痛快过瘾！香菜之所以以生生不息的倔强姿态存活于地球，自有造物主的道理，岂是我们这些凡夫俗子所能斫断的！

我家庭院门口就种了一小畦香菜，每天起床之后，我必趋前俯身细看，犹会老朋友也。见其愈发青碧与茁壮，心中便愈发欢喜。有时撮一小掐，用油盐拌之佐餐，辄喜洋洋也！

体悟世间万物诸事应用辩证的眼光看之，凡事皆不可绝对，好亦不会绝对的好，坏亦不会是绝对的坏，取大同存小异，不可偏激，中庸之道方适长久。故此，余有感而作小诗一首。

香菜小议

一畦香菜碧青青，
春阳拂照绿更甚。
老家称呼叫芫荽，
门前撒种为调味。
憎其味者千般恨，
嗜其味者万种爱。
人间曲直咋评判？
顺其自然气自顺。

2017年3月14日上午作

红萝卜记忆

生产队北地的大田里种了一地红萝卜，那萝卜缨子长得真绿！我们老家那里管胡萝卜不叫胡萝卜，叫红萝卜。

秋天里，绿缨子下面长出了红萝卜，趁远处干活的大人们不注意，我和小伙伴们飞身奔进萝卜地里，每人用小手扒出了一根红萝卜，在袖子上揩了揩泥，就咔嚓咔嚓地狂嚼起来。红萝卜真好吃！秋凉了，生产队的男女劳力抢抓钩刨红萝卜，一天下来红萝卜就堆成了小山。趁着天还没黑，生产队队长指挥，生产队会计记账，生产队里管生产的副队长过秤，俩壮劳力抬秤。对了，一旁还“虎视眈眈”地站着两个监督者：包队的公社干部和大队干部——防备漏报产量呀！两个人的样子很威严。“开始吧?”生产队队长请示上级，看着两位领导点了点头，生产队队长果断地下达了命令：“开始——分萝卜——”夜里，我家的小院里弥漫着红萝卜的甜味，那味道可甜可好闻，连俺的梦里都是甜的……

翌日早饭时，母亲从厨房里端出一馍筐冒尖的煮熟的红萝卜，热腾腾地散发着热气儿。我和大妹比赛，我一口气干掉了七个红萝卜！午饭煮菜，汤锅里稀稀拉拉地混合着红薯粉条和红萝卜片儿，快挨着锅沿儿的汤面上漂浮着几粒棉籽油的油花儿。晚上凉拌红萝卜，母亲将早上煮熟未吃完的红萝卜切成一个个小圆片儿，撒上姜丝、葱花和盐，再淋上几滴棉籽油，最后再浇上一小勺醋，用筷子一搅和，就着红薯面窝头，吃得好爽！

那时候谁吃得起香油啊！我家只有棉花籽粒榨的油——棉花籽油，还舍不得吃！每当饭菜里放得多了点儿，母亲就吵。有一年，记不清是哪一年了，反正是我和大妹都还小，但都已经上学了。父亲领着我和大妹去开封看望给人家当保姆的奶奶。那一家人很是奇怪，男的长得粗矮黑胖，活似一个笨拙的黑南瓜；女的却生得细高长挑，皮肤又白又细，还留着卷发，要多洋气有多洋气，活像一个俊俏细长的红萝卜。

奶奶私下里告诉我们说，这女的是大资本家的千金小姐，为了少挨批斗，才委身嫁给了这个根正苗红的男工人。他们家有一个女儿。这个女儿呢，又瘦又小，肤色发黄，连扎着的小辫子也是黄的，好似俺老家的沙荒地。

早餐时，洁白的塑料馍盘里卧着一根煮熟的红萝卜，那是“红萝卜女人”给她的“沙荒地女儿”特意蒸煮以增加营养的。“贝贝，快趁热吃了它，维生素含量挺高的！商店里买不到，真难搞，商店里买不到……”“红萝卜女人”唠叨个不停，而“沙荒地女儿”仍旧纹丝不动。“又是红萝卜，又是红萝卜，难吃死啦！我不吃了，这回真不吃啦！”“沙荒地女儿”赌起气来，嘴噘得老高，似乎能拴一头小毛驴。“红萝卜女人”又是急又是气又是哄，“黑南瓜男人”又是劝又是哄又是赔笑脸，折腾了半天，“沙荒地女儿”才勉强吃了两小口，剩下来的一大半，她承诺等中午放学回来后再吃。躲在一旁的我看着这一幕，心中暗自好笑，城市里的孩子就是娇贵呵！可娇贵来娇贵去，咋就娇贵成这等模样了呢？“红萝卜女人”说商店里买不到红萝卜，可俺老家的红萝卜整盆子煮了喂猪呢！

几十年过去了。早饭时，妻子拿起煮熟的红萝卜递给我说：“快吃了它，有营养！”我面露难色，迟疑良久，才说：“先放那儿吧，我中午再吃！”因为，像红薯一样，俺小时候吃它吃伤了胃……

2017年3月19日晚饭后作

连成哥的二胡声

我小的时候，八九岁光景，开始痴迷邻居连成哥的二胡声。连成哥是俺们葡萄架大队文艺宣传队的队员，又是大队小学里的音乐老师，还是坝子生产队扫盲夜校的辅导员。他那时节长得好英俊，大约也就三十岁，中等个儿，黑黑瘦瘦，长脸，大眼睛，牙齿白白的，看起来清清爽爽的。他好穿一身蓝布衣裤，看着可精干。虽然他说起话来有点卡壳，但大家伙儿打心眼里都很喜欢他。下雨了，又是星期天，连成哥的二胡声就带着水音儿，在村庄里弥漫。二胡声浸湿了村庄，浸湿了人心，最后浸湿了父老乡亲的脸。

那是一种什么声音呵，它仿佛不是来自人间，而是来自天上，那是天籁之声、仙乐之声呵！那是一种特别灵动的声音呵！那二胡声就像一只只鲜活绵软的嫩手，揉搓着乡亲们粗糙麻木的心脏。揉搓着——揉搓着——那饱经岁月磨砺的心脏呵，就开始舒展了，就变得柔软了，就活跃起来了。

因为二胡声让这众多的心脏想起了许多往事，这许多往事令人五味杂陈，有的令人心酸，有的叫人苦涩，有的无比甘甜，有的非常浪漫，有的充满期盼，有的无限缠绵……最最让这些心脏感动的是，二胡声让心脏复活了初恋，复活了相亲的那一天，复活了集头柳树下羞涩的见面，复活了唢呐声里的成婚仪式，复活了简朴而热闹的婚宴……老大爷停止了铡草，老大娘停止了擀面，大姑娘停止了绣花，小伙子停止了练拳。

二胡声还让这些心脏复活了生产儿女的那天夜晚，头上的星星亮闪闪，稠密的洋槐树叶筛下明亮的斑斑点点。又湿又冷的露水也下来了，滴湿了他青色的头皮。老父亲圪蹴在槐树下，背靠着粗壮的洋槐树身吸烟，烟锅里的红光一闪一闪的。而他在院子里不停地踱步，侧耳倾听着产房里妻子的呻吟。他的心脏怦怦地激烈跳荡，内心充满了浓浓的庄重和真诚的祝愿……

二胡声还复活了儿女们学语的咿咿呀呀，复活了儿女们学走路时的蹒跚。二胡声还让这些心脏从疲惫中挣扎出来，对外面的世界产生了向往，对头顶的天空生出了遐想，对今后的生活有了新的打算……

若是好天，天气晴朗暖和，那二胡声听起来又是另一番模样，清澈、激越、高亢，穿透力很强、很强。在阳光地里觅食的鸡们忘记了觅食，立起一只脚屏神凝听；在树荫下睡大觉的胖猪们，也耸起了大耳朵，瞪圆了小眼睛；在场院里撒欢的小黄狗呢，突然警觉地趴伏在地上，皱起了鼻子；在树丛里聒噪的一群麻雀子，迅速地各自散开，双爪紧箍树枝，犹如听到了什么号令。

寒冷的冬天里，那凄凉的二胡声伴随着呼呼的老北风，急遽地穿过飘扬着的雪花，走村过巷，飞向远方，十里地开外都能听到二胡的呜咽声。

开春季节，二胡声越过村庄里的黛色屋脊，扑向了村外的小河，小河里的冰凌一触上二胡声，哗啦啦，立马就融化了；二胡声掠过树林，呼啦啦，树木就发芽了；二胡声吻上花圃，扑棱棱，花蕾立马就绽放了；二胡声滑过小鸟的脊背，刺棱棱，小鸟的翅膀立马就长长了，光亮了；二胡声蹿上高空，凝结着的云块呀一碰上二胡声，咔嗒嗒，立马就消融了。天地，自然，人间，由于浸润了二胡声，一切都温暖起来啦，一切都明亮起来啦，一切都欣欣向荣起来啦！

后来，连成哥不拉二胡了。至于原因，我可说不清楚。只是听大人们说拉二胡是小资产阶级情调，再私自拉二胡就要对连成哥进行批斗。不拉二胡的连成哥，人也没有那么精神了，衣着也不像早先那么整洁了，脸上也冒出胡楂楂了，卡壳的话也比早先少多了。他似乎变得沉默了，有时半晌也不见他说一句话，仿佛是一个哑巴。有一次，趁着他家里没人，我跳过他家的矮土墙前去探查，看见那把神奇无比的二胡装在一个老蓝布布套里，悬挂在原始色泽的土墙上。我痴痴地凝视着那把二胡，不知伫立了多久……

再后来，我离开了俺的小村庄，到外面闯天下去了，更是听不到连成哥的二胡声了。

后来的后来，有一年，我携妻带子回老家过年，偶尔说起连成哥会拉二胡，儿子缠着非要我领他去听。儿子过年后才满八岁，也恰是我小时候喜欢听二胡的年纪。我不知道他是否听过二胡，牵起儿子的小手，另一只手里提着一包点心，走向连成哥家。

连成哥家里院落还是过去的老院，可院子里的草屋已变成宽敞明亮的大瓦房了，低矮的土院墙已换成整齐漂亮的红砖墙了。我在院子里一连喊了两声“连成哥”，随着“哎哎”的应答声，出来了一个小老头，吓我一跳——竟是连成哥！我握住连成哥的手，连成哥用双手紧紧地攥住我的手。他青筋暴露的双手颤抖着，他黑瘦多皱的脸颊上泛着激动。我的心里忽然一酸，连成哥老了，真的老了，头发白了，眼睛浑浊了，人也更瘦更黑更矮了。这时，连成嫂子从屋里颠了出来，当年那头乌黑发亮的头发变成了一头花白毛发。嫂子叨叨地说连成哥年前做了一个大手术，刚出院两天，耳也背了，说话要大声才能听见。

我问嫂子：“连成哥还拉二胡吗？”连成嫂子迟疑地想了好一会儿，才一拍巴掌，咧着缺了一颗门牙的嘴巴笑了。笑了一阵儿，才喘着气儿说：“大兄弟哎，俺当恁说的啥事咧！恁是说的弦子呀，弦子早就不拉啦！好多年以前，那装弦子的布兜就叫老鼠给咬烂啦。老鼠可精呢，钻进布兜里，把弦子的筒、皮、杆、弦都给啃坏啦。俺家翻盖新房时，不知扔哪地方去啦，恁连成哥老阵子都不拉弦子了！现今呀，他命都顾不住啦，更甭提拉弦子的事啦!”

从连成哥家里尴尬地出来，没有听到二胡声的儿子，不满意地噘着小嘴。可我的心里头呀，又响起了连成哥拉的二胡声——绵长，凄厉，凄厉中飞翔着高昂，把我的心都震疼了……从此呵，我的心里就长出了一把二胡，丝丝缕缕啊一直拉个不停。生活平和时它音调舒缓，遭遇坎坷时它音调凄怆，但凄怆里飞溅着昂扬——所以面对挫折时我能顽强抵挡，经历失败后我依然从容……

2017 年 3 月 31 日上午作，翌日上午改讫

一株野生葡萄的赞歌

2016年6月22日上午9时许，吾在庭院中徘徊，看着墙角处那株野生的葡萄，用手机微信发了如下文字：“某年夏天，阖家于院内门楼下围坐食葡萄，一粒葡萄籽从口中蹦出，欢跳着奔向墙角。翌年，有细芽从墙角拱出，顺墙而上，似顽童玩耍。初，吾不以为意，随其自生自灭。不承想，其生命力特别顽强，竟穿墙越瓦，爬至墙顶，且结实累累，让人叹为观止。”

是年秋天，葡萄成熟，粒小鲜红，一挂有两斤余。粗略算算，约有好几十挂，结实上百斤。食之，味微酸，略感失望。妻曰：“莫让其长也，葡萄根系发达，恐以后将墙拱坏尔。”吾听之以为然，将葡萄藤根部斫之，又灌入除草剂，以绝其患。越年开春，次子鸣又铲其腐根，遂杜绝之。

2017年4月3日上午10时余，吾无意中瞥见去岁青藤攀爬而今却空荡荡的墙角，又想起了那株野生葡萄，感念这小植物尚且如此热爱生命，当今世上那些动辄跳楼割腕或吞毒自杀之人，却一点儿也不珍惜生命，抛下爱他们的家人，一走了之。其不敢担当，毫无责任心，就算地下做鬼，倘若与那株野生的葡萄相比，岂不有愧乎？有感于此，吾更怀念那株野生葡萄了，立作拙诗，以纪念之。

一株野生葡萄的赞歌

小小的一粒种子，
细细的一线绿藤，
只要有一隙土缝，
只要有一星水分，
只要有一缕阳光，
它就拼命地生长，生长，
不择环境，不畏风霜，
斗风斗雪，斗寒斗冰。
我赞颂你——那株野生葡萄！
我歌唱你——那株野生葡萄！
葡萄开花了，
它的花小得可怜，
是嫩绿色的，
让人们忽视了花的存在，
许多人都误认为它不开花就结果了。
是呵，开花就得结果，

它结出了一枚枚细碎如米粒似的幺果，
并且慢慢地长大。
一到秋天，它就捧出了成果，
虽然它的果子有点酸，
但我还是要真诚地为它赞颂呐喊！
你是强者！
你是英雄！
你是父老乡亲们心中勤劳的儿子！
你是不忘根本的孝顺孩子！
比起那些忘了父母养育之恩的品行低劣的不肖之子，
比起那些不珍惜生命动辄寻死觅活的孱弱之子，
你比他们强一万倍！
是好男儿就要敢担当，
是孝顺儿就要有作为。
乌鸦反哺，羊羔跪母。
不忠不孝羞为人子，
不作不为惭为人夫，
无情无义不配人父，
自暴自弃与牲畜何异?!
当然，每个人的能力有大有小，
我们不能苛求每个孩子都长成参天大树，
即使长成一棵小草，
只要健健康康的，

父母也是高兴的，

亲人也是欣慰的，

家人也是幸福的。

我歌唱你，盛赞你，

那株野生的葡萄！

愿你在天堂结出又大又红又甜的果实。

2017年4月3日夜作

故乡的榆钱

久违了，故乡的榆钱，亲亲的榆钱！小时候，我常与你做伴，一晃，几十年啦。今天是农历三月初十，天气很好，老家邻居二江哥的儿子小超结婚，我从县城赶回来参加他的婚礼。在婚礼仪式进行期间，我从哄哄乱乱里悄悄溜了出来，我不太喜欢这种热闹的场面，漫无目的地来到了村外，在村外一条土路旁边的土坎儿上，我又一次见到了你呵——亲亲的榆树！

这是一棵不高的小树，树龄也就三四岁光景，那么我小时候与之做伴的，大概就是你的爷爷了。那老朋友走好多年了吧？我未曾晤面的你的父亲，也走了好几个年头了吧？怪不得我看着你有点儿面生呢！地方还是这个老地方，而树早已不是那棵树了，物换星移，老幼更替，本来就是正常的事嘛。

这棵小榆树虽然年纪小，可倒也勤劳，看看矮小单薄的树冠上结的榆钱就明白了。那一串串的榆钱呀，嫩嫩的，黄黄的，小小的，圆圆的。圆圈的中心鼓起一个小小的包，那是结榆荚用的，它的里面蕴藏着榆树的种子啊。因为其中间凸起而外形圆薄如钱币，酷似古代串起来的麻钱，所以人们形象地叫它榆钱哩。

民间还流传着吃了榆钱有“余钱”的美好寓意。看着那鲜嫩无比的榆钱，我的嘴里就流口水，又想起榆钱馍的味道啦，又想起蒸榆钱的滋味啦！要是再做一大碗辣椒糊糊，蘸着吃或拌着吃，将会更好吃！蒸榆钱，做榆钱馍，那是我奶奶在春天里常做的，那是俺娘在春天里常做的，可她们二老都已经走了，一个走了九年，一个走了四年多，奶奶先走的。

把榆钱捋下，淘净，控干水，拌上杂面，做成榆钱馍，拿馍蘸着蒜泥也挺好吃！还有一种吃法也挺好，就是将蒸熟的榆钱拌上蒜泥，淋上香油，吃起来又辣又香，真叫一个过瘾！那滋味，啧啧，只有亲自品尝过的人，才晓得其中的美妙！最最好吃的是白面蒸的榆钱或白面做的榆钱馍。可那时候哪里弄白面呀？哪里弄香油呀？有杂面吃就很不错啦！现在人们的生活条件好了，对于榆钱也不稀罕了。那时候榆钱可是好东西，在那饥荒的年代里，在开春青黄不接的时段里，能吃上一顿蒸榆钱就是改善生活，就是莫大的享受与满足！面黄肌瘦的人们脸上会浮出难得一见的笑容呢！

现在呵，榆钱生出来了，矮矮地挂在路边，在寂静乡村的土路旁，嫩黄嫩黄的，可人们懒得捋它了。青壮年都进城打工去了。村里留下的叟妪岁数大了，腰都直不起来了，羸弱多病的，没精力捋了。孩子们放学回来，先是做作业，作业做完了，要么看电视，要么玩手机。爸爸妈妈都不在家，爷爷奶奶疼爱还来不及，更舍不得吵骂了，更甭说派他们去野地里捋榆钱了，要是有个三长两短的，咋向在外打工的儿子儿媳交代呢！孩子们都快不知道榆钱为何物了。

可惜复可叹的亲亲榆钱呀，你不受人待见了啊！再过个几十年，乡亲们也要把你给忘了哟！而我不会忘的，我会回来看你的。我快到退休的年龄了，要是退休了，我搬回老家来住，我还会像小时候陪伴你的爷爷一样过来陪伴着你！咱爷儿们唠唠嗑，俺给你讲讲你爷爷的故事，讲一讲你爷爷的身板上被馋嘴的小羊啃掉一块树皮之后是如何痊愈的……

我正面对榆钱独自沉思时，忽然感觉身旁有了异样。我从沉思中回过神来，往旁边一看，嗬！一只金黄色的小牙狗①，正瞪着一双黑漆漆的眼珠神情专注地看着我。我笑了，忙从衣兜里拿出烟盒，抽出一根带滤嘴的香烟递过去，小牙狗很客气地甩甩头，似乎在礼貌地说："为减少大气污染，俺戒烟啦！"我尴尬地将烟装回去，又慌忙从挎包里掏出一瓶酒来，我想对小牙狗说："小老乡，这酒你趁空儿喝吧！"可还没等我把话说出来，小牙狗似乎误解了我的好意，以为我要用酒瓶子砸它呢，它汪汪叫了两声就跑走了，任凭我怎样呼唤也不再回头。我呆立在原地，忽做天真之想：我要是美女

① 牙狗：农村俗语，对公狗的称呼。

就好了，如果再穿件短裙，涂着红唇，说不定小牙狗它非但不跑，还会向着我摇尾巴哩。爱美之心狗亦有之，在这个遍地都称呼“美女”“老总”的年代里，小牙狗也赶潮流，进步了，我咋能嗔怪小牙狗势利呢？想到这里，我捋了一把榆钱填进嘴里，一边香甜地咀嚼着，一边轻松愉快地往村里走去，婚礼仪式快结束了吧？同时我轻声笑了，张开满浸着榆钱青绿色汁水的口腔，仿佛那里面储存了整个春天。

2017 年 4 月 6 日夜作

我家来了布谷鸟

清晨，我被一阵清脆悦耳的布谷鸟的鸣叫声唤醒。这叫声太好听、太奇妙啦！小时候，在农村老家，我是听着它的叫声度过春夏季节的，进城之后很不容易听到了。这久违的神奇的鸣叫声，深深地吸引了我，我再也睡不着了，匆忙起床，披衣奔出屋外。

外面细雨蒙蒙，院内的青石地面上湿漉漉的。我环顾四周，寻找鸣叫声的来源，终于发现屋外走廊的水晶吊灯圆盘上立着一只布谷鸟。它看见我出来，扑扑翅膀飞走了，旋即就看不见了。我继续在院内仔细察看，忽然发现一楼卧室窗外那株枝繁叶茂、郁郁葱葱的桂花树冠中的一处三股叉树枝上，盘结着一个由细长柔韧的葛巴干草和塑料布搭成的窝。这想必是布谷鸟做的窝了。那窝儿牢固地“长”在那儿，上宽下窄，两掐粗细，半拃深浅，略呈锥子形状，极富艺术气息。我打心眼儿里佩服布谷鸟的智慧了。这窝儿是什么时候搭的？又搭了多长时间？而选址又是这般隐蔽，我和家人从来就未曾察觉过，保密工作做得如此之好，堪称是一个奇迹了！

由于发现了“秘密”，再出入屋内外及在院中活动时，我都分外小心谨慎起来，生怕打扰了布谷鸟的生活，同时对布谷鸟的行动踪迹也更加留意起来。早饭后，我又有了新的发现，水晶吊灯灯盘的顶上同时卧着两只布谷鸟，一般大小，它们大概是一对十分般配的夫妻吧。隐隐约约地又看见从水晶吊灯灯盘之上逸出几缕葛巴草，难道它们又在筑另一个窝？是嫌桂花树上的那个窝太小，居住不方便，抑或是防患于未然？实际情况却是灯盘之上的这个窝早已悄无声息地搭好了，雌鸟也早就下过蛋，正在孵化幼崽呢。这是我深入观察之后得出的结论。我更怕扰乱它们了，在卧室外面的窗台上放了一小碗清水，又放了一碟老家人捎来让做粥喝的玉米糁儿，就轻轻地出院门了。半晌时分，我从外面办事回来，瞅见一只布谷鸟头朝外卧在水晶吊灯的灯盘之上，静静地，久久地，纹丝不动，正在孵化幼崽。我更加不敢声张，悄悄地拉开屋门进屋里去了。

布谷鸟的体型大小和鸽子相似，但较细长，上体呈暗灰色，腹部布满了横斑。脚有四趾，二趾向前，二趾向后。飞行时急速无声。芒种前后，几乎每昼夜都能听到它那洪亮而多少有点凄凉的叫声，叫声特点是四声一度——“布谷布谷，布谷布谷！”好像在说“快快割麦！快快割麦！”“快快播谷！快快播谷！”所以俗称布谷鸟。

传说中啼血的杜鹃鸟特指俗称为布谷鸟的四声杜鹃。因为细加端详，四声杜鹃口腔上皮和舌部均为红色，古人误以为它啼得满嘴流血。四声杜鹃高歌之时，正是杜鹃花盛开之际，所以又有杜鹃花的颜色是杜鹃鸟啼血染成之说。譬如唐代成彦雄的《杜鹃花》里就有这样的句子："杜鹃花与鸟，怨艳两何赊。疑是口中血，滴成枝上花。"鉴湖女侠秋瑾曾有诗云："杜鹃花发杜鹃啼，似血如朱一抹齐。应是留春留不住，夜深风露也含凄。"在春夏之际，杜鹃鸟会彻夜不停地啼鸣，那凄凉哀怨的悲啼，常激起人们的多种情思，加上古人误以为它们啼得满嘴流血，因而就有许多关于"杜鹃啼血""啼血深怨"的传说和诗篇。

杜鹃，杜鹃科鸟类总称，包括大杜鹃、四声杜鹃、八声杜鹃、中杜鹃、小杜鹃、大鹰鹃等。诗人通常所说的啼血杜鹃单指四声杜鹃，而其他种类的杜鹃并不会日夜凄凉鸣叫，四声杜鹃又称"鸤鸠""子规""杜宇"。大杜鹃虽然叫声也很洪亮，但它胆很小，从来不敢接近人类和村庄。其他的中杜鹃、小杜鹃、八声杜鹃等叫声小，也不动听。而俗称布谷鸟的四声杜鹃特别胆大，它总是爱进入村庄，在房前屋后的高树顶上不知疲倦地日夜鸣叫，它也总是独来独往地随着夏天不断地迁徙。当然，来我家做窝生子的这对"夫妻"看来是一时半会儿也不会迁徙而去的，而且这夫妻鸟晚上很安静，我在晚间没有听到过它们的鸣叫声，也许是一门心思暖蛋孵化幼崽的缘故吧。

进屋之后，我内心满是欢喜，于是伏案桌前，作小诗《布谷鸟》一首，叙此难得一遇之幸事。

布谷鸟

布谷一声天地清，
佳音萦绕鬼神惊。
古人凝听出凄凉，
我听犹似天籁声。
割麦割麦快割麦，
叫醒父老早上工。
播谷播谷快播谷，
提醒农人不忘耕。
家中来了吉祥鸟，
瑞气盈门喜欢庆。
祈愿明年君还来，
再叙咱们朋友情。

2017 年 4 月 16 日上午，谷雨节气之前作

一块红薯的传奇

那是2013年深秋的一个周末的傍晚，寒风凛冽，将要驱车返回郑州市的长子瀚走出院门。妻出门相送，手里拎着一兜红皮溜光的生红薯，告诉瀚说："这是亲戚从乡下送来的，今年的红薯收成不错。"回郑州后，瀚晚上下班回到住处，有时用微波炉烤一块红薯尝鲜，真是香甜满口。后来，还剩下一块，但瀚去洛阳正骨医院治疗颈椎了。半月后回到郑州的家中，由于室内有地暖，温度适宜，这块红薯竟然发芽了。瀚不舍得丢掉，任其自由生长。再后来，春节放假，瀚回老家兰考过年，过罢年返回郑州家中时，这块长芽的红薯，由于长时间缺水而竟至枯萎凋零了。

瀚随手将其丢弃于垃圾桶，咚！掷桶有声。瀚迟疑片刻，复又捡起，审视之，掐茎块感觉还不是十分干枯，于是乎找出一个托盘，将茎块置于托盘之中，注清水培养之。10天之后，茎块之上有新芽复生。端午过后，枝叶甚茂，蔓延过尺，绿叶莹莹，惹人怜爱，但苦于没地方栽植，恐无后生之力。

也该此薯块命大，有造化，正巧我妻子来郑，瀚以塑料袋包裹，遂交于老妻带回兰考。妻素喜植物，尤喜种菜，匆匆赶回兰考家中，将薯块连蔓带叶栽于院内田畦。薯块随土而安，立即生根深扎。妻又掐其蔓条，栽引两三处。月余，秧红叶碧，一派葳蕤气象。2014 年 8 月 10 日早上，我在院内散步，忽然发现红薯秧蔓上开出了红心白朵的小花儿，娇娇可爱。造物主是多么神奇伟大啊！

时光荏苒，2017 年 4 月 22 日早上，我在庭院里散步，又看见了这块红薯孕育出的第三代薯块儿生出的叶芽，想起了它的传奇故事。每一个美丽的叶或花，都有一个不为人知的曲折经历，只是滚滚红尘中的人不留意，不屑理会罢了。这块红薯的传奇故事的意义在于：它告诫我们人类，不要光以为自己了不起，对一切生灵，都要珍惜才对。

红薯花朴素单纯，正直向上，活泼率真。红薯叶碧绿肥厚，是难得的美味。老中医告诉我们，吃红薯叶的好处太多了，一定要多吃。譬如它含有丰富的叶绿素，能够净化血液，帮助排毒；譬如它含有丰富的维生素 A，可强化视力；等等。不多说了，诌一首自由诗吧。

珍惜红薯记

一块小小的红薯，

竟然有如此传奇的经历！

更钦佩它顽强的活力，
让我的眼眶潮湿。
它从兰考来到了郑州，
又从郑州返回了兰考，
将那虬须般的根茎深深地扎进泥土，
繁衍了一代又一代子孙，
奉献给人类珍贵的餐食！
它排名抗癌榜前列，
赢得了全世界人民的赞誉。
虽然它外表朴素，
却有颗“高贵”的内心。
我真诚地感谢红薯，
同时我也感激妻子和儿子。
我感激他俩的原因是，
与那些暴殄天物的“贵人们”相比，
他俩都拥有一颗淳朴而怜悯的心。
瀚将干瘪的薯块扔进了垃圾桶，
当他听到那咚的一声脆响后，
又起了犹豫——
他弯腰俯身从桶里把薯块捡出，
找出托盘放上薯块注入清水，
给薯块营造了一个起死回生的场地。
嘿，奇迹出现啦，

薯块重新焕发了生机！
为防患于未然，
为确保薯块不命绝于托盘这片小天地，
瀚殷殷嘱托他的母亲，将薯块带回了兰考，
深植于泥土！
老妻不负儿子的期望，
让长出秧蔓的薯块
发扬光大，蔚然成绿！
他俩都是生活中善良的有心人呵，
小小的善良举动拯救了这块红薯！
从这件小事上我悟出了一个道理，
人活着，
就要做生活中善良的有心人。
我也做，你也做，他也做，
只有这样做了，
这世界才能更好、更美丽！

2017年4月22日作

甘泉颂

我老家的村庄很小，名坝子，是个自然村，隶属河南省兰考县葡萄架乡葡萄架行政村，被编为葡萄架行政村第一组。俺村在乡政府驻地西南约一公里，坐落于兰曹（兰考—曹县）公路南侧的黄河故堤上。清乾隆年间，此地为黄河大堤，堤内修有南北导水坝，后在大堤之北建村，以坝命名。1957 年，因避水患，全村居民迁至黄河改道后已废弃不用的大堤上，主街东西向，聚落成长方形，以张姓人口最众，还有蔡、马、孔、鲁、朱、陈姓。新中国成立后初始人口 162 人，要饭棍就有 160 根，村人皆贫穷，自然环境恶劣。正如豫东民谣所言："冬春风沙狂，夏秋水汪洋。卖了儿和女，饿死爹和娘。"

感谢党的改革开放政策，坝子村的父老乡亲同全国人民一样走上了富裕路，过上了幸福生活。现今该村人口已突破 400。两年前，县里给各村安装自来水，由于坝子村被"漏报"，导致村民仍然吃着苦涩的拉井水。用这水洗衣难洗净，锅底的黄渍有寸许厚，比铜钱还厚，煮粥做菜皆难以下咽，村民苦不堪言，怨声载道。

我就此事向县水利局反映，县政府调研后，专门拨出专款，为坝子村安装了自来水，解决了吃水难题。安装自来水期间，全体村民感激不尽，奔走相告，如同村里经办大喜事。半月后，全村自来水安装完毕。清水甘甜，人人笑脸，实乃父老乡亲生活中的一件大喜事。村民自发兑钱买匾赠送县水利局，邀我写匾联一幅，联曰："送来甘泉水，清流喷涌润民心。告别苦涩井，小康奋力报党恩。" 2017 年 7 月 22 日，恰逢大暑节气，经大家伙儿选出的村民代表，将精心装裱的红木大匾抬放至水利局办公大厅。是时锣鼓喧天，鞭炮齐鸣，煞是热闹，引得行人纷纷驻足观看。得民心者得天下，深感焉，遂作自由诗《甘泉清清党恩重》一首，记此幸事。

甘泉清清党恩重

乡亲苦而多艰兮，
饮黄水经年。
洗衣不能净兮，
煮粥锅底黄渍。
饭菜难以下咽兮，
人人张口黄牙板。
党派工程队兮，
家家安装自来水。

甘泉喷涌兮，
滴滴滋润民心。
永不忘党恩兮，
勤劳致富以报。

2017年7月22日夜作

眉豆小记

眉豆，学名扁豆，异名白扁豆，也叫蛾眉豆、沿篱豆、羊眼豆，老家却俗称眉豆，是农村最常见的时令蔬菜之一。眉豆花有紫红色、乳白色，成串成串地在葱茏的眉豆藤上绽放，成为农村深秋暖阳里一道亮丽的风景线。天气渐冷，眉豆却结得愈发欢实，豆荚有紫色、白色、绿色三种，悬挂藤间，煞是喜人。摘豆荚炒食甚佳，还可以晒干存放。冬日里干眉豆荚炒肉，加上粉皮，非常美味——这都是小时候的老家记忆。

大学毕业后，奔波劳顿，几经迁移，此物多年不复得见矣！移居兰考县城后，我家院门楼内角与院墙接榫处有一个小小凹窝，早先有一根葡萄苗从里面长出，攀墙结实，竟长得葱葱郁郁，我恐其损伤墙瓦，遂除之。此事随后忘记。后由于风刮日晒，雨浸雪覆，凹窝内有尘土积焉。今年初夏，“清明前后，种瓜种豆”，喜好种菜的妻子在凹窝内丢眉豆种粒一枚，抱着试试看的心态，顺从天意。而今，眉豆藤蔓已丈许，攀附于院墙上，又从院墙上爬到了旁边银杏树的树干上、树枝上。有一支茎还越过了树梢，茎头在高处摇头晃脑，东张西望的。这眉豆的叶片碧绿，荚果累累，又鲜又嫩，殷红如丹。烹而食之，果肉肥厚，如食肉丝，咂嘴细品，感慨生矣，遂作小诗《赞眉豆》一首以记之。

赞眉豆

一勺尘土茁壮生，
两星雨珠得滋润。
仨月株叶蓬勃起，
百日磅礴献赤心。

2017年9月20日作

干大的木槿树

我小时候，奶奶给我认了个干爹，叫刘祥泰，是俺村南面董庄人。我们老家那里干爹俗称干大。

干大瘦高面黑，背微驼，单大眼。他人很善良，好朋好友好喝酒，是方圆十几里的名人。干大喜欢树木花草，他在居住的小屋窗户前，栽了一棵木槿树，树是他两块钱从集市上买来的，培土施肥，呵护有加。木槿树喜光耐寒，不择土壤，随处安身立命，生命力顽强，平凡而又努力，执着而又坚韧，心中满蓄着对生活对命运的热爱，如同历尽磨难而矢志弥坚的干大。

翌年夏天，木槿树开花了，花朵硕大，紫红，十分美丽。木槿花朝开暮落，就像太阳升起又落下；就像春夏秋冬四季轮回生生不息；就像爱一个人，也会有低潮，也会有纷扰，但仍会为所爱的人温柔地坚持着，酷似怜老温贫、念旧、重情义的干大。

2015 年的冬天，天降大雪，枝叶凋零的木槿树上挂满了雪花。就在这天晚上，干大悄悄地走了。那木槿树上的雪花啊，仿佛哀悼干大的白花，庄严，肃穆，沉默。

2016 年的夏天，木槿树没有开花。

2017 年的夏天，木槿树还是没有开花。干大的儿子青春哥找了位懂树木的行家来看，行家看后摆了摆手，轻声说了两个字："死啦。"

我怀念干大的木槿树。

木槿昔年，浮生未歇。昨天夜里，我又梦见了干大……

2017 年 9 月 25 日夜作

聆雨忆祖母

2017年9月26日上午，时近中秋佳节，窗外秋雨淅沥，遥念祖母，想起小时候的一件往事。

那天暮晚，我和祖母到老家坝子村西南方向陈步口村的张枝家办事。待办完事，天阴得似要流水，张枝的老伴——一位信佛的善良女人，眼看要下大雨，挽留我俩不要回去。祖母担心窝里的鸡，领着我强行往家里赶。天黑漆漆的，土路又凸凹不平，我俩相互搀扶着跌跌撞撞地行进。虽才二里路，我俩却走得浑身冒汗。刚到家门口，一脚门里一脚门外，哗——滂沱大雨就下来了，雨水裹着尘土，夹着腥风，下得铺天盖地的。祖母进屋后用毛巾扑打着身上的尘土，嘴里喃喃着："感谢老天爷保佑，感谢观音菩萨保佑，让俺祖孙俩免遭雨淋！"她立在小屋门口，凝望着门外如同一口倒扣着的巨大黑锅的天空，倾听着那仿佛天漏了似的哗哗雨声，站了许久，许久……

虽然这次没有淋着雨，但我从此再没怕过雨，不论是毛毛细雨，还是狂风暴雨，不论是电闪雷鸣之后的腥风骤雨，还是人生路上的暴风恶雨。因为祖母给了我一杆善良的秤，一直在我心里存放着。正如同祖母说的："为人不做亏心事，天不惩罚神不责。为人做了亏心事，天神不佑必遭报应!"

祖母名叫傅建秋，1922 年农历八月十八生人。祖父名叫张庆丰，1918 年农历正月初十生人。祖父殁于 1942 年的残冬，撇下年仅 20 岁的祖母和年仅周岁的父亲艰难度日。

我端坐窗前，依稀看到祖母在雨帘中匆匆走过……

2017 年 9 月 26 日作

老月饼

难忘那些年过中秋节，一家人在院子里赏月吃月饼。

一个月饼半斤重，酷似一轮圆圆的皎洁的月亮。它，温润香软，黄里透红；它，实实在在，憨憨厚厚，如同庄户人家的性情。老祖母稳稳地抄起切菜刀，公正地将月饼分成大小匀称的八瓣，一家人都自觉地拿起其中的一瓣来吃，唯独祖母和母亲俩人合吃了一瓣。

在明晃晃的月光映照下，院子里亮同白昼。老祖母显得很慈祥，父亲、母亲也都笑盈盈的，三个妹妹一个弟弟都高兴得咧嘴嬉笑，当然，我也在笑。月饼真好吃，绵绵的，酥酥的，真叫个香！里面还包裹着漂亮的青红丝，还有花生仁和杏仁，还有一嚼咔咔响的冰糖！最后，每人手里的月饼都吃完了，小弟还不满足地吮着手指头，手指头上濡着亮亮的月光。他眼睛贼亮贼亮的，一边吸吮着手指头，一边直勾勾地盯着院子中央的小桌。因为在那张白茬方桌上的盘子里，还剩下一瓣月饼——那瓣月饼呵，神圣地卧在盘子心里，显得那么温润、酱红，散发着难以形容的无比诱人的幽香！老祖母走过去拿起来，疼惜地递给小弟。小弟接过月饼，仰脸望着母亲。母亲把那瓣月饼从小弟手里拿过来，一掰为二，分给了祖母和小弟。小弟感到已经得到了允许，一口就将那小半瓣月饼吞进了嘴里，腮帮子一下鼓起老高，惹得一家人都开怀地大笑。在大家的笑声里，老祖母私下牵了牵三妹的衣角，悄无声息地把另一小半瓣月饼摁在了三妹的小手里……

难忘那些年过中秋节，一家人在院子里赏月吃月饼。虽然生活条件不是很好，但却是记忆里最质朴最纯真最温馨的时光。光阴荏苒，岁月变迁，怀念老月饼，回味旧时光……

2017 年 10 月 5 日夜作

夏增红

30 多年以前，我在豫东兰考县张君墓镇大王庄管区当区长。我当时的职务是张君墓镇武装部部长，该镇党委政府根据实际情况又将镇上管辖的 45 个行政村划分成了 5 个管区，这样更方便管理。区长是镇党委政府任命的，不是县委组织部任命的，属于临时性职务。

在一次普查时，我率领管区工作队员来到所管辖的一个行政村——杜庄。我们挨门逐户地普查，当来到村西头把边儿的那户人家时，一个年轻人从院里走了出来。他细长高挑，长头发，窄下巴，看上去很有气质。他闪烁着一双亮眼睛，自报家门叫李三，并很热情地把我们引进院里。小院不大，但很干净，院里生长着几棵杂木树，虽显矮小，可颇整齐，显然这是一户搬来居住时间不长的人家。“镇上通知有普查，俺爹打电话叫俺赶紧回家来，这不，俺昨天黑夜才从外地赶了回来，嘿嘿嘿。”“好好！你听政府的话，是好村民！”我们和李三边聊边往院里面走。

临近堂屋时，忽然，竹帘子一掀，从堂屋里闪出一个女人来。那女人正当芳龄，生得颀长白皙，唇红齿白，顾盼生辉，举手投足之间，如同春风摆细柳般妩媚；睫毛一扑闪，好像在跟你亲切说话一样。她的声音又脆又甜，是那种带着一股山野味儿的普通话，听上去好似炎炎夏日里嚼吃老冰棍。“欢迎你们来我家，快，屋里坐！”我们大家伙儿谁也没有挪窝，唯有满面疑惑。李三见此情景，骄傲地指着她说：“这是俺媳妇，云南人，叫夏增红！”我们闻听更是惊讶。“云南的，你咋娶恁远的媳妇？”李三咧嘴笑了，说：“你问她，你问她吧！”

那叫夏增红的女人抻了抻衣角，落落大方地说：“那一年呀，他——李三在云南做药材生意。夏天的一个下午，在一个叫石滩头的小站，李三，还有许多人，包括我，都急着往昆明市赶，但已经没有发往昆明市的班车了。无奈之下，许多人爬上了一辆带护栏的敞篷大卡车。这卡车平时是拉猪拉牛的，现在却拉起人来啦。只要能赚钱，司机也是什么都干的哟！我站在卡车拖斗的最前面，双手攥着面前的护栏。刚巧，李三就紧挨在我的身后。当然，我那时节还不知道他叫李三，我们两个素不相识，毫无瓜葛。”夏增红说到这里笑了，那是一种很温馨很甜蜜的笑，笑里释放出一股槐花蜜的味道，不，又仿佛是山茶花的芳香味儿。

“众人挤满了一卡车，像下饺子似的，又像沙丁鱼罐头，大家粘在一起，挤在一起，每个人的后脑勺都感受着后面那个人的呼吸，轻柔的，撩痒的，粗重的，浑浊的……你躲也无处躲，避也无处避。李三的身后是几个愣头青，他们是一伙的，横眉竖目，一看就不是什么好东西。卡车一开动，他们就不怀好意地起哄，吆着号子往前扑、撞、冲，刚开始那一阵子，把我都挤哭了。后来，后来，李三看不下去了，他汹涌澎湃的胸腔里涌动起一股保护弱小的豪情。这是他事后跟我说的，当时他咋想的我哪能知道呢？他用两只粗壮的胳臂环绕住我，一双铁钳般的大手抓牢我面前的护栏，他胸前形成了一个圆圈，把我护在那个圆圈里。这下，那几个野小子可吃了醋，李三这样的举动犹如捅了马蜂窝。他们更加没命似的往前冲，李三呢，如同钢铁浇铸似的，岿然不动！这样更招致了那几个坏小子的疯狂报复，他们轮番上阵，拳头落在李三的头顶、脊背、腰窝，膝盖撞击着李三的双腿、臀部，凶恶的指甲抠在李三的脊梁上，抓，拧，撕，剐。李三头上冒着大汗，一声不吭，咬牙坚持着。终于，到站下车了，李三一下子瘫倒在地上。在昏黄路灯下，我噙泪掀开他脊背上的衬衫，哎哟，我的妈呀！我看见李三脊背上青一块紫一块的，有不少地方还浸着血。头上呢，鼓起了几个大包，血渗得整个头部都肿胀起来了，眼睛肿得都睁不开了。我抱住他放声大哭……”

“后来呢？”我问。

“后来我就嫁给了他！他敢于担当，能为俺遮风挡雨！”

听到这儿，我们人家伙儿都鼓起掌来，大家都被他俩的爱情故事感动了。

“诸位领导，今天中午请不要走，都在我家里吃饭，我给你们做干豆角炒腊肉！”

我早先听说过四川腊肉，还没有听说云南也有腊肉，就好奇地问了一句：“你家里有现成的腊肉吗？”“有呀，有呀！”夏增红自豪地应着，一边把我们邀进屋内。我的眼睛一时不能适应屋里的昏暗，聪明的她立时揿亮了电灯。夏增红用手指指屋门后面，我顺着她的手指望去，发现屋门后面的墙角里吊着一挂东西，走近细瞅，是一扇猪肉，但上面密密麻麻地覆满了一层黑绒毛，吓我一跳！“这、这就是腊肉吗？这咋吃呀?!”“用刀切掉一块儿，清水洗净，煎煮炖炒，无所不宜，可好吃哩！”

那天中午，我们当然没有在夏增红家吃饭，做完普查记录就匆忙走了。后来，我离开了大王庄管区，又到了万土山管区开展工作。听在大王庄管区的工作队员说，夏增红还好几次打听我呢。再后来，我调离了张君墓镇，回到县城。掐指算算，37个年头过去了，时间过得可真快呀！和夏增红那次一面之缘后，我们再也不曾见过，偶尔却会想起她来。我暗自问自己：“是因为夏增红这个名字叫得好听呢？还是因为夏增红这个人长得好看呢？”我回答不出，也许二者兼有吧。是呵，在现实生活中，我们必然要接触到许许多多的人。有的人，见过一面也就忘了；有的人，纵使见过许多次面，后来还是忘了；有的人，在一起工作几十年，仍然形同陌路；

有的人，仅仅见过一面，就一辈子也忘不了。夏增红，大概就属于最后这一种人吧。唉，唉，几十年过去了，夏增红和李三现在生活得好吗？他俩还像当初那样患难与共、相亲相爱吗？

2017 年 10 月 8 日上午，我又忆起夏增红和李三，遂作文一篇以纪念仅有一面之缘的夏增红，即日下午改讫。是日恰逢寒露节气。斯时露寒而冷，将欲凝结，故名寒露。当此时节，秋意渐浓，蝉噤荷残，而菊始黄华。改讫稍歇，我伫立县城住所庭院之中，天色渐暗，细雨寒风，遥望东天，与夏增红见面的往事又历历在目，感慨良多也。

2017 年 10 月 8 日作

小狗豆豆

豆豆是邻居郭大娘送给我的狗，不知道是什么品种，但绝对谈不上名贵，是一只小牙狗。

它很瘦小，还没有经线的络子高，但机警、敏捷、灵巧，一身白里泛黄的绒毛，我为之取名豆豆。它饿了，就绕着人转圈，如果你没反应，它就咬你的鞋子，拽你的裤管，蹭你的小腿。它吃饱了，就欢天喜地地玩耍，撵院子里觅食的小麻雀，在鱼池前面的青草地上打滚儿，在靠西墙的菜畦里奔跑，在无花果树下潜伏，又忽地一下子窜出来，吓人一跳。

它似乎不知道疲倦是咋回事，总是精力充沛，精神头儿十足。听到院子外面有什么动静时，它旋即将身子匍匐在地，耸起两只尖耳朵，瞪圆了黑亮的眼珠。院门开着时，它如果发现有狗在门外转悠，立刻箭一般地窜出去，把那些家伙赶走，不论那些家伙是“狗高马大”，还是力壮如牛，它从不怯懦，它的地盘是不允许其他狗侵犯的。

我有时候想，豆豆是连美国也不怕的！家里来了人，甭管认识不认识，你看它那股热情劲儿吧，围着客人上蹿下跳，左环右抱，蹭客人的小腿，咬客人的鞋帮，拽客人的裤脚。妻叱它，它仍然舍不得离开，只好将它轰出室外，关上屋门。夜晚，它就睡在屋门旁边的塑料筐里，四肢着地，趴卧在那里，一副心满意足的样子。听见什么风吹草动，就仰头汪汪叫两声，接着又睡它的，很有泰山崩于前而不惊的气魄。看着它那娇憨的姿态，我笑啦。有一天，我这样对妻说："这豆豆呀，我们养它是让它看家护院的，你看它对谁都是这么亲热，可咋看家护院呢？人家的狗，生人一来，龇牙咧嘴狂吠，那个厉害劲儿，把人都吓个半死！"妻说："咱家的狗好呀，亲切待人，不分亲疏贵贱，人狗同乐，多喜庆哟！"我听后，生气地走开了。私下想想，妻说的蛮是那么回事。豆豆不势利，不媚俗，不巴结权贵，不践踏穷困，品行端正，率真直爽，比一些两条腿的人都强百倍！想到这里，我释然了。可爱的豆豆呀，我不再埋怨你啦，顺你性情，你就在咱家安安生生地过日子吧！

2017 年 10 月 26 日下午作

神秘的赊刀人

1984年夏季麦罢的一天，老家坝子村的父老乡亲们正聚集在生产队队屋门前的土岗子上吃午饭。大家伙儿一边吃饭一边闲聊，这里是全村人的“娱乐中心”。虽然实行包田到户责任制了，可大家伙儿仍然习惯于聚到一块儿吃饭。要是闷在家里头吃饭，老少爷儿们都觉得吃得不爽、不欢，好似白白糟蹋了这顿饭。生产队队屋在村子的正中央，村东头的端着饭碗来了，村西头的揣着馍筐来了，村南头的嘴巴里嚼着咸菜奔过来了，村北头的吸溜着玉米糁糊糊颠过来了。哪里有什么凳子呀，来了，围蹲成一个大圈儿，大家伙儿吃得热乎融洽，额头冒汗。

“赊刀咧呀吧——”

一声蛮里吧唧侉声侉气的吆喝声搅乱了大家伙儿的饭局。大家伙儿抬头一看，都愣啦——一个细长高挑、胡子拉碴的汉子站在了大家伙儿的面前。他大背头，黑瘦黑瘦的，穿着破衣烂衫，虽然戴副墨镜，也掩饰不住他的穷酸。他把一辆破旧得无法形容的自行车歪在一棵粗大的泡桐树身上，车子上挂满了大大小小的菜刀，刀子在阳光的照耀下，一闪一闪地发着亮光。大家伙儿呼他“蛮子”，问他是干啥的？经他一番比画加解说，才明白他是来赊刀的。赊刀？不要现钱，赊着，等将来小麦卖到1毛钱1斤时才来要刀钱。哪来这等好事呀?！大家伙儿都兴奋起来了，有的还跑家里喊来了媳妇，纷纷赊刀，一车子菜刀很快就被赊完了。当年的小麦市场价格是1斤3毛4分钱，猴年马月才能卖到1斤1毛钱啊！但蛮子相当自信，一一记了赊刀者的姓名和刀数，就推起车子走了。

许多年过去了，老家坝子村的父老乡亲们把刀都用坏了好几茬，也没有等到那位赊刀人来要刀钱。原来呵，麦子非但没有降价，反而逐年提升，小麦早已卖到了每斤1元多。大家伙儿吃饭时偶尔还会提到那位赊刀人，言语里含着轻蔑的讥笑，说那人愚蠢、笨蛋、发昏。后来，大多数人把这事儿给忘了，何况大家伙儿早已不到土岗子上吃饭了。土岗子上盖了楼房，我二弟一家人在那里居住多年了。参加工作后，我曾咨询过不少见多识广的人，他们解释说这神秘的赊刀人是战国时期的鬼谷子的传人。他们一般都会算命占卜，预言很准。而这次呵，他们的预言失误了，但是呀，我忽然很想再见一见那位赊刀人。当时的他既没留家庭地址和姓名，更没有手机可以连通。他还在不在人世呢？如果他还活着的话，也应该八九十岁啦！倘若他来要刀钱，他还走得动吗？小麦的价格越来越高，他有何理由来要刀钱呀！估计，我和他今生今世也就一面之缘了。

唉，唉，人世间的有些事情，谁能讲得清呢？

2018 年 2 月 25 日夜作

一瓶香油的情义

2018年2月的一天下午，刺骨的北风刮着，天气十分寒冷。表叔从偏远的乡下来，他过罢春节是来兰考县城打工的。从家里出发时，经表婶允许，他庄重地将新磨的一瓶香油揣进了怀里（他家里用芝麻共磨了两瓶香油）。薄暮时分，表叔跨入了我的家门，我慌忙迎接，表叔小心翼翼地从怀里掏出香油一瓶。我接油在手，油瓶竟被表叔的体温暖得热乎乎的！我立刻感到这瓶香油的分量很重，沉甸甸的，沉甸甸的！——这是表叔的一腔情义啊！40多公里的乡村公路，别说是一瓶香油，就是一颗冰疙瘩也能被表叔焐热的吧！我立时感到寒冷即将离去，春暖花开的日子马上就要到来啦！我仿佛听到了布谷鸟痴情而清亮的鸣叫声："布谷——布谷——"

夜深了，在我家吃过酒的表叔满面春光，执意要去打工的地方。我送他出院门，他摆摆手说："贤侄，甭送啦，天冷，快回屋吧！"

表叔走了，步履略显蹒跚，我目送他远去，似乎看到他周身闪动着一层亮光……

表叔名叫马红勤，兰考县考城镇曹李村马集自然村人。他 50 多岁，身材高挑，穿一身黑色棉衣裤，头戴灰呢帽，面目黛色，手掌厚实，手指如铆钉一般，又黑又粗，指甲缝里蓄着黑垢。手指周遭裂着大大小小的口子，显然是经常干农活重活的结果。他跟我谈了他的理想，想多挣些钱，把自家的小日子经营得更好，我点头表示赞许。表叔畅谈理想时，双眼熠熠发光……

表叔走后，我却再也睡不着了，披衣而起，作小诗一首以记之。

表叔送油记

一瓶香油本不贵，
芝麻自磨难得哉。
开瓶一闻喷喷香，
绿色食品无公害。
路途遥远怀里揣，
搭车经奔县城来。
寒风呼呼天地冷，
情意深深烫心扉。
人间亲情无价宝，

金钱名利似鸿毛。

不慕富贵葆淳朴，

神情清逸心似水。

2018年2月26日夜作

茵陈

2018年农历正月十三这天，因本家侄张纯林（小名二林）的三周年祭日①，我携妻驱车回老家坝子村参加祭奠活动，以尽木本之谊。临近村庄时，见田间地头遍布茵陈，我呼妻停车，遂急忙下车，驻足观赏，似老友重逢，久久不忍离去。

茵陈，父老乡亲俗称“米米蒿”，属菊科，别名茵陈蒿、绵茵陈、西茵陈、绒蒿、猴子毛。我国大部分地区均产，可见其生命力之强大。幼苗拱出地皮长至小巴掌大时，蒸食甚佳。其幼苗高六至七厘米时，挖出全草，去根晒干，性味苦、辛、寒，清热祛湿，利胆退黄。“三月茵陈四月蒿，五月六月当柴烧”这句谚语，形象地说出了影响中草药质量的采收时间问题。一旦过了采挖的最佳季节，茵陈就成废物“当柴烧”了。

老家人向来没有蒸食茵陈的习俗。即使20世纪60年代三年困难时期的初春时节，青黄不济，老家人食不果腹，面呈

---

① 其病逝于夏季，由于春节过后村民分散四处打工经商，故其儿子保民、金保、金忠将祭日移至春节期间以借人气。

菜色，宁食萋萋芽儿、茅草根儿、柳絮、杂草等物，有的人甚至吃得中毒，但仍然不食茵陈。真乃怪异！听说豫西人喜食茵陈，甚至开发出了茵陈饮料，令人佩服。造物主已经慷慨地把茵陈这种美味佳肴赐给了农村大地，但老家人皆以为野草，鄙之不食，实在可惜！

大前年开春，我和妻去开封城墙游玩，见城里妇孺众人皆提小篮、小包、小铲于郊外野地采挖茵陈，问之，皆曰："好东西也。"当此之时，茵陈初发，恰铜钱大小，采挖甚是辛苦，开封城人相继采之，深佩其美食家也。受其影响，我和妻也参与其中，采了一小兜，蒸而食之，赞不绝口，感叹食之太晚矣！妻蒸茵陈颇有"绝招"，先将茵陈择去黄叶，然后清水淘净控干，淋上一勺食用油，搅和均匀之后，再加白面相拌，上锅蒸之即可。熟后倾倒于白瓷盆中，碧绿如新，柔嫩绵软，佐以蒜汁、香油、精盐，味道鲜美异常，恍然疑为佳肴海珍。刚巧回老家办事，妻借机把蒸拌好的茵陈带回老家，送于乡亲们尝食，乡亲们都说好吃，自此打破了老家人不食茵陈的历史，我身心甚感欣慰。回忆既往，感慨系之，遂作小诗一首以志此事。

家乡父老食茵陈记

田间地头河滩边，
绿衣覆地亮人眼。
昔日父老视野草，

凶铲狠锄决不饶。
绿意无奈悲情死，
农人反而高声笑。
“铲除铲除不留患，
误俺庄稼生长慢！”
地头滩边尚幸运，
猪羊嚼食任人践。
实则天赐美佳味，
清热除湿保身安。
乡人慢慢悟其良，
尝试蒸食肠悔断。
自然生长无公害，
随意采摘不付钱。
当代民众讲养生，
蒸煎餐食滋味鲜。
我欣我慰我慨叹，
茵陈登上大饭店。
清香扑鼻端上桌，
价格不菲人争啖。
我歌我吟我复叹，
野生茵陈放彩焰。

2018 年 2 月 28 日下午作

老桥

老家坝子村共有两座桥。村庄正北，百步之遥的贺李河（俗称黑泥河）东西流向，这老桥就架在村民出村往正北行走的贺李河上，是村庄通往正北外界的咽喉之地。新中国成立后方有此桥，此后几经修缮，此桥更加沉稳端庄、大气恢宏。加之铺了水泥路，走起来更加顺畅，乡亲们呼之为“党恩桥”。另一座桥修建的时间似乎比这座桥晚，它在村庄西北处水淖的东北角上，是一座毫不起眼的小桥，砖石结构，连通着东西走向的生产路。小桥的南北两侧是一条小河沟，用于抗旱泄洪。如果年份雨水充足，涝了，小河沟里的水就流进贺李河里，二者是相通的；如若年份旱了，小河沟里的水可以抽出来浇灌庄稼，贺李河里的水再及时补充。这座小桥无名字，乡亲们都随口叫它“桥”。权且就叫它“无名桥”吧。“无名”亦是名呀。

这座小桥像一位饱经沧桑的老人那样默默地守候在那里，春夏秋冬，风霜雨雪，无怨无悔。只是它的桥眼快被泥土淤平了，只剩下一个俯月形状的小孔。桥墩的南面、桥洞的正中央，不知何年何月长出了一棵泡桐树，现今都有碗口粗了。也没有人搭理它，它兀自生长着，似老桥的儿子，深情地陪伴着这座老桥。

我忘不了这座老桥，它是我童年割猪草羊草时，割累了休息的地方；它是我少年时在水淖戏水后纳凉玩耍的地方；它是我青年时带着女友在此散步的地方。一晃，许多年过去了，老桥仍在，而我将老了。今天趁着回老家办丧事，我又来到小桥上，我又一次把老桥拜望。

老桥啊老桥，我和少小时的伙伴，有多少次躺在您的怀抱里酣睡，有多少次我站在桥头向下撒尿，有多少次我把吃剩下的瓜皮丢在您的怀里。您给我的慈爱太多，可我回报您的甚少，但您从不记恨我，无论什么时候，您都是那么宽厚地接纳我、抚慰我……您让我怎样形容您呢，老桥？您让我怎样报答您呢，老桥？我承诺，设若有一天，您残坏了，我恰好还在人世，我一定捐资把您修好，让您世世代代为父老乡亲行善出力。就这样约定了吧？老桥！一日暮晚，又忆老桥，遂作小诗一首以记之。

吟老桥

老桥屹立荒野间，
风霜雪雨只等闲。

岁月悠悠桥上逝，
几番河水流复还。
无怨无悔胸襟宽，
有情有爱人敬赞。
为人均应学老桥，
社会和谐福万年。

2018年2月28日暮晚作于青竹斋

元宵节晚间上坟送灯纪事

元宵节晚上去祖宗坟上送灯放烟火是我们豫东地区的风俗。不管世事如何更迭变换，这一风俗始终在延续。2018 年元宵节傍晚，我和妻偕同长子、次子驱车从县城径奔乡下老家坝子村，电话联络嫡系亲属在坝子村西头集合，然后一同去给祖父祖母和父母大人送灯放烟花。当我们到达村西头时，二弟、二弟媳、妹妹、妹夫、侄儿、外甥、外甥女等一大帮人均在此翘首等候。

吾心甚慰，亦颇感动，并于当晚回县城的家后写《上坟送灯记》一诗记叙此事，以彰孝道，以传孝心，以兴家国。孝心不永，孝道不传，不知其可也！如果不弘扬孝道，物质越是丰裕富足，人类越是几近禽兽，会相互戕害，终至灭亡。这绝不是危言耸听。请圣贤者明察鉴之。

上坟送灯记

元宵节日天颇寒，

暮色四合野外暗。
兄弟姐妹聚村头，
侄男外女一大片。
一声令下进坟地，
红烛烟花抱怀间。
墓园周围共行动，
烛光莹莹春意暄。
烟花冲上天空去，
五彩缤纷映红天。
列祖仿佛在观看，
儿孙孝心该称赞。
田鼠奔突觅新窝，
老鸹惊叫翅膀翻。
麦苗感动频点头，
野草喜泣嫩芽弯。
坟后青竹更挺拔，
墓前红枫展新颜。
子孙兴旺家国发，
中华孝道代代传。

2018 年 3 月 2 日夜作

斑鸠孵蛋

去年初夏，我家室外走廊的水晶吊灯圆盘上来了一对布谷鸟，它们衔草垒窝，下蛋孵化。幼雏嗷嗷待哺，练习飞翔，最后举家迁徙而去。从夏至秋，布谷鸟共孵了两窝，每窝双雏。第一窝的一只雏鸟曾掉落地上，我至今还清晰地记得雏鸟的模样，毛茸茸的，小小的一团，可爱极了。我蹬着折叠梯，小心翼翼地将雏鸟送还窝里。

今年初春，春寒料峭，人们还沉浸在过大年的气氛之中，就见两只羽毛漂亮的斑鸠绕着我家院子上下盘旋，一连盘桓了好几天。一见有人从屋里出来，就疾速飞走了，不大一会儿，它们又飞回来了，仍旧绕着院落回环旋绕，且盘旋的圈儿越来越小。最后，它们竟然在走廊水晶吊灯的圆盘之上过起日子来了。它们夫妻俩很是勤劳，在去岁布谷鸟窝的基础上，又进行了一番修缮，衔来一些细枝软叶，将窝整得暖暖和和的。它们夫妻俩也很是恩爱，在窝里小憩时，用喙相互梳理着羽毛。它们夫妻俩还分工合作，配合默契，妻子在窝里孵蛋时，丈夫在外觅食；丈夫在窝里孵蛋时，妻子去外面觅食。只是当丈夫的耐性较差，孵蛋的时间总不如妻子孵蛋的时间长。夫妻俩孵蛋时，要说它们一动不动是假，仅只是头尾换向而已——这大概是孵蛋的需要吧。有时，那当丈夫的一大早就飞出去觅食了，觅到食，就急遽地飞回来喂妻子吃；妻子一吃完，丈夫拍拍翅膀又飞走了。我有意在庭院里的青石板路面上撒了一些米粒，并在庭院里的石桌上置了一碗清水，但米粒很快就被麻雀们抢食一空了。我未曾见过斑鸠在院内与麻雀们争食。它们夫妻俩是不屑为之呢？或是性情耿介，不食嗟来之食呢？抑或是别有原因？我可说不上来。

我观察这对斑鸠夫妻好多天了，“夫妻同心，其利断金”，我被它们的精神深深地感动了，遂作小诗《斑鸠孵蛋》以赞之。

斑鸠孵蛋

斑鸠孵蛋心志悍，
感天动地惊人寰。
努力抱窝不懈怠，
何惧风雪和严寒。
一连数日相坚守，
精心呵护聚温暖。
斑鸠孵蛋头向东，

斑鸠孵蛋头向西，

斑鸠孵蛋头向南，

斑鸠孵蛋头向北。

2018年3月9日夜作

老鸹礼赞

这天下午，温度骤然升高至24℃，骄阳罩顶。吾着短袖凉拖，坐于书房，啜饮着信阳毛尖明前新茶，清香盈室，乃羡老鸹古朴纯洁，道行高远，慷慨而作小诗《老鸹窝》。现在环保日臻进步，捕杀鸟类的人比之前少多了，即使农人拌种时用的药物也再没有剧烈的毒性，基本上避免了鸟食而身亡的悲剧发生；平时打的除草剂之类，也能确保鸟类的安全。鸟类是人类的朋友，善待鸟类等于善待我们人类自己。天人合一，人、鸟、兽和谐相处，才是世界之大同、人间之盛世。

老鸹窝

构筑在树巅之上兮，
丫丫杈杈上垒巢。
河边桥头路畔兮，
安家栖息于此。

田间地头高速公路旁兮，
耐贫乐道生息。
寻找安静所在兮，
鸡犬相闻于野。
赤日炎炎酷暑兮，
窝阴凉通风处。
顶风沐雨傲霜斗雪兮，
摇摇而不坠。
技艺高超堪称巧匠兮，
灵长人类亦惊异！
晨迎朝霞与日出兮，
暮接夕阳和星辰。
夫妻相随觅食兮，
同甘共苦不离。
子女不骄不溺兮，
反哺父母报恩。
阖家幸福和睦兮，
令世人羡慕不已。
犹慕夫妻结伙出游兮，
翱蓝天踏白云翩跹。
自由自在何其悠闲兮，
真乃神仙眷侣。
突遭暴风雨袭击兮，

蜷缩窝内以抱。
风息雨歇而彩虹横兮，
夫妻相视而笑。
情深深福满满兮，
简单单而意足。
人类自愧不如兮，
皆因欲壑难除。
吾夜深而梦兮，
化为老鸹展翼……

2018 年 3 月 13 日下午作

故乡的野生花草

2018年3月的一天中午，饭后闲暇时，我坐在沙发上小憩，看着手机上图文并茂的头条新闻，突然发现我小时候叫不上名字的许多野草野花竟然有了正规的名称，一下子解开了我多年以来的困惑。欣喜之余，起身捉管以志其事。当此之时，庭院内阳光明媚，芳草青青，花香弥漫，似乎在烘托映衬我写此文时的氛围和意境，更让我由衷地感谢大自然，感谢人世间一切美好的东西，感谢上苍对我们人类的莫大恩赐。

春天，有一种猪毛形状的嫩绿绿的野草，学名猪毛草，故乡人称之为猪毛缨，老家南河沙滩地里的杨树趟子中颇多。一人半晌就能薅一大篮子，挑到集市上，众人争相买；送到饭店里，老板争着收。择净焯水，沥干，精盐、香油、米醋拌之，味道极其鲜美。

还有一种叫面条棵，叶片光滑，像巧媳妇擀的面皮，乡人多拌面蒸食，很少用来煮面。而用来做面条饭的，是一种叶边有锯齿，叶面宽大碧绿的水萝卜棵。水萝卜棵做出来的面，汤汁碧绿色，让人看一眼就有食欲。但它为什么叫水萝卜棵呢？我可讲不清楚。

开春食用最多的是荠菜，凉拌、蘸酱、做汤、炒食均可，荠菜水饺、荠菜馄饨、荠菜春卷、荠菜粥——光听听这些名称，啧啧，口水就流出来了。有一种俗名叫马蜂菜的野草，有抑菌、降血脂的功效，做菜馍、包包子风味尤佳，若再配上蒜泥同食，滋味堪称绝妙。唉，唉，我长大以后才知道它的学名叫马齿苋。

颜色灰灰的名灰灰菜，学名藜，别称灰藋、灰蓼头草。圆蓬蓬的像扫帚头的叫扫帚苗，有白色冠毛结成的茸球呼蒲公英。灰灰菜、扫帚苗都可蒸食或凉拌，听说蒲公英的嫩芽可食，可惜我从未吃过。

我吃过一种绿棵子上结的圆豆豆，紫黑色，黄豆大小，酸酸甜甜的，吃后嘴唇发紫，如同涂了颜料。在那个少糖吃的年代里，我们吃它解馋，亲昵地称它为黑糖豆儿，通过头条才知道它的正式名字叫龙葵。还吃过一种草，此草水泽旁较多，光酸不甜，我们叫它兔子酸，直吃得倒牙，吃饭时一嚼还牙酸，似乎兔儿们喜欢吃，要不干吗叫它兔子酸呢？至今我不知其学名谓何。大人们看我们吃时，故意问："兔子酸不酸？"我们边吃边点头答应："酸！酸！"年龄稍大一点儿后才明白，大人们是拐弯抹角骂我们小孩子的。还有一种草，田间、地头、宅旁常见，籽一爆一堆，成熟后籽黑，其茎皮经水沤后可搓绳，大人们称为麻，其果称麻蒴子，它正式的名字叫苘麻。其蒴果嫩时，我们小孩子喜欢剥着吃，粒粒皆碧色，像芝麻粒似的，吃后舌头发麻。

庄稼棵子里有一种瓜，这种瓜有大有小，最大的像鹅蛋，最小的像纽扣，瓜味有香有甜，有苦有酸，我们叫它马泡，头条上也叫马泡。灯笼果也颇有趣，幼时是青灯笼，长熟变成黄灯笼，果子是一个套着灯笼型荚子的小圆果，比小拇指大一点，里面有许多小籽。未成熟时，小圆果是青色的，成熟后是黄绿色的，完全成熟后呈紫红色，很甜很甜，用指甲盖儿戳破灯笼皮儿，就露出一枚光溜溜的小圆果。呵，儿时的生活虽然贫穷，可我们的业余食谱多么丰富和有趣啊！去年我回老家吃灯笼果时，再也感受不到儿时的那种味道啦。

水沟斜岸上长一种野草莓，果子实际不能吃，在绿叶丛里艳红地闪烁着，老人们说它中看不中吃，是专门给蛇吃的，它的学名叫蛇莓。茵陈遍地都是，过了农历三月就老了，不能吃了，长大后只能当柴烧了。艾草也是如此，不多说了。

萋萋芽可治吐血，取鲜叶十余枚捣烂，开水冲服有效，学名咋唤作小蓟呢？有一种草根系极发达，茎叶挺坚韧，全株可喂猪、牛、羊，我们呼之为牛筋草，这回叫对啦。另有一种草与牛筋草相似，只是茎秆较细，叶片较窄，牛儿们最喜欢吃，我们叫它牛牛草，它的学名却叫马唐草。

叶瓣中鼓起五个小疙瘩，活似猫眼，看到身上就悚悚的，我们叫它猫眼草，实际上该称它为泽漆。荒地、泽地或向阳的坡地里开着的野生大白花，筒状，其蒴果直立有硬针刺，始知它叫曼陀罗。初夏开花，花大数朵，淡红紫色，因其地下块根为黄白色，得名地黄。其块根为传统中药材，鲜地黄清热凉血，熟地黄除烦解渴，父老乡亲们很喜欢它。厨房门口或粪堆旁边，有的人家好种几棵。

有一种花的花朵似小喇叭，长在绿莹莹的秧蔓上，农村田野里时常能见到。清晨，露水濡沾在它的叶蔓上，还能看见细小晶莹的露珠在花朵上滚动凝聚，其花朵有白的、红的、蓝的，还有紫里带红、白里透蓝和蓝里浸墨的，我多年以来都当它是牵牛花，原来它叫田旋花。

野菊花点缀着荒凉的沟渠，小孩子们把它扎成一束，插进大口水瓶里煞是好看。还可编成帽子戴在头上，阳光下金光闪闪的。早几年我曾采集了花朵晾干泡水喝，谁知道它不是野菊花却叫旋复花，骗了我好多年。

有和稻子像极的一种野草，名叫稗子，老百姓都叫它败家子草。因为它跟稻子争养分，会识别的农人见了都狠狠地将它拔掉。有一种长得像燕麦的，又称铃铛麦，棵子上结了一串串的小铃铛，却也没啥大用，老家人都叫它野燕麦。它夹杂着长在麦田里，身茎比麦子还高，迎风摇晃着，炫耀着，下场同稗子一样，空欢喜一场呗。

秋天，在田径上行走，有刺猴儿一样的东西粘在我们的裤腿上。淘气的小男孩还偷偷地把它们丢在女孩子的头发上或发辫上，摘掉不易，急得女孩子直哭，原来它的名字叫苍耳。

巴巴狗儿扎脚真疼，光脚的孩子们很是嫌弃它，它的学名叫蒺藜，名字怪怪的。鸭跖草开蓝色的小花，红花酢浆草开红色的小花，野鸡冠花颜色好亮丽。晚饭花在傍晚时开得很精神，大白天却显出一副病怏怏的模样。其实晚饭花就是紫茉莉，民间用它的根块治疗各种癌症呢。

我一下子记叙了这么多，中午也顾不上休息，确实有点疲倦了，就以手支颊，轻轻合上眼帘。嚯，好家伙！我的眼前呼啦啦一下子挤满了故乡的草和花：它们摇曳，舞蹈，蹁跹；它们点头，微笑，招手；它们自信，羞涩，妩媚；它们庄重，肃穆，挺拔；它们芳香，清幽，酸甜；它们亲切，友好，宽容。突然之间，我非常想念老家了，忆起小时候的诸多往事；蓦然之间，我的心热了，眼窝湿了；恍惚之间，我又回到故乡的田野深处……

2018 年 3 月 14 日中午作

豆豆死啦

豆豆死啦，在去岁深冬的一个夜晚。

那个晚上呵，天漆黑漆黑的，还刮着刺骨的老北风，呼呼，呼呼……豆豆在庭院西南角里落光了叶子的无花果树下哆嗦着，头朝东北向着我，我分明看到它的眼睛里流露出无限的眷恋和哀伤。妻把它抱到堂屋门口东边暖和和的窝里，它很快就跳了出来，仍然立于无花果树下，如是者三，妻亦无奈，只好任由它。

几天前的那个下午啊，我从外面回到家里来。豆豆跑到我的脚下，打了一个滚儿，将它的肚子裸露在我的眼前，那意思仿佛在说："俺的肚肚受伤了，好疼!"我当时没有意识到问题的严重性，用手摸摸它的肚子，好声安抚它说："不要紧的，好好玩吧，很快就会好了的。"从那以后，豆豆开始不吃不喝，神情黯然，无精打采，再无往日欢蹦乱跳的模样。我和妻反复观察它，身上也无外伤，想必是被人击中了内脏，或是被车撞了。我俩把豆豆抱上车，拉到宠物医院，医生看了看，也没有看出什么毛病，最后说可能是消化不良，给包了几包药。至家后，我把药片碾碎，倒在小食盒里，拌上豆豆平时最爱吃的牛肉片儿，可豆豆连嗅也不嗅。就这样一天一天挨下来，一直到了和我告别的那天夜晚。

翌日早上起来，豆豆不见了。记得昨晚分明关了院门，关院门时似乎豆豆还在无花果树下。这就奇了怪了，豆豆是什么时候出走的呢？院门关了，它又是如何走出去的呢？一家人来不及细想，慌忙分散四处寻找。最后，妻在邻居家墙外的眉豆棵子里发现了豆豆。豆豆蜷缩在眉豆棵子下面，枯萎的眉豆秧蔓覆盖着它瘦小的身子，它面朝墙壁而卧，似睡着了一般。邻居郭大娘说："狗狗在临死之前有离家出走的习惯。"她絮絮叨叨地解释说，狗狗是非常有灵性的动物，这样做是不愿意让主人因看到它的离世而伤心。一旦它们感觉到了生命最后的期限，便会毅然选择悄悄离开。对于离开人世这么悲伤的事，它们总是愿意独自面对。听了郭大娘的话，妻难受得说不出话来。豆豆呀，你是一条多么忠诚勇敢、重情重义的狗狗呀！

我们把豆豆用一条毯子轻轻裹了，埋在县城西关外的河滩地里，然后，默默地离开了。走了好远，耳畔突然响起了豆豆响亮亲切的汪汪声……

2018 年 3 月 22 日上午作

六嫂子

六嫂子生得小巧玲珑，模样俊俏，肤色白净。她是镇政府计生办的工作人员，我调来该镇工作后才认识她。

那时她很年轻，正值妙龄，性格活泼开朗，走路如细柳摇风。她的丈夫在镇广播站当站长，在兄妹当中排行老六，既驼背又黑瘦，人们呼其为“老六”。他也不恼，眯着小眼睛笑。因为这个，他甫一结婚，镇政府大院里的所有人，不论是书记、镇长，还是年纪大的老干部，或者是刚上班的小伙子、大姑娘，一律叫他媳妇“六嫂子”，这里面有戏谑，有亲切，也有尊敬。他的媳妇“哎哎”地应着，非常自然，大大方方。

人们都羡慕老六有福气，私下说一朵鲜花插在了牛粪上。结婚的头两年里，六嫂子没有工作，跟着计划生育小分队打天工，很多东西她一学就会，很受大家伙儿待见。后来镇政府招工，许多人向书记、镇长推荐她。这些都是别人告诉我的。我入乡随俗，也跟着喊她“六嫂子”，她爽快地答应了，然后就笑，露出一口细碎如银的糯米牙。

六嫂子好笑，笑声银铃似的，真好听。六嫂子好打扮，每天都把自己收拾得漂漂亮亮，像新媳妇似的。六嫂子心灵手巧，常在集市上买一些廉价的花布下脚料，回来剪剪缝缝，就是一件时髦的凉衫或花裙，穿上合体，青春洋气，韵味十足，惹得大姑娘小媳妇纷纷找她取经学艺。特别是计生办的姑娘们亦步亦趋，都学她打扮得花枝招展的。所以呀，计生办的女人们是镇政府机关各单位女人行中最靓丽的一个群体。尤其是镇政府在大型会议室里面开大会时，机关各单位人员分片而坐。你看吧，计生办的女子们挤在一堆儿似花海簇拥、彩霞云集。平时呀，刚参加工作还没处对象的年轻小伙子，有事没事好到计生办院里溜达一圈，街上的小混混儿也爱到计生办院里出出风头，要要脾气。爱美之心人皆有之，本也无可厚非。

六嫂子下村里孕检，村里的媳妇都夸六嫂子好看。夸她长得俊，脸庞又细又白，像二层鸡蛋皮儿似的；夸她说话的声音好听，又温柔又和气又体贴人，不像某些人对老百姓说话凶巴巴的，像驴鸣狗叫似的。六嫂子是个自来熟，跟村里媳妇们姐呀妹呀地热乎着，俨然一家人，孕检工作进行得很顺利。一个村一天的孕检工作，六嫂子半天就完成了，而其他计生小分队安排一个村的孕检工作，两天还叫不齐人。急得其他小分队的队长们跺脚骂娘，抖着膀子原地转圈如同发情的公鸡。计生小分队的队长们争着要六嫂子，六嫂子成了香饽饽呢。六嫂子脸庞红扑扑的，一双大眼睛水汪汪的，看上去无比美丽。是啊，世界是需要美丽的，美丽地工作着是幸福的。

第六个年头上，我离开了那个小镇，到县城里某个单位工作去了，从此再也没有见过六嫂子。后来听说她下海到南方谋生了。乍听到这个消息时，我的心头忽然一沉，怅然若失，但很快就释然了。我暗自祝福六嫂子，身体健康，财运亨通，生活称心如意。

六嫂子哎，你在他乡还好吗？

2018年3月28日夜作

爱情

人类最缠绵悱恻的感情莫过于相思之情，而相思之情则源自爱情。

有人曾说，世界上最远的距离不是树与树的距离，而是同根生长的树枝无法在风中相依；世界上最远的距离，不是树枝无法相依，而是相互瞭望的星星没有交汇的轨迹；世界上最远的距离不是星星之间没有交汇的轨迹，而是纵使轨迹交汇却转瞬无处寻觅；世界上最远的距离，不是转瞬无处寻觅，而是甫一相遇，却注定无法长相依；世界上最远的距离是鱼与飞鸟的距离，一个在天上，一个却深潜海底。有一首小诗曾使无数人泪流满面："君生我未生，我生君已老。君恨我生迟，我恨君生早。"此诗为唐代铜官窑瓷器题诗，可能是陶工自己创作或是当时流行的里巷歌谣，感叹两人相爱却不能长相守的无奈和辛酸。我们唯有祝愿天下有情人终成眷属，天长地久。

《卜算子·我住长江头》是宋代诗人李之仪的作品，被选入《宋词三百首》。此词曰："我住长江头，君住长江尾，日日思君不见君，共饮长江水。　此水几时休，此恨何时已。只愿君心似我心，定不负相思意。"此词上片写相离之远与相思之切。用江水写出双方的空间阻隔和深沉的情思，朴实中见深刻。下片写女主人公对爱情的执着追求与热切的期望。全词以长江水为抒情线索，用江水之悠悠不断，喻相思之情绵绵不已。语言明白如话，句式复叠回环，感情深沉真挚，凄婉动人，深得民歌的神情风味。构思新巧，婉转含蓄，灵秀隽永，写出了隔绝中的永恒之爱，给人以江水长流爱情永笃的感觉。

爱情是什么？爱是两情相悦，是发自内心的一种喜欢，喜欢到了极点，所谓的爱情就发生了。连对方在别人眼里的严重缺点，也能欣然接受。这样就不难理解牛郎与织女以及富家姐爱上穷哥哥的传奇故事了，也就容易接受《巴黎圣母院》里丑陋的敲钟人对美丽的爱斯梅拉达至死不渝的动人爱情了。

爱是一种难得的缘分。分处天南地北本来不可能相遇的人，却能够在特别的场合特别的时间，因为特别的理由，而终得相识并擦出爱的火花，这就是千里姻缘一线牵，是月老的红线将一对有缘人拴在了一起。等到某一天，月老不小心把线弄断了，两个人就情断缘尽了。所以缘在时，要好好珍惜；缘尽时，则坦然分离。一切顺其自然最好。

爱是一种能力。渴望得到美丽的爱情是人与生俱来的本性，可是只有渴望是远远不够的，还要敢于追求；即使追到了爱情，还要擅于栽培而不使爱情之花枯萎。

爱是一种责任。既然拥有了爱情，就要敢于担当，肩负起养家糊口、挡风遮雨的责任，才能使爱情与家庭的小舟在湖海上顺利前行。

关于爱情，丰子恺先生说得好："不乱于心，不困于情，不畏将来，不念过往，如此，安好。"

2018 年 4 月 1 日作

清明纪事

清明，一个感伤而又萌动的日子。万物生于此时，皆清洁而明净，故谓之清明。

清明是节气，也是非常特别的日子，扫墓祭祖，郊游踏青。故此时此节，除了有慎终追远的感伤情怀，还融合了欢乐踏青的气氛；既有生离死别的悲酸眼泪，又到处是一派清新明丽的动人景象。它极富中国特色，非外族异域所能理解也。清明节大约始于周代，至今已有2500多年的历史。清明一过，气温升高，正是春耕春种的大好时节，故有“清明前后，种瓜种豆”的农谚。寒食节在清明节的前一天，相传起源于春秋时期的晋国，为了纪念被大火烧死的忠臣介子推，这一天，民间禁止生火，只能吃备好的熟食冷食。后来，由于清明与寒食的日子接近，而寒食又是民间禁火扫墓的日子，渐渐地，寒食与清明就合二为一，并融入了冷食、祭祀、踏青等风俗。

清明时节雨纷纷，此时的气候状态，处在气温不断上升带来的光明、温暖和雨水之中。万物在生长，生命在拔节抽条，天也变得晴朗明净起来。清明时节有三候。一候桐始华，桐花开出淡紫色的花朵；二候田鼠化为鹌，阳气渐盛，田鼠回洞，鹌鹑出来活动；三候彩虹现，若云薄漏日，日穿雨影，则彩虹出现。二十四番花信风，人们把花开时吹过的风叫“花信风”，意即带有开花音信的风候。此时哟，桐花展开笑颜，麦花为结果而来，柳花脱棉殷殷留人。此刻呵，一碗巢穴报肥燕，碧空万里荡紫鸢，蜂蝶轻狂野方原，柳丝啼红蒸晴烟，美好人间四月天。

2015年4月5日作，是日清明节

2016年清明节前一天的上午10时许，我在兰考县城住所的院墙外散步，见几年前栽种在院门口的那株枣树又冒出了新芽儿，联想到明日清明节回老家上坟扫墓等事宜，有感于怀，遂作《清明节前感怀》一首记焉。

清明节前感怀

清明节前枣芽发，

凝芽怀远盈泪花。

明天早起奔故里，

添土祭拜尽孝心。

感念祖先创业艰，

勤劳美德代代传。
感恩祖母并母亲，
教我如何学做人。
愈思愈想情愈炽，
枣芽幻作故乡云。

2016年4月3日清明节前作

翌日上午，携妻带子回老家给祖母、母亲扫墓，于老祖母墓前吟作《清明吟》。

清明吟

清明天晴艳阳照，
培土上香祭拜扫。
先辈恩情永铭记，
传承感恩子孙孝。
今日虽然天未雨，
多少雨丝心中绕。
苍茫大地人生短，
正气畅扬志气高。

2016年4月4日清明节作

2017年清明节那天，细雨蒙蒙，烟云四塞，我和妻给祖母、父母扫墓罢，心潮难抑，作小诗《如歌的清明》以寄托哀思。

如歌的清明

清明时节雨纷然，
飞落麦苗桃花间。
游子墓前久伫立，
惆怅若失神情黯。
爷奶坟上生青草，
爹娘墓头长蓬蒿。
音容笑貌清如昨，
呼儿唤孙犹耳畔。
多少往事眼前浮，
依依亲情胸中泛。
细雨绵绵似下泪，
柳丝拂拂如扬幡。
四野茫茫浑一体，
鹤唳声声天地连。
添土祭奠毕恭敬，
步履蹒跚出麦田。

一步一顿一回首，
泪眼蒙眬别慈亲。
春雨有情尽挥洒，
人生不息代代延。
慎终追远民德厚，
忠孝传承家国显。
明年今日儿再来，
祈祷娘亲勿挂牵。

2017年4月4日清明节作

2018年清明节，和妻回老家村西头墓地祭扫已毕，我伫立老祖母墓前，见雪松青青、梧桐摇绿、合欢滴翠、枫叶绽红，沉默良久，心中感叹，作诗《祖母墓前》以记之。

祖母墓前

祖母墓前默伫立，
内心潮涌奔流急。
诸多往事萦脑际，
感慨唏嘘情难抑。
雪松合欢长忠守，
梧桐挺立如戎兵。

片片枫叶叙相思，
难馨儿孙怀念情。

2018 年 4 月 5 日夜撰次

一棵小杏树

那是一个庞大的院落，在小县城的东北角，院内四面盖满了门面房，原来计划用来办商场的。结果商场没办成，倒成了购房者居住的大杂院。

院里面的西屋挨着开了两个小饭馆，大院子里的公共场地倒成了食客的免费停车场，车子随便停，方便宽敞。我和朋友好到这两家小饭馆来吃饭，携两瓶酒，房间里一坐，就是一顿海喝。小饭馆饭菜不贵，干净实惠，来这里吃饭的人很多。每家饭馆只有几个小单间，常常爆满。有次我们来晚了，没房间坐了，这可怎么办？嚯，有办法啦！这两家小饭馆的南边有一棵小杏树，树冠如伞，又恰逢夏天，我们就搬张小方桌在杏树下面坐了，倒也别有一番雅趣。

小杏树很勤劳，树上结满了杏子，个大如鸡蛋，金黄灿烂。此时城外农田里的麦子快熟了，而头顶上的杏子也快熟了，散发出一种甜蜜清醇的杏香，满院子里到处都是这种香味儿，好闻极了。杏树旁边的门面房是落了锁的，听说房子的主人到郑州给儿子带孩子去了，平时很少回来，只留下杏树在家看门。

这是院子西边的一长溜门面房，房门都是东向的。小杏树是孤单的，连个做伴儿的树木也没有，它站在那里，显得孤零零的。而其他的房门前什么树也没有栽种，光秃秃的很是难看。停了没几天，杏子熟了，这还是小杏树第一次挂果。因为小杏树的主人不在家，杏子随便大家伙儿摘吃。我随手摘了几枚，用饭馆里的清水濯净，拣起一枚用手指肚儿轻轻一挤，杏子顺着那条自然生成的牙线一下裂成了两半，杏核光洁，杏肉红润新鲜，吃一口，甘甜甘甜的。一个朋友说，这杏叫大红杏。一个朋友说，麦子黄时杏也黄了，麦子熟时杏也熟了，该叫它麦黄杏。另一个朋友反驳说，不，这杏应该叫干壳面杏。你看它核肉分明，比那黏胡子杏好吃多了。喝过酒之后，我又拐到小杏树下，顺手摘了几枚，用餐巾纸包了，带回家给家人品尝，家人都说甘甜可口，实在是好杏，嘱我再去吃饭时别忘了再捎回来一些，我点头应允，说是小事儿一件。有好东西大家共同分享，也是人间美事。翌日早晨起床后，满屋子芳香。我咂巴咂巴嘴，还杏香满口，不由得幸福地笑了。

几天后的一个傍晚，我又去小饭馆吃饭。这次我从南门进入，这里离小杏树最近，我想先摘杏子，免得忘了，然后再说吃饭。我愈走愈近，竟然不见了小杏树，小杏树原来生长的地方，已经被夷为平地，铺上了石板。我万分错愕！慌忙奔进小饭馆，急促促地问老板：“小杏树哪儿去啦?”老板忙把手在围裙上揩了揩，痛心疾首地说：“唉，别提啦，小杏树叫街道办事处的人给掘倒啦！县里开展街道环境卫生大检查，街道办事处叫来铲车，咔嚓！咔嚓！几家伙就将小杏树贴地皮儿给铲断了！他们也不提前告知一声，要是提前说了，让人移走呀，俺家的院子里就栽得下……”老板心疼得说不下去了。我鼻孔里呼呼喘着粗气，咬牙骂了一句，然后也沉默了。我返身又来到了小杏树曾经生长的那块儿地方，沉重地低下了头，我悼念小杏树啊！它的树龄顶多也就四岁光景吧，它还是个孩子呀！我想起了往昔见小杏树的一些情景：初春，小杏树开花了，满面娇羞；仲春，小树萌生绿叶，姗姗可爱；暮春，小杏树结出了果子，清杏圆肥，让人口舌生津。今年它才第一次开花结果，就遭受了灭顶之灾的厄运！如果能继续生长的话，明年就进入盛果期了，这以后该结多少好果子啊！

这是去年夏天的事儿啦，往事不堪回首。打那以后，我就很少到那院子里的小饭馆吃饭了。触景生情，徒增伤心，还是少去为好！这人世间的事咱管不了，如此令人伤感的地方，咱回避还不行吗?如果小杏树今年还活着的话，这时候又该坐果了吧?

怀念小杏树！

2018 年 4 月 6 日下午作

充满灵性的小黑狗

记不错的，那是1987年初夏，4月12号这一天。

这一天呵，天似乎格外蓝，阳光也分外灿烂。一大早，父亲就将院子清扫干净，并洒了水。母亲呢，把小方桌擦了又擦，把准备倒水的碗洗了数遍。老祖母破例穿上了那件平时舍不得穿的蓝洋布盘扣大襟衫。二弟专门跑集会上理了个平头，大妹二妹三妹均换上了新的鞋袜。我也不敢怠慢，早早换上了浅灰色西服和锃亮的三节头皮鞋。一家人都行动起来了，神色紧张中漾着喜悦。小方桌就端端正正地摆在院子正当央，上面搁着一个竹壳暖瓶和一摞粗瓷碗。喜鹊飞过来喳喳叫了一阵子，报完喜又飞走了；家里的小黑狗在院子里跑来跑去，嗅来嗅去，不知道它正在忙活什么。小黑狗都半壮子大了，超过我的膝盖高了。它平时很凶，见生人就狂吠，即使见了半生不熟的人也毫不留情。

上午10点钟刚过，我的女朋友就到了俺家门口。她后来告诉我说，她上了土坡，来到了村中心，从崭新的自行车上跳下来，一路打听着才摸到了我家。农村人好奇，猜测她是我的对象，立即呼朋引伴，尾随着跟了过来。女朋友站在院门口喊我的名字，我怕狗咬她，慌忙从院子里奔了出来。我接过她的车子，亲亲热热地把她迎进了院子里。我搬过来一把小凳子，用手拂了拂凳面，让她在小方桌旁坐了下来。又急忙倒碗开水，双手端放在她面前，嘴里不停地叨叨："快喝！快喝！"我的额头沁出了一层细汗。女朋友笑了，说："这么烫，咋喝呀？"我也笑了，环绕在女朋友身旁的父亲、母亲、祖母、弟弟、妹妹们都笑了，围在外圈的乡亲们也跟着笑了。小黑狗在人群里钻来钻去，乡亲们平时知道小黑狗的厉害，下意识地躲闪。小黑狗靠近了我的女朋友，嗅嗅，又轻轻地走开了，还轻轻地摇了摇尾巴。

从我的女朋友到家里来，直到我的女朋友吃过饭离去，小黑狗从始至终都没有吠一声。多年以后，我和妻谈起这事还觉得稀罕。狗狗为什么不咬没见过面的自家人呢？难道冥冥之中小黑狗窥破了天机，感知到了女朋友和我是一家人？都说狗最通人性，这回我是真切地体会到了。

狗还是人类最忠诚的朋友，它对主人坚贞不渝、贫贱不移、忠心耿耿。就算你再贫穷，它也不会因嫌弃而离开你；就算你再富贵，它也不会涎着脸无缘无故地去投靠你。狗还能明辨是非，知恩图报，你对它好，它对你会更好，绝不会像有些人一样恩将仇报。我分析了一通，也研究不出个究竟。总之，小黑狗是很有灵性的。

这天，我和妻又说到小黑狗很有灵性这件事，妻往嘴里塞了一粒葡萄，懒洋洋地说："什么也别想啦，该成一家，命中注定。"今天的阳光很好，天很蓝，春花正渐次开放，在狗年里我又想起了这件狗事，祝愿大家狗年好运，前途光明。

2018年4月6日夜作

我的初恋

我的所爱在山腰；
想去寻她山太高，
低头无法泪沾袍。

——鲁迅《我的失恋》（节选）

一叶浮萍归大海，人生何处不相逢？说起我的初恋对象，真是有点儿阴错阳差、鬼使神差呢。

1986年的初夏，我的老乡、大妹的女同学汪景儿给我介绍了个对象，是县委招待所烟酒门市部姓刘的女孩。一天下午，汪景儿领着我到门店相看。那时节我刚刚参加工作不久，身材瘦削，气质儒雅，穿着西装，打着领带，脚蹬三节头黑皮鞋，如玉树临风，很有点儿“文艺范儿”。那个姓刘的女孩正在吧台里等着，汪景儿给双方做了介绍。我看那女孩身材娇小，五官精致，眼神流盼，属于小巧玲珑的那种。她的身旁站着另一个女孩，身材高挑，皮肤白皙，长发披肩，仪态从容，上身着一件桃红色束腰小褂儿，更显得气质出众，风韵迷人。我悄悄地把汪景儿叫出门店，神秘兮兮地告诉她说：“你不要介绍小刘了，你介绍小刘身旁站着的那个高个女孩吧！”

从此以后，我和那个名叫浮萍的高个女孩就开始交往啦。她不是本地人，是“杞人忧天”的杞县人。她父亲是县委招待所的副所长，她小学毕业，通过父亲的关系被招工之后，就来我们县城的县委招待所上班了。当然，她也不是小学一毕业就来了我们县城，而是在家待了好几年。在老家时，她帮母亲种过地，卖过菜，干过多种农活，也是颇为辛苦的。农村的人情世故、乡风习俗，她都经历了，也都懂。所以我同她甫一接触，就知道她很乖巧、很懂事。在农村吃过苦的女孩子，比某些城市里娇生惯养成长起来而不知禾黍的女孩子成熟稳重多了。随着交往的日渐深入，我愈发喜欢她了。尤其令我喜欢的，是她性情温婉，说话做事都很有分寸。虽说文化程度不高，但实际能力却不容小觑。

那时候不像现今通信设备先进，我基本上是每隔几天就来县城和她见一次面，在一块儿吃吃饭，散散步，看看电影，偶尔给她买一些女孩子喜欢的小玩意儿，譬如手镯、耳坠什么的。有时候在电影院里看了夜场电影已是深夜，经过她的巧妙安排，我还能偷偷睡在招待所里，享受一下免费的“待遇”。

与她谈恋爱的那一段时间，我正巧“歇病”在乡下的老家。原本我的工作单位在本县的爪营乡文教组，我师范毕业之后，为摆脱教学第一线，父亲找葡萄架乡杜寨村的老乡，在县教育局当扫盲股长的孙金生大伯帮忙，金生大伯又找到和他私交不错的朋友、时任爪营乡文教组助理的丁建华，把我分到了该乡管理教育的机构——文教组，在那里当扫盲干事。事情大致定下来之后，金生大伯建议我去拜访一下丁助理。我从家骑自行车，带着礼物，顺兰曹公路到了红庙乡政府西边的祥明桥，打听好行走路线，然后下桥，一路向西北方向行走，经普营村、程庄村，终于到了爪营集，又经几番打听，方才找到丁助理的家送了礼。丁助理的家在一个小胡同里，房屋不甚高大，屋内有点儿暗暗潮潮的。从丁助理家推车走出来，我又按照原路返回了。

这是我第一次去爪营，印象颇为深刻。况且那天下着小雨，我来回都穿着雨衣。据当地人说，爪营原来不叫爪营而叫瓜营。爪营一带原为黄河滩地，土地沙荒多，百姓种花生、种瓜的颇多。过往行人可随意吃瓜，只需留下瓜子，不需付钱。又因当地武官朱良在此安过兵营，故称瓜营。后河务官向上呈文时，误将“瓜”字写成“爪”字，自此以后，“瓜营”也便改为“爪营”了。太平天国运动时，爪营周围村庄的百姓纷纷逃到爪营集上避难。爪营集武秀才符长春领导各户打起寨墙，又起了古会。爪营集为爪营乡政府所在地，爪营集后来划分为爪营一村、爪营二村、爪营三村和爪营四村四个行政村。我去爪营乡文教组上班半年之后，黑瘦弓腰的丁助理调走了，又来了一个肥头大耳的范统助理。

翌年的夏末秋初，爪营文教组里又新分来该乡一村村支书家的千金女儿小高，她也是师范毕业的，也是通过她父亲的关系分进了文教组。文教组的头头范助理让她和我在一间办公室里办公，她个人素养很高，我俩相处融洽，颇说得来。令我没有想到的是，某天晚上，范助理从外面喝酒回来找我“谈心”，“谈心”的主题令我吃惊和气愤。他说现在文教组人多了，我的语文基础又好，让我下学校里担课教语文，初中、小学随便挑。我强压住火气说：“范助理，我从老家跑三十多里路来到此处，就是不想教学的，如果想教学的话，我孤孤单单的何必跑这么远呢，老家葡萄架乡也是能教学的！我实在不想教学，这样吧，请您给我半年的时间让我跑转行，如若半年之后转不了行，再让我下去教学也不迟！”范助理一看强迫不得，硬逼也不行，想了想，点头应诺了。

跑转行谈何容易，我一没有家庭背景，二没有贵人相助，三没有钱财托人送礼。时间一天天流逝，我一天比一天心急如焚，期盼着能出现奇迹救我于水火之中。事实证明，世上从来就没有天上掉馅饼的好事。半年的时间到了，我那年轻气盛、血气方刚的“转行宏愿”仍然没有丝毫眉目。一天夜里，范助理又从外面喝酒回来了，他又找我“谈心”。范助理说：“绍广呀，半年时间到了，我看你也没能转行，还是履行当初我俩的君子协定，下学校里担课吧！”我控制住自己的情绪，说：“范助理，您是堌阳镇人，我是葡萄架乡人，您和我都是外乡人，在这里相遇也是一种缘分，您何必逼我太甚呢？您说文教组人多，为什么您还让那个女孩子小高进来呀？再退一步讲，要派人下学校里锻炼的话，论资历来讲，我是在您来这里当文教助理之前来的，没有功劳也有苦劳，我又比小高来得早，您理应让小高下去锻炼才对……”话不投机，你来我往唇枪舌剑一番，范助理坚决要求我三天之内下学校担课，我死活不从，骂他“势利眼”“狗眼看人低”。翌日早晨，我以最近心神烦躁、寝不安枕、失眠盗汗为由，请求回老家治病兼静养一段时间。范助理阴沉着脸，在我的请假条上大笔一挥签了字。为防后患，我将那张签了字的请假条小心翼翼地揣进衣兜里，简单收拾了一下床铺，就骑上自行车回老家了。我与女孩子浮萍就是在这段特殊的时间段里交往的。

一个星期天的上午，我又一次从老家来到县委招待所。在烟酒门市部里没有见到浮萍，一打听，吧台里的其他女孩子说浮萍家里有事，好像是他哥哥的小孩办九呢，浮萍和她爸一起回杞县老家了。

我非常失望，本来是抱着巨大的热情来见浮萍的，没想到她却回家了。在县委招待所附近徘徊了许久，冷静下来的我，又慢慢地恢复了信心：她回老家了，我干吗不去她老家看她呢？我又重新走进门市部，买了两条加长过滤嘴的芒果烟，装进黑塑料袋里一提，就急急奔向了兰考汽车站。我知道浮萍的父亲烟瘾特大，这是刚上市的新牌高档香烟，六十六元一条，料定浮萍的父亲会喜欢。再说了，两条烟很轻，塑料袋里一装，也便于携带。凑巧的是，我赶到汽车站，刚好有辆发往杞县县城的班车正在启动，我一个箭步跳了上去，迅速地找了个座位坐下。恋爱中的人，干什么都是敏捷迅速，充满力量的。

到了杞县县城下车后，考虑到再搭乘班车的话，下午之前赶到高阳镇老庄已是晚了，我就急中生智，掏二十元钱租了个机动三轮坐了，心才渐渐平复下来。高阳镇老庄在杞县县城的西南方向，距离县城九公里，不算远，也不算太近。路是宽宽的土公路，也没有太多的土尘。我之所以知道浮萍的老家住址，还是我俩早先闲聊时无意之中记住的，不承想却派上了用场。

上午 11 点半，我来到了老庄，一路打听着找到了浮萍的家。一个不大的洁净小院，有三间低矮起脊的老式瓦屋。厨房呢，是在靠堂屋的西墙搭了一个厦檐，留着一个窄窄的单扇南门，门是用秫秫秆编织的。我进院门的时候，见浮萍的父亲正在树荫下的一个黄竹篾躺椅上躺着歇凉。我做了自我介绍，他斜眼打量打量我，非常吃惊的样子，但转瞬也就平静下来，不冷不热地让座、倒茶。早先曾在县委招待所的院子里远远地看见过他，浮萍悄声告诉我说："那是俺爸。"今天我才近距离看清楚了人们都私下里叫"大老浮"的他，大高个，橄榄头，稀疏的头发向后梳着，脊背微驼。听到我说话的声音，浮萍红着脸从屋里急急地走了出来，显得既兴奋又焦急，还有点儿不知所措。她面朝着我笑笑，互搓着两手，算是对我进行了问候。浮萍的母亲也从屋里走了出来，惊愕地张大了嘴巴，我叫了一声"伯母"，她慌张地"哎哎"应着。

浮萍的母亲做了几个小菜，其中有一个是凉拌黄瓜，其他的是什么我已经记不清了。吃饭时，就浮萍的父亲陪着我，我俩不咸不淡地喝了几盅酒，说了几句话，就草草地结束了。吃饭的地方就在那张躺椅旁，躺椅旁放了一张小桌，浮所长坐在躺椅的尾头。吃过饭后，我要走，浮萍让我休息一会儿再走，因为天气实在太炎热了，并且我还喝了酒。她邀请我到堂屋的西间里歇息。西间没有隔阻的门，吊个布帘子。东间那间也没有隔阻的门，也吊个布帘子。当中空荡荡的那间，只有北面靠墙处摆张条几，条几上面的墙上贴张不知有多少个年头的毛主席像，显然属于客厅。我到西屋的那张凉床上躺下，凉床上残留着一种女孩子的体香。浮萍挨我坐在床沿上说话，声音低低的。她说她哥哥的小孩昨天办的九，她的嫂子给她一块儿花布，让她做裙子。她边说边从旁边一个木箱子里拿出那块花布，是浅蓝色的细洋布，上面缀满了亮晶晶的星星，我想象着这块花布做成裙子之后，浮萍穿上的好看模样，心里一时很激动。我坐起来，用双手箍住她细细的腰肢，轻轻地吻了吻她，她竟然顺从地热烈地回应着我，千言万语都融在其中……

半下晌时分，我从浮萍家走了出来，来到村北的大路上等车。我发现她村庄的麦秸垛有个特点，都非常随意地堆在树荫下、道路旁、村头外，低低矮矮的，不像我老家的麦秸垛总是堆得齐齐整整的，一看就是老把式干的活。

我在路旁等了许久，也不见有公共客车，就拦了一辆拉货物的毛驴车。坐上，还给毛驴车的主人递了烟，说了许多好话。终于挨到了杞县县城汽车站，可已经没有发往我们县城的班车了。我又不舍得破费再租三轮车，就挺挺胸脯，迈开脚板走了起来。杞县到我们县城概约四十公里，我整整走了五个多小时。天下着小雨，我的心里也下着雨。至县城后，已是深夜了，我的全身都湿透了，又冷又饿，又伤心又疲惫，胡乱找了个小旅馆住下，就昏沉沉地睡着了。

在此次去浮萍家之前，在浮萍的父母不知情的情况下，媒人汪景儿曾经领着浮萍来过我家一次。那是一天下午，她们的突然造访令人受宠若惊。母亲倾其所有，准备了一桌饭菜。曾经有这样一个细节，在家中开代销点的母亲拿了一瓶鱼香罐头，用菜刀在封口处砍了一个口，有二寸来长，准备将里面腌制的小白条倒出来当一个菜。我看了满桌子的菜，就说了句“不用了，菜够了”的话，母亲又将砍开的口子捺了捺，放回了货架上。浮萍走了的第三天，母亲嗅到代销点里有一股难闻的异味，她拿起那瓶切开的鱼罐头一看，鱼已经坏了，切口处发出一阵恶臭，还拱出一层绿醭儿，母亲心疼得直想掉泪，后悔不如当时上桌吃了。

当天晚饭后，母亲和大妹在客厅里陪同汪景儿说话。对了，因为汪景儿和大妹是同学这层关系，汪景儿才认识了我，才接下了大妹拜托她给我介绍对象的“任务”。我和浮萍则走出小院，在村南通往南边董庄村的那条笔直的乡村土路上散步。当晚的月亮很好，姗姗可爱，温情款款。后来我俩拐到路东的小树林里，拥吻在一起，我暗暗祈祷时间永远停留下来，直到永远。头顶上的月光透过密密层层的树叶流泻下来，落到她皎洁如月的脸颊上，印在她俊俏如菱角的芳唇上，停在她弯弯如柳叶的眉毛上，洒在她洁白如葱的后脖颈上，吻在她瀑布般的秀发上。这晚上的月亮真好，我从未感受过如此美好柔媚的月亮。我俩不知在小树林里站了多久，抱了多久，吻了多久，直至听到汪景儿在我家院门口喊我俩的声音，才相拥着走回了家。

纸里包不住火。浮萍来我家之后不久，浮萍的父亲就听到了浮萍去我家的消息，他开始重视起他女儿和我的关系来，对我进行了认真严格的“打听”。他听到有人说我“不务正业”，家里景况一般，父母皆是农民，父亲又好喝酒，似乎不太会过日子，更为重要的是，他认为当“孩子头”没有出息。在他强硬的反对之下，浮萍向我提出了分手。她说，在我从她老家走后的当天晚上，她的父母在东套间里说话。也不知是有意还是无意，她听到她的父亲这样说，要是萍妮儿跟小张继续交往而不断绝关系的话，他就撤销萍妮儿在县委招待所的工作，让她重回老家种地。单纯幼稚的浮萍听了吓坏了，她知道她的工作来之不易，也知道在农村生活的艰辛困苦，更体会到了在县城生活的轻松舒适。

这之后，浮萍的父亲特意让在杞县老家种地的浮萍母亲来到了县城，居住在县委招待所里，把浮萍“软禁”了起来，禁止女儿和我交往。浮萍三天三夜不吃不喝进行反抗，最后在众人的劝说之下，她妥协了，屈服了。在汪景儿卖烟的那个临街的小小门店里，我和浮萍见了最后一次面，她向我表达歉意。我强忍住泪水对她说："你走吧，我绝对不怨恨你！"浮萍哭着跑走了。我们从相识到结束仅三个半月的短暂恋情就这样结束了，如昙花一现，萤光一闪。从此，天各一方，音信断绝，各自成家，相忘于江湖。

相忘于江湖，说起来倒是轻巧，但咋能轻易忘记呢！不能，实在太难忘记啦。与浮萍分手之后的很长一段时间里，我始终忘不了她，特别是夜深人静的时候。回忆我俩的过往，那种温婉可亲的情景历历在目，清晰得如同昨天一样。我把对她的相思深深地埋在心里，形容日见消瘦，眼窝深陷，眼神迷离，比大病一场还严重。

许多年后的一天暮晚，月色溶溶，我又来到了我和萍儿曾经散步的那条小巷。突然记起了前段时间读过的一首诗《暮晚》："伤春景不长，花期一时尽。风雨推波澜，飞絮乱红尘。聚少离别苦，暮归斜阳沉。千杯无醉意，对月思旧人。"触景生情，徘徊踌躇，那种踽踽独行、黯然神伤的情状实在难以用笔形容。夜深了，我依依不舍地离开了那个伤心之地。长夜漫漫，难以成眠，披衣端坐桌前，秉笔作自由诗一首，诗名为《一条小巷》，以纪念我那远去的初恋。

一条小巷

一条小巷弯弯曲曲窄又长，

昏黄的路灯下，
它显得愈发幽深和安详。
小巷就在县委招待所的北面，
西头起于一湾清清亮亮的湖水之畔，
东头止于小巷尽头一棵弯腰老柳树之旁。
反过来也可以这么说，
它东头起于一棵弯腰老柳树之旁，
它西头止于一湾清清亮亮的湖水之畔。
一天晚上，春风沉醉，梨花飘香，
我和初恋女友在小巷里散步，
小巷里静悄悄的只有我们两个人。
女友突然向我提出了一个要求，
让我背背她。
瘦削的我潇洒地甩了甩头发，
哈下腰，
女友就快速地俯在我的背上，
并用纤纤玉手钩住了我的脖颈。
她颀长苗条的身子紧紧地贴着我，
她鼓鼓的乳房挤压着我的脊背，
她嘴里哈出的气息如兰，
弄痒了我的后颈，我的耳垂……
三十二年过去了，
这天晚上秋意渐浓，还下着毛毛细雨，

我孑然一身，踽踽独行，
又来到了这条小巷，
这条小巷呵，已经变了模样。
它变成了一条开阔平坦的柏油马路，
昔年的碎石屑路悉数消亡。
它两边鳞次栉比的低矮的起脊瓦屋业已不见，
矗立起一栋栋高大洋气的楼房。
它昏暗的带圆灯罩的电灯泡不见了，
换成了线杆洁白挺拔的太阳能路灯，
把整个街道和两旁的楼房照耀得如同白昼。
我的眼睛被明亮的灯光刺疼了，
下意识地用手往上托了托近视镜架。
那棵弯腰老柳树已无处寻觅，
它的原址上用青石条砌成了一个一米见方的正方形，
正方形里松软的泥土上栽种着一株桂花树。
我用手抚摸着桂花树青涩的树皮，
恍若隔世，眼窝潮湿。
自从那次小巷里散步之后的不久啊，
我和初恋女友就中止了恋爱关系！
她的遽然离去呵，
给我遗下了无尽的伤痛与回忆。
她的心地是那么质朴善良，
她待我是那么温柔可亲，

她说话的声音是那么娇美好听，
她脚步的移动是那么温柔轻盈，
她的肌肤是那么细嫩白皙，
她的笑靥是那么温馨甜蜜。
我俩琴瑟和鸣，心心相印，
我们情投意合，山盟海誓。
可是呵，
我们的爱情遭到了萍之父母的强烈反对，
特别是萍之父亲，他嫌弃当老师没有出息，
天难人怨呵，人神不佑，
我回天乏术，椎心泣血，徒唤奈何！徒唤奈何！
此时此刻啊——
我又独自行走在小巷的旧址之上，
心里泛着一波又一波的酸楚。
柏油马路上人来人往，
行人皆用疑惑的目光将我打量。
而路灯，将我孤单的身影，
时而缩短，时而拉长……

2018年4月30日夤夜作

难忘那个顶风冒雪的人

北风呼呼地刮着，雪花簌簌地下着，地上下白了，铺了寸许的积雪，连屋顶上都变成了白色。在张君墓镇政府所在地的张南村，毗邻兰曹公路的北侧，有一个卖胡辣汤的早点摊，搭了个四面敞开的石棉瓦棚子，棚子下挤满了低首缩颈"咕咕噜噜"喝胡辣汤的人。还有一溜人正排队，弓腰袖手，嘴里哈着白气儿。天真冷啊！这家早点摊虽说简陋，却颇有名气。老板炸的油条金黄金黄的，又大又暄又好吃。烧的胡辣汤是地地道道的豫东老式白胡辣汤，汤里面有粉条、海带丝、面筋、胡椒，粉条是正宗的本地红薯粉；面筋又筋又香，漂浮在汤碗里，像一条条游弋的小银鱼；海带丝切得又长又细，似一缕缕水藻；胡椒呢，放得不少，辣得过瘾！胡椒的辣不同于辣椒的辣，辣椒的辣是直辣，少了回旋余地，而胡椒的辣，倒是辣得委婉含蓄、敦厚忠实。在寒冬腊月里，在冰天雪地里，在朔风呼啸里，在雪花纷飞里，一气儿喝上两大碗热气腾腾的胡辣汤，又舒服又暖和，那是一件多么幸福的事情呵！直喝得额头上沁出一层细小的汗珠，直喝得满面透红、通体舒泰，直喝得犟脾气的男人性情温顺，直喝得辣性子的女人满面娇羞，直喝得“国泰民安”，直喝得岁月长留。

老北风越刮越猛啦，嗖嗖地起了哨音；雪花越飘越大啦，撕棉扯絮一般飘洒。地上的积雪更厚啦，道路愈加难行啦。我正站在敞棚子下面排队买胡辣汤，这时，我看见从镇子北边的那条土路上，箭也似的飞来了一个小黑点。近了近了，那黑点原来是一个人，一个骑自行车的人，而且是一个男人，那男人嘴里哈出一团又一团的白气儿，像个小型喷雾器。他的左手扶着车把，右手拎一只竹壳暖瓶，径奔早点摊而来。他在早点摊前跳下车子，打了一个趔趄，晃了两晃才算站稳了身子。他摘下套在头上的棉猴帽，头顶直冒热气，抖了抖身上落下的一层雪，没顾上喘口气儿，也不顾正在排队的其他人，就径直冲进棚子，一大步就跨到了装胡辣汤的大缸前面。“老板，快给俺打瓶胡辣汤，灌满！再包上 10 根热油条！”他说话的声音嘶哑，还带着浓重的鼻音，料想他那鼻子被寒风吹得不透气儿了吧。

老板极为不满地拿眼睛瞟着他，他赶忙解释，话语里充满歉意：“老板，您别生气，千万别生气。俺是北边小宋乡小宋集上的。俺老爹能走动时好来咱这里赶会，时常在恁这里吃油条喝胡辣汤。现今老爹偏瘫啦，可仍不忘恁这儿的油条胡辣汤好吃。这不，大清早就开始跟俺念叨，念叨恁的胡辣汤恁的油条。俺不忍心看老爹那副馋样儿，就提上暖瓶给俺爹来买啦，俺爹正在家急等着吃咧！”小宋集离这里少说也有10多公里，又是在这样恶劣的天气里，跑这么远的路，就为了买老爹想喝的胡辣汤！他的话把众人都感动了，大家伙儿都用尊敬的目光望着他。正喝汤的众人也不由得停箸凝目，仔细地将他打量。他已是人到中年，鬓角白了，人又黑又瘦，可是一双眼睛很明亮。是呵，有孝心的人，心里溢满元气，眼睛咋能不明亮呢！他站在那儿，双腿轮换着抖动，很是急迫的样子。老板操起大勺子，“噗噗噗”将暖瓶灌满汤，又抓起长筷子，“唰唰唰”夹起10根热油条，快速麻利地用白油光纸包了。那人掏出一沓零碎的毛票让老板算账，老板豪气地用肥肥的油手一挡——“就念你这份孝心，这油条这汤都不要钱啦，就算俺孝敬老爷子啦！”老板的话赢得了大家伙儿的一片掌声。那人双手接过白油光纸包的热油条，掂起因盛满了汤而沉甸甸的竹壳暖瓶，厚实的嘴唇不停抖动着，但最终也没有讲出什么话，可他的眼眶里已蓄满了泪水。最后，那人粗大的喉结“咕咚”一声，上下滚动了一下，向着老板恭恭敬敬地鞠了一躬，就扭转身子大踏步地迈出了棚子。是呵，有孝心的人，身体里充沛着天地正气，脚步咋能不坚实有力呢！他先在车篮里搁好了油条，然后，左手扶车把，右手拎暖瓶，一抖身跨上了车子，顶着老北风，迎着扑面打来的雪花，很快便消失在风雪之中。大家伙儿都跟着长吁了一口气，突然都感觉这年的冬天不冷。真的不冷。

许多年过去了，我始终难忘那个顶风冒雪骑着自行车、手拎暖瓶给老爹买油条胡辣汤的中年人。我深深体悟到，孝心这种可贵崇高的东西，正在中华儿女的血液里汹涌澎湃地流淌着，流淌着……

2018 年 9 月 28 日上午作

辣椒花

中秋节过后，小院里的辣椒花依然开着。先是一丁芽一丁芽的小蓓蕾，然后慢慢变大，又慢慢温柔绽放，绽放成小拇指肚儿般大小的一朵朵花。那纯白色的五瓣小花哟，像商量好似的一齐下垂着，如倒挂的小银钟，又如一柄柄精巧别致的小洋伞，静静地美好着。放眼望去呀，碧绿繁茂的枝叶间仿佛喷撒了一枚枚难以数计的亮亮的小星星，又好似飘落了一层晶莹的雪花。近观，才能看清楚那是一朵又一朵的辣椒花。俯嗅，有一种淡到极致似有若无的清芳。多么渺小不起眼啊，辣椒花！多么可爱谦逊啊，辣椒花！多么高尚圣洁啊，辣椒花！奉献给人类多么独特又富含营养的美味佳肴啊，辣椒花！

我栽种的辣椒品种呢，既不是敦实粗壮的菜椒，也不是漂亮好看的灯笼椒，也不是娇小玲珑的樱桃椒，更不是自信满满头脸高昂的朝天椒，而是颀长秀美辣味十足的线椒，俗称骼当箭儿椒，一个个都一拃多长。辣椒花枯萎之后结出的线椒，先短小再细长，先浅青再碧绿，渐浅红再深红。浅青色者童稚可爱，碧青色者绿意盈盈，浑身洋溢着一种好看的光亮。浅红色者犹如待字闺中的少女，深红色者酷似风姿绰约的少妇。早上起来，洗漱完毕，徜徉辣椒丛中，顺手摘几个带着清露的线椒，切丝凉拌，辣而爽口，我能一连就着吃两个馒头；青椒炒丝瓜，绵辣味淳，我能一顿喝上两大碗玉米糁儿粥。有时来个红椒炒鸡蛋，金黄中伴着丹红，吃起来甭提有多香啦。有时将线椒蒸熟剁碎，搁点油盐做成辣椒糊糊，一股淡淡的却沁人心脾的酸香弥漫开来，这辣椒本身自然而然散发出来的迷人味道，立时溢满了整个厨房，令我不由得急忙吸溜吸溜鼻子。

阳光下，我看着辣椒花脱落坐果；风雨里，我观察着小青椒的长势；早晨醒来，辣椒花是我拜望的第一位朋友；月亮升起来，我坐在马扎上与小青椒促膝谈心，并俯首侧耳聆听着小青椒生长的声音。一切的一切，都沉浸在自得其乐的诗情画意之中。

辣椒花啊，只要你还在开花，我就陪伴你到霜降、立冬。辣椒花啊，只要你还在坐果，我就伴随你度过小雪、大雪。亮若星子、灿若雪花的辣椒花呵，你的朴素实在征服了我，你的优良品格给了我人生诸多的启发，你的无私奉献精神深深地感染着我。我怎能不歌颂赞美你哟，我亲亲的亲亲的辣椒花！

2018 年 10 月 8 日深夜作

寒衣节纪事

每年的农历十月初一，谓之寒衣节，又称十月朝、祭祖节、冥阴节，民间称为鬼头日。这一天，特别注重祭奠先亡之人，谓之送寒衣，它是我们中华民族孝道精神的一种传承，是人们慎终追远、缅怀祖先的优良传统。春节的大年初一和农历七月十五是家祭，主要在家中上供。而清明节的春祭和农历十月初一的秋祭，都是上坟拜土，属于野外祭。春祭和秋祭的活动内容和礼数基本一致：上坟后，先除去坟边杂草和枯树，然后坟前摆放祭品，插上三炷香，烧纸钱，焚冥衣，鸣放鞭炮，叩头礼毕。需要注意的是，清明节烧纸是单张的，因为天气转暖，谓之给先人换夏衣；十月初一烧纸是多张的，因为天气转凉，谓之给先人换棉衣，所以这一天叫寒衣节。2018 年寒衣节给祖母、父母上坟送寒衣罢，回兰考县城住所之后，余作小诗《送寒衣》以记此事。

送寒衣

天气阴沉冷雨滴，
我给祖母送寒衣。
前夜祖母托梦来，
抱肩瑟缩面苦凄。
冥衣店里买冥衣，
碑前焚烧心内急。
快快送达老祖母，
棉衣加身祛寒气。
父母坟前燃冥币，
冷雨淅沥火焰击。
祈祷苍天雨暂歇，
明日再下亦不迟。
不求天堂多富贵，
但愿慈亲无寒饥。
雨星渐小风渐低，
灰碟纷飞麦苗地。
四野茫茫多人迹，
焚纸放鞭如赶集。
传统孝道不能忘，
中华儿女孝心弥。

充塞宇宙感天地，
健康安乐福寿齐。

2018年11月8日作

远方寄来的礼物

一天下午，我午休起来正在泡茶，有一个陌生的电话号码打进我的手机里来。我一接听说是有我的邮件，马上就送到我的住所了。我甚为诧异，并没有邮购什么东西呀！接了邮件，是一个纸箱，沉甸甸的，上面裹了几道子胶带。纸箱上粘贴的邮寄单是一个碳素笔写的复印件，字迹颇为模糊，但尚能看清楚上面写有我的姓名和手机号码，而寄件人的姓名仿佛是张志洋，地址似乎是一个什么长岭县，这姓名和地址对我来说极其陌生，我越发惊异了。是不是网上说的骗邮费的那种？邮件里塞些烂砖头碎瓦片、破报纸旧衣裳啥的，让收件人付费取走，但东西都是垃圾，一点儿用处都没有，扔了都嫌手脏。无奈，我再看看寄件人的地址和联系方式，一时也难以辨认出来。不过，这个邮件是寄件人先付的邮费，又似乎不像是骗人的。想到此处，一头雾水的我急忙打开邮包，里面装有七袋蜂蜜大冷面和三袋朱老六东北酸菜。一包包取出，最后是两个带挂链系着红色小念珠的圆柱，有小半拃长短，褐黄色木质圆柱上密密麻麻印满了经文。

我提箱一倒，从里面飘出了一张雪白的信笺。看了信笺上面的内容，我方恍然大悟，寄件人原来是我姨哥的女儿张志峰。她大学毕业后，嫁给大学时谈的男朋友，男朋友家是吉林的，她就随丈夫远赴异乡谋生去了。一别经年，听说她的孩子都上小学了，我也不曾见她回来过，她竟然还记得我这个当叔的。她是本月 11 日写的信和邮寄的东西，这封信在路上走了六天。志峰侄女在信中写道："感谢叔婶这几年对我弟弟张光在急难卑微之时的帮助和支持。我这个当姐的，走得太远了，也帮不上他什么忙，不知道他这几年都是怎样走过来的，光听说他吃了不少苦。我们这边有个清凉寺，据说很有灵气，我为叔婶求了两个经文，一个是《金刚经》，愿叔金刚护体，平平安安，称心如意；一个是《吉祥经》，愿婶身披祥光，健健康康，顺心顺意。顺便寄了一点特产，聊表心意，请勿见怪。我和老公共同经营着一个粮油门店，生活安稳，切莫挂念。最后，再次祝福并感恩叔婶，有机会您老两口一定要来吉林玩几天……"读罢信，我的眼睛湿润了，难得这个侄女有这一片美好的心意，并且还如此用心。余心感动焉，作小诗一首以表达我对志峰侄女的感谢之情。

礼轻情真

礼物虽轻情义真，

难得小女一片心，
家乡老叔心倍温。
遥祝侄女心劲足，
勤劳经营致富路，
全家老少都幸福。

2018 年 11 月 16 日下午作

怀念

2007年12月27日早晨5点4分，手机铃声将我从睡梦中惊醒。电话是大妹从乡间老家打来的，她在电话里哽咽着说：“哥，咱奶奶刚刚咽气了！”虽然是意料中的事，但初闻此言，仍如晴天霹雳，一下子就将我击蒙了。

时间过得真快呀，转眼11个年头过去了。天微明时分，我又一次梦见了祖母，今天恰巧是她的忌日。难道是冥冥之中阴阳两界的亲人之间的一种感应？她老人家还是当年的模样，穿一身干净的老蓝布大襟衣裤，面色平静，定定地看着我，那意思仿佛在说：“放心吧小，俺过得很好，很好……”梦醒，念忆祖母，泪湿眼眶，作小诗《遥祝祖母享福乐》，以抒缅怀之情。

遥祝祖母享福乐

十一年时光匆匆过，

有苦有痛亦有乐。

感谢祖母暗保佑，

日子越过越红火。

禀报祖母一喜事，

您的重孙小鹤①刚完婚。

重孙媳个子高挑挑，

知书达理，端庄娴熟，可漂亮哩！

请您老放心阳间勿牵挂，

在天堂宽心逍遥享乐吧！

2018年12月24日晨作

---

① 瀚的小名。

轻松清爽过时光

“草在结它的种子/风在摇它的叶子/我们站着，不说话/就十分美好”，这是顾城《门前》一诗中的句子。这首小诗写得纯净自然，让人仿佛置身于童话故事中一样。

然而，现实生活不是诗，它总不如诗那么美好，而是喧嚣的，驳杂的，光怪陆离的，我们如何才能轻松清爽过时光，就涉及一个心态问题。三毛曾说：“我避开无事时过分热络的友谊，这使我少些负担和承诺。我不多说无谓的闲言，这使我觉得清畅。”

一个朋友告诉我说，在社会交往方面，五十岁前用加法，五十岁后用减法。细细揣摩，确实有道理。一个人在五十岁之前，特别是青壮年时期，要虚心求教，广交朋友，积累人脉资源，以便更好地发展，决不可“闭关自守”，故步自封，当井底之蛙，对月浩叹；亦不可夜郎自大，唯我独尊，让人敬而远之。所以在社会交往方面，宜用加法。一个人在五十岁之后，精力也没有年轻时充沛了，特别是从政之人卸掉了职务，头上的光环没有了，登门拜访的人自然也就少了，可谓“门前冷落鞍马稀”了，有些人心里难免就要失衡，甚至变得愤懑不平起来。其实仔细想想，大可不必，新陈代谢是自然规律，迟早要让位，长江后浪推前浪嘛，何必自己找气生呢？

曾经有恩于他的人，年节不来拜访了，这也正常；自己的老部下一年半载连个影儿也不见了，这也正常；你给别人打电话发信息，别人电话不接信息不回，这也正常；他人请客不叫你，红白喜事也不通知你，这也正常。你有恩于别人，别人也不一定要感谢你一辈子。你离岗了，你的老部下又有了新的领导，既要干好工作，又要与新领导和谐相处，他已经够忙的了，哪有时间再时常看望你呢？这样一想，你还生什么气呢？你虽说时常见不到他，但你也没有听到他的什么坏消息，你应该为你的老部下高兴才对呀。你给别人打电话，发信息，别人电话不接，信息不回，你也要想开点儿，不要往心里去，毕竟别人有更重要的事情要忙，你也落个清净不好吗？他人请客不叫你，你何必去蹭那个热闹？你家里就有酒，想喝时就抿两口。再说了，你去了，以你的年龄，可能还要坐首位（他人愿不愿意让你坐呀），总要有人给你敬酒，喝多了难受，又伤身体，特别要闻那二手烟，更损害你的身心健康。他人有红白喜事不通知你，是不好意思再打扰你、麻烦你了，你省了钱，又落个清闲，把省下来的钱买好茶喝了，买好菜吃了，多逍遥自在啊！所以，五十岁之后，在社会交往上用减法，不失为一个好策略。杂事少啦，闲事少啦，一觉能睡到自然醒啦，多好啊！有时间做自己喜欢做的事情，能了结年轻时的夙愿，多好啊！鹤发童颜，含饴弄孙，一家人其乐融融，多好啊！

兹抄录宋代大文豪苏轼的《定风波》，与诸君共勉：

莫听穿林打叶声，何妨吟啸且徐行。竹杖芒鞋轻胜马，谁怕？一蓑烟雨任平生。

料峭春风吹酒醒。微冷，山头斜照却相迎。回首向来萧瑟处，归去，也无风雨也无晴。

2019年2月5日夜作

先父三周年祭遇雪

先父于2016年4月26日（农历三月二十日）去世，考虑农村春节之后青壮年外出打工流散四方，为增人气，我们家特意将先父祭日前移至每年的农历正月初十。2019年先父三周年祭日的前几天，从天气预报中得知祭日当天有小雪，便和二弟绍国商议是否待客时搭棚防雪。二弟抱侥幸心理，认为天气随时随地都在发生变化，不太可能恰巧有雪，本家孙、村干部金保亦如是说，我心随之稍懈，只好静观其变。

想不到的是，正月初九晚上六时兰考即飘雪花矣，而郑州降雪更早，雪亦更大。长子瀚下班后开车驶出单位大门，行走不远，就被风雪搅头，遂不敢再行，只能原路返回，用手机预定了晚上九点半的高铁票返兰，子夜方至。在濮阳工作的二内弟张海胜也给妻子打电话，言濮阳雪大，无法返回，只好微信转礼金了。

正月初十晨六时，我在兰考县城家中起来，雪仍下个不停，顾不上别的，携妻带子驱车回乡下老家。雪深路滑，我们谨慎驾驶，行速缓慢。到老家后，考虑到野外祭祀受罪，经与族人商量，我与二弟绍国踏着深一脚浅一脚的积雪，急急忙忙赶到先父墓前祷告一番，并将先父魂灵请至家中祭奠。先父似乎也颇为理解当儿子的苦衷，中午十二点时，祭奠仪式结束，而雪犹听到指令似的，忽然停息。嗟乎！是苍天哀悼先父哉？抑或是先父英灵感动上苍也？我仰视苍穹，眼中噙泪，不得所以。吟咏《悼先父》一诗，以告慰先父在天之灵。

悼先父

泛滥雪花撒满空，
粉蝶曼舞韵无穷。
祭棚搭在庭院里，
唢呐呜呜传远声。
亲朋雪中乱纷纷，
作揖叩首面戚容。
暗祈先父勿惦念，
子孙有志业竟成。
苍天为严添洁白，
大地为您铺白毯。
感谢天地多仁慈，
忠孝礼信永相传。

仿佛看到先父笑，
一掬热泪冰雪消。

2019年2月14日作

油菜花

我打小就很喜欢油菜花，喜欢它的金黄，喜欢它的静雅，喜欢它的稚嫩，喜欢它的清芳，喜欢它的柔媚，喜欢它的纯真，喜欢它小家碧玉的模样，喜欢它昂扬自信的神情。总之，喜欢油菜花，真的很喜欢。

我曾专程到江西婺源篁岭观赏油菜花。篁岭海拔约 500 米，是清代“父子宰相”曹文植、曹振镛的故里。地无三尺平、四面环山的篁岭古村，民居受地形限制高低排布、错落搭建。周围古木参天、梯田密布，层层叠叠的万亩油菜花就种在梯田上。不禁想起曾读过的一首诗：“油菜花开满地黄，丛间蝶舞蜜蜂忙。清风吹拂金波涌，飘溢醉人浓郁香。”

油菜花粉中含有丰富的花蜜，吸引来彩蝶和蜜蜂流连花间，平添了乡间田园缤纷的景致。我到时恰是农历的二月下旬，最是花盛时节。尤其令人神驰遐往的是，那一棵棵粉红色的桃花树、洁白的梨花树点缀在金黄色彩的油菜花之中，掩映着白墙灰瓦的徽派建筑，恍然之间，犹如一脚踏进了世外桃源，涤去了一身的疲累，濯去了心灵的蒙尘，找到了物我两忘的栖息地。

听说云南罗平、青海门源、汉中盆地的油菜花也挺好，可惜还没有去过。等有时间了一定去看看，再睹油菜花的芳容神采。

我参加工作之后，先在乡镇工作，每到油菜花开时节，就喜欢到村头田间去看油菜花，虽说面积不大，种植也不集中，但都开得清新脱俗，自有一番遁世逸趣。工作调到县城之后，买了一处带小院的楼房，特意在窗前辟地一小块，专门种植油菜花。这样一来，油菜花开的时候，晨曦暮晚，就能天天看到油菜花了。

2016 年 3 月 26 日，住所院内窗前的油菜花开了，我有感而作小诗《我家油菜花》一首。

我家油菜花

灿灿油菜花，
芬芳自在发。
天地皆一体，
处处是君家。
娇媚油菜花，
油亮似云霞。
俏也不争宠，

清香漫天涯。

2017年3月21日早饭后，我观赏住所窗前的油菜花，有感而作小诗一首。

窗前油菜花

窗前油菜花，
娉婷又袅娜。
春来恐滞后，
努力把花发。
靓亦不显摆，
嫩也不装嗲。
吾喜点头笑，
娇羞不让夸。

2019年2月19日下午，我回乡下老家给祖坟送灯，老家坝子邻村陈步口的亲戚孔三夯老弟，赠送我一袋他的温室大棚里刚刚抽薹开花的新鲜油菜，我为之大喜。至兰考家中，就急忙洗净控水腌制。半个时辰后，就性急地将盐浸的油菜切段盛盘，浇上小磨香油，搅拌之后，就着刚馏好的热腾腾的馒头，一顿饱餐。鼓腹之余，兴味盎然，诌小诗一首以记之。

亲戚赠我鲜油菜

正月油菜嫩如韭，
天然纯净赛佳肴。
盐浸淋点小磨油，
就吃馒头真爽口。
春节鱼肉肠胃腻，
此时正需青菜涤。
亲戚赠我鲜油菜，
倍感珍贵深情义。

2019年2月19日夜撰次

打碗花

打碗花属草本植物，又名兔耳草、狗狗秧、小旋花，生长在平原、农田、荒地、路旁，喜湿润环境，耐热耐寒，对土壤不苛。它植株矮小，匍地而生，自生自灭。叶蔓油油地翠绿，超凡脱俗。花开如小伞，鼓腮如喇叭，红的、粉的、黄的、紫的都有，犹以粉红色的为多。一簇簇鲜艳的花，在晨风中摇曳，晶莹的露珠随风滑落，灵动、妖艳、风光极了。似妩媚娇柔的少女，又如端庄俏丽的新媳妇。花朵朝开暮落，一茬接一茬，能一连开好几个月。

村里的老人时常告诫我们小孩子说，这种花不能采摘，谁采摘了，要打碗的，所以叫它打碗花，很灵验的。我小时候曾偷偷采摘了一把，悄悄地拿回了家，可还是叫祖母发现了！祖母慌忙叫我扔掉，并要我快快净手，净手后，又叫我呸呸呸朝小手心里吐了三口。吃饭时，祖母再三叮咛，生怕我打了碗，那时的碗可金贵哩！

打碗花其实是一种野草，大人们时常剜了喂猪的。祖母说，打碗花还是一种中药材，可健脾益气，促进消化、止痛、补虚等。村里的乡亲们常用它来治牙疼。取新鲜的打碗花3朵捣碎，与研成细粉的白胡椒混合均匀，塞入齿蛀孔处即可。风火牙疼则放入牙疼处，上下牙咬紧，几分钟后吐出，可反复几次，牙疼就能缓解，大概几天时间牙疼就好啦。

为什么叫它打碗花呢？长大了才知道，因其苞瓣如同两块打破的碗片，故名。打碗花和牵牛花极相似，但又有区别。打碗花的叶子呈尖箭头形状，且叶片较小，牵牛花的叶片相对略大，呈心卵圆形，有圆形和心形；打碗花的花朵如一元硬币大小，而牵牛花的花形比打碗花的稍大；打碗花的茎一般匍匐在地面，可牵牛花却善于攀爬。

打碗花，打碗花，多形象的名字呀！自从那次偷偷采摘了它呀，每逢吃饭时，我总是小心翼翼地端碗、放碗，生怕打了碗。打碗花喜欢群生，一生一大片，形成大片绿网，花开也一大片。秋末冬初，藤蔓枯萎了，花儿凋谢了，她的身上挂满了茸茸扁扁的球果，剥开，里面蓄满了黑褐色的种子，待到来年又是葱郁一片。

什么时候，我能再到老家的田埂上看看打碗花呀？

2019年3月24日晨作

第一窝小斑鸠

2019年农历三月廿二，亦即4月26日的下午6时许，我家今年的第一窝小斑鸠出飞啦！

“出飞”是乡下老家的方言，意即雏鸟长大出窝会飞啦。斑鸠窝搭在堂屋一楼走廊的水晶吊灯灯盘上，你说斑鸠聪明不？它是很会找窝的呢！出飞的小斑鸠一共两只，扑棱棱，扑棱棱，它俩从灯盘上面飞下来，一前一后落在院中央的青石板地面上。它俩生得真好看呀！头颈灰褐，染以葡萄酒色，上背、尾羽均褐色，额部、下背至腰部为蓝灰色，颏和喉粉红色，下体为红褐色。整只鸟娇嫩嫩的，楚楚可爱，让人不忍触摸。造物主是多么别具匠心和善于奇妙搭配啊！

小斑鸠飞落在院中，似乎有点儿惶恐，又似乎有点儿不知所措，就这样缩脖蜷羽在地面上呆呆地立着。我试图挨近它俩，它俩还特别警惕；我上前移动一步，它俩就歪歪地后撤一步，还努力做出要展翅逃跑的样子。我在它俩的附近施以清水、小米，均被拒绝。是不吃嗟来之食呢，还是不敢吃呢？我可弄不清。天渐渐黑下来了。这可咋办呢？如果对它俩不管不顾，任其发展，这对毫无招架之力的小斑鸠而言，是否有生命之虞呢？平日里早早就归窝的小斑鸠的妈妈也不见踪影。妈妈是否专门不归，狠心地锻炼小斑鸠呢？最后，心软的我搬个折叠梯，小心翼翼地将两只小斑鸠送回窝里。天完全黑下来了，仍然不见小斑鸠的妈妈回来。夜很深了，我打着手电筒往窝里照照，仍然不见小斑鸠妈妈的身影。在忐忑不安之中，我睡着了。我梦见那两只小斑鸠飞翔在蓝天白云之下，飞得那么高，那么远……

2019 年 4 月 27 日上午作

法官张建民

这天早晨，惊悉诤友张建民老弟遽然病逝，心恸不已，感叹其天寿不永，英年早逝。

1966年2月，建民出生在兰考县谷营乡黄河滩区的一个小村庄里。1985年进入兰考县人民法院堌阳法庭工作，当一名普通的书记员。为干好工作，他认真学习，利用业余时间先后拿到了法律专科、本科和研究生的学历证书，成为一名懂法的“专家型”法官，为以后的工作夯实了基础。在做基层工作的八年时间里，他的收结案数量位居兰考县人民法院第一，办案质量也是全院第一，荣立个人三等功一次、二等功两次，被评为河南省优秀审判长、开封市劳动模范等。

1999年，建民被任命为兰考县法院少年刑事审判庭庭长。他恪尽职守，勇于创新。他创立的“五段两议”制、增强法庭教育的针对性、建立劳动教育考查基地、开辟犯罪矫治新途径等审判方式改革的成果和做法，在全省法院系统推广。他撰写的《少年刑事案件社会调查工作的操作与完善》入选

《中国应用法学优秀成果要览》一书。他自行设计的一柄法槌，庭审效果很好，最高人民法院做出规定，全国各级法院在庭审中统一使用法槌。

2004年，建民被提拔为兰考县人民法院副院长。福临银基公司负债4.6亿元，涉及121家企业债权和5000名农民工，相关部门一筹莫展。建民敢于担当，决心为党和政府分忧解难，他运用司法手段及时处理，最后将这个“烫手山芋”成功化解，该案也是全省首例房地产公司破产清算案，受到省高院的好评。

急群众所急，是建民的一贯作风。兰考县的方某借了考城镇城东村李保合现金2.5万元，李保合做生意亏了本，80多岁的老母亲瘫痪在床，三个上大学的儿女伸手要钱，家庭一时陷入绝境。李保合多次向方某要借款，方某电话不接，信息不回。李保合实在没办法了，一纸诉状把方某告上了法院。烈日盛夏，建民率领干警奔赴陕西省西安市抓捕方某。他们蹲守在一个棋牌室门口，将半夜才从室内出来的方某抓获，丢进拘留所，追回了借款。李保合逢人便说：“兰考的法官们可真厉害，俺要了五年多没要来一分钱，可从立案到拿到钱，仅用了一个月零十天的时间。钱虽说不多，可它是俺全家的救命钱啊！俺全家今生今世都不能忘了兰考的法官，他们是俺的恩人哪！”

2017年3月，建民调到开封市禹王台区任党组书记、院长。他肩上的担子更重了，责任更大了。在全体干警大会上，建民立下了“像焦裕禄书记那样拼上老命大干一场”“全市争第一”的铮铮誓言。仅2018年一年，区法院就办理破产案件24起，挽回直接经济损失6亿多元。“执转破”不仅解决了执行难题，消化了积案，更重要的是实现了债权人利益最大化，化解了社会矛盾，促进了经济发展。建民形象地解释为：“法院就是要把小麦磨成面粉，再把面粉打成烧饼，把一块钱的小麦变成十块钱的烧饼。”对于公职“老赖”，建民敢于碰硬，该抓抓，该捕捕。同年，禹王台区有8名公职人员被拘捕。同年，全院干警共受理各类案件6587起，结案率高达96%，位居全市法院第一。

人民群众的生命财产安全重于泰山，这是建民心中的一台天平，身为人民法官的他绝不容许天平倾斜。禹王台区的居民范某与某社区签订租赁合同，租用清水河边的土地建起了甲鱼养殖场，成为水质安全的重大污染隐患，引起了广大群众的强烈不满。为保护饮用水源地的生态环境，某供水公司提起诉讼，禹王台区法院依法判决范某拆除甲鱼养殖场并将土地恢复原状。法律裁判生效后，范某起诉，张建民找到范某和其家属做工作，同时又在其他地方为范某找了一个适合养殖的场地，协调饮水公司为范某解决搬迁费用。最终，范某自愿将养殖场拆除。虽然养殖场搬迁了，但细心的张建民发现还遗留有污染源，他又组织相关部门的人员进行了全面清理，彻底消除了饮用水源的安全隐患，赢得了全市群众的好评。

建民瘦了，他的体重不足40公斤，先后住了五次院，每次总是稍有好转就迫不及待地出院，他放不下院里千头万绪的工作啊！2019年5月21日，他的病情突然加重，被转到重症监护室，下午，他仍支撑着羸弱的身子骨打了三个电话，给同志们安排工作。当天夜里，他因心脏极度衰竭离世，年仅55岁。建民用行动诠释了“亲民爱民、艰苦奋斗、科学求实、迎难而上、无私奉献”的焦裕禄精神，用生命践行了“不忘初心，牢记使命”的庄严承诺。

建民对父母是个孝子，对妻子呵护有加，对儿子教育有方，对工作殚精竭虑、无怨无悔，是大家公认的好儿子、好丈夫、好父亲、好法官。

这天早晨，即2019年5月22日，我秉笔作小诗一首，哀悼建民。

悼建民

扑身法院几十年，
秉持公平政声传。
一身正气战邪恶，
一双锐眼辨忠奸。
清瘦白面气如虹，
身量不高稳若山。
裕禄精神永传续，

包拯情怀荡胸间。
百姓有难废寝食，
群众有冤披肝胆。
法槌声声犹战鼓，
大地频响国民安。
听闻病逝民心痛，
箪食壶浆摆灵前。
搀老扶幼道边哭，
络绎不绝起绵延。
他人树碑田野里，
风裂雨蚀不几年。
建民树碑民心中，
世代相传碑更坚。
当代包公人传颂，
浩然正气佑黎民。

2019年5月22日作

哦，朱老三

有人知你的温情与良善，有人懂你的苦涩和忧愁。

——题记

他小名朱三，大名也是朱三，在兄弟中行三。大哥叫骡子，二哥叫平，我们小孩子编成顺口溜嘲弄他“朱平朱骡子，后面跟个三猴子”。

他长得很瘦小，确实有点像猴儿。噌噌噌，他攀爬上树疾若旋风；呼呼呼，他撒开脚丫子奔跑谁也追不上。一双不大的眼睛里透着镇定和机灵。随着年龄的增长，乡亲们都叫他朱老三。他“哎哎”地应着，很乐意的样子。按邻里辈分，我应该叫他三爷，其实他比我大不了几岁。但他当爷却有当爷的模样，凡事总是让着我护着我，所以打小俺爷儿俩就特别亲近，虽说不同宗同族，也不沾亲带故。

他的娘又丑又笨又邋遢，还不太会做针线活儿。他穿的裤子总是又胖又大，他蹬的鞋子总是张着“大嘴巴”。当然，有些裤褂鞋袜是他大哥二哥穿后拾给他的。更可笑的是，他穿的蓝布裤子竟是用白粗线大针脚儿缝成的，别提多扎眼了，怪异滑稽，不伦不类。关于娘的种种，朱老三从不嫌弃，他对丑娘颇为恭敬孝顺。朱家在俺村是单门独户，但村里人谁也没有看不起他们家。他们家的人勤劳守法，人人不做出格的事儿。

朱老三家里很穷，常常吃了上顿没有下顿。他的娘命他照看那只下蛋的母鸡，唯恐丢蛋。一家人依赖鸡蛋换取称盐、灯油、针线的钱。冰天雪地，全村人都躲进屋里取暖，他蜷缩着身子，袖着双手，蹲守在没有围墙的空荡荡的院子里，如一只孤单单灰头土脸的小鸟，能一整天不出院门。烈日盛夏，他额头上汗水涔涔，汗水顺着他窄巴巴的脸颊往下流淌，他用手背胡乱地抹一下，努力眨巴着似有千斤重的眼皮，绝不敢打瞌睡，似一只苦兮兮、疲惫不堪的小公鸡。直到那只母鸡下了蛋，“咯咯”叫了，他才心头一震，快步去鸡窝里捡了蛋，敏捷且小心翼翼地搁进柜屉里，瘦脸上这才露出轻松快乐的笑容。下雨天，他来我家找我玩，我奶奶知道他正挨饿，就拿了一块红薯面饼子让他吃。瘦得皮包骨头的他，假意推让，但拗不过奶奶的训斥，最后还是吃了。吃完了饼，信佛的奶奶拿出一本残破不全的经书让他读，奶奶坐在旁边聆听。经书是繁体字，竖排，这可难坏他了，他断断续续才念完了初中，肚里的墨水实在不多，何况他从来没有学过繁体字呀！更何况他从来不知道应该从右往左念呀！他吭吭哧哧囫囵吞枣瞎蒙胡诌地读着，面孔努得通红，如同他家那只正在下蛋的母鸡。我有点可怜他了，但也不敢让他停下，也始终不知道他读的啥，可是大字不识一个的奶奶却听得津津有味，还不时打断朱老三的“朗读”，有声有色地进行点评。“对哟，佛祖说得好呀，不叫杀生，不叫坑人害人。”我趴在小木床上，扑腾着双腿，憋住不笑，但还是笑出了声。

后来，实行土地承包到户了，大家伙儿的日子都慢慢变好了。我考上大学走出了小村庄，朱老三也娶妻生子成家立业了。他凭着自己的聪明才智跟人学会了电焊，在红庙集上租房独自干了好些年。后来他随着本村孔家的工程队外出云南等地打工，他在那里负责烧火做饭。朱老三人缘好，大人小孩都爱同他开玩笑，他从来不恼。他人在哪里，哪里总是热闹和快乐的。有一年初冬，他那秀丽高挑个儿的媳妇得病死了，朱老三一下子瘦了好多斤，显得更瘦更矮更苍老了。乡亲们都劝他再找一个，真不行的话，从外地领回来个妹子也中。朱老三摇摇头，又摇摇头，说：“算了，不想再给孩儿们添麻烦。”春节我回老家拜年，总要给朱老三捎两瓶好酒，大家伙儿聚拢在一起，热热闹闹吃顿团圆饭。那一年的大年初一中午，俺俩都喝高了，朱老三面色酡红，神采奕奕，他攥住我的手，絮叨起陈年往事，一桩一件如数家珍。“小唉，那一年俺偷了生产队的瓜，分给你吃，你忘了没有？那一年你跟俺一块儿放羊，咱俩在村西北老河滩里捉了一只獾。那一年咱俩在麦地里捡麦穗儿，逮了一窝小白兔。那一年夏天你在黑泥河里洗澡被淹，是俺一个猛子扎下去把你捞出来的……”我“嗯嗯”地点头答应着，最后俩人都是一脸泪花，为我们逝去的青春，为我们贫穷又快乐的童年和少年时光。

2018年春节，我携带妻儿又一次回老家拜年。见到朱老三时我吓了一跳，他脸色苍白、面目浮肿、神情呆板，再没有往昔的活泼、幽默和亲切。我心中暗想：“咋啦？三爷咋没有往常跟我亲呢，我什么地方得罪他了吗？”思来想去，也想不出个所以然。草草吃完了团圆饭，带着疑惑缺憾，我离开了小村庄，离开了老家，也离开了三爷——我儿时的玩伴。我潮湿的双眸很快被寒冷的北风吹干了。

2019年3月31日下午4点，二弟从老家打来电话，说朱老三“走”啦——晴天霹雳！我惊诧得掉了下巴。二弟说过罢年，朱老三就跟他的儿子建林去了山东日照，建林原本在那里打工，朱老三对人说他也要去那里找活儿干，实则去那里看病去了。他早就得了肺病，很厉害的那种，但他一直瞒着不看。年前，在安徽亳州的工地上，他就咳嗽不止，呼吸困难。大伙都劝他赶紧看病，他连说：“没事，感冒了，过两天就好了。”竟连药片也舍不得买。过完春节，他实在撑不下去了，才跟上儿子去日照看病。日照的医生看了拍的片子，立马就下了病危通知书——间质性肺病晚期，让回家准备后事。儿子租车将已昏迷不醒的朱老三从日照拉回了老家，到家里还不到两小时，朱老三就走了。二弟埋怨说：“人家有病都是抓紧看，光恐怕耽搁了，朱老三却是背着，唯恐别人知道。听说他媳妇有病时也是这样。他媳妇生病时，朱老三不让声张，他媳妇娘家是红庙集上的，要么夜晚要么冷清明儿，总是朱老三用自行车驮着他媳妇悄悄去红庙街上的一家小诊所里打针，生生把病给耽误啦！讳莫如深，也不知他是咋想的。唉！”

朱老三殡葬的那天，我去行了礼，给他烧送了纸钱。我带去了两瓶酒，拧开，洒在了朱老三的飘荡着潮气的新坟头上，并轻声与他告别：“三爷，你一路走好，到那边有病早看，可别再省啦！”

近日我想，之所以春节见面三爷不跟我亲，是不是他已经有了某种预感，知道自己去日不多，专门硬心待我，以绝我对他的念想呢？悟破了这一层，我的心仿佛被谁狠狠地揪了一把，热辣辣火赤赤地疼痛起来……

2019 年 6 月 25 日下午作

曼陀罗花

小时候的乡间老家，田间、沟旁、道边、河岸，常常见到一种被大人小孩称为“臭棵子”的野生植物，叶像茄子叶，花像牵牛花，早开而夜合。许多年之后，我方知它的学名叫曼陀罗花，又叫洋金花、山茄子、醉心花。《法华经》提到，佛陀讲说佛法时，天宫会降下曼陀罗花的雨。道家传说中的北斗有个曼陀星使者，手中拿着的便是曼陀罗花，后来人便以曼陀罗为这个花的名字。

它浑身散发出一种特殊的微臭的味道，株高没膝，茎粗壮直立、光滑无毛，叶子绿蓬蓬的，顶端开白花或略带淡黄绿色单瓣的花，形状酷似一个巧手折叠的漏斗，故亦名大喇叭花。它浑身都是毒，从根到茎到花到果实再到种子，尤以种子的毒性最大。听老人家讲，它的种子短时间内就可以毒死一匹马。妻近段时间蹲站困难，膝盖处疼痛不已，医生说是得了滑膜炎，吃了不少中药西药均没效果。偶尔听人说起曼陀罗花能治滑膜炎，且有名有姓的就已经治愈了好几个。

我查阅医药书籍，在明代李时珍的《本草纲目》中，列有曼陀罗花的入药方法："八月采此花，七月采火麻子花，阴干，等分为末。热酒调服三钱，少顷昏昏如醉，割疮灸火，宜先服此，则不觉苦也。"就上述记载来看，此方采用了曼陀罗花本身所特有的麻醉作用，而没有治疗膝盖疼痛的文字。大毒亦有大用，善用毒者可为良医。曼陀罗花能医治滑膜炎，许是后人经过反复实验而得出的灵验单方。此方甚为简单，将新鲜的曼陀罗花采下，浸泡到高度白酒里，密封几天后，取出少许，用来搓洗揉捏膝盖就行了。坚持使用，疗效更佳。妻欣喜若狂，催我赶忙去找。抱着姑且信之姑且试之的态度，我出发了。

正值曼陀罗花开花的季节，我到县城外的红薯地和大豆地里，采撷了一大把曼陀罗花。天真热呀，头上滴落的汗珠把手里的花都濡湿了。想着妻的腿疼能早点好，也顾不得天气的炎热啦。回家后将花洗净晾干，浸泡在专门买的白酒里，我方坐下来喘气歇息。望着那个咕咕咚咚足足灌进 10 斤白酒的广肚缩口的豆绿色坛子，我企盼着出现奇迹。

2019 年 7 月 24 日晚间作

青李子

青李子真好吃，酸甜酸甜的，有一种形容不出的独特味道。它没有桃子味甘，也没有葡萄之甜，没有西瓜爽口，也没有菠萝之酸。它就是有那么一种很独特的滋味，让你吃了还想吃，难以忘怀。

这天一大早，表弟红宾来到我家，给我带来了一兜青李子。李子还沾着夜露的潮气，一个个安静地躺在塑料袋里，显得异常清纯、素雅和朴实。我问他是从哪里弄来的李子？表弟答是从储存烟花爆竹仓库院子里的李子树上摘的。今年李子树是第一次挂果，给我摘些尝尝鲜。红宾家是专门做烟花爆竹生意的，已经经营了好些个年头。他们兄妹几个联合在沙滩地里租了三十亩开荒地，建了储存烟花爆竹的仓库，又拉起了一个大院子。他们的父母，也就是我的姑父姑母日夜守护在那里。

不知什么时候，在他父母居住的房子旁，长出了两颗小苗苗，细小，嫩绿，像新生的豆芽。起初，任谁也没有在意，但也没有毁坏它。几年后，树长大了，结果了，原来是两颗野生的李子树。还是两棵青李子树呢，结的李子永远长不红，到熟都是青黄色的。许是某一年下滩地劳作的农人吃了从家里带来的青李子，顺手将李子核丢下而繁殖的。我吃了表弟赠送的李子，赞不绝口，连夸好吃。表弟走了，我送他到院门外，看着他骑车渐去渐远的背影，我的眼前幻化出了这样一幅画面：苍茫的沙滩里有一个孤零零的大院子，大院子门口蹲着两间小屋，小屋的旁边如兄弟姐妹般并排长着两棵李子树。树不大，却枝繁叶茂；茎不粗，却笔直挺拔。春天里呵，树杈上开满了小小的茂密的香气扑鼻的纯洁白花，好似晴朗夜空中熠熠生辉的繁星。酷暑时节呀，树上坠满了一枚枚青李子，如同碧树之上镶满了珍珠……

2019 年 7 月 26 日上午作，中伏第五天

一棵小楝树

我所居住的小区广场上，只有几个固定的硬邦邦的健身器材，显得光秃秃的，没有一点儿生气，没有一丁点儿阴凉。

我家住的地方离广场颇近，妻闲暇时好去广场上溜达。她想，这广场上应该种几棵树，看上去青枝绿叶的，有生机，也方便夏日里乘凉，车停树下也免于暴晒。于是，她找来一个搞建筑的亲戚，紧贴广场南边，用切割机在水泥地上刨了两个半米见方的土坑。停了几天，她去县城外的荒地斜坡上，掘来了一棵小楝树。一人高低，茶杯粗细，紫褐色的树干挺拔而滑溜。她削去枝叶，把树栽进了一个土坑里。然后，培土，浇水，再培土，再浇水，忙得不亦乐乎。又趁回乡下老家办事的机会，跟种苗圃的老乡要了一棵泡桐树。这样一来，广场上就有了两棵树，东边的一棵是泡桐树，西边的一棵是小楝树。

这两棵树都是去年夏季栽种的，虽说不是植树的季节，竟然都成活了。要问有什么秘诀吗？仔细想想，还是有的，那就是勤给树们浇水呀。妻的浇水行动带动了几位邻居老大娘，她们也自发地端个小盆儿，各自从家里的自来水管里接水，颠着小脚给这两棵树浇水，活像爱护自己的孩子一般，恐怕它们干渴呢。相比较而言，长得茂盛的是那棵小楝树，不久就鼓出了油绿的嫩芽，挺出了纤巧的新叶，碧绿青青的，煞是讨人欢喜。

今年开春，小楝树愈发茁壮，不但长高长粗啦，树冠也萌生得绿蓬蓬的，像一把大绿伞。翡翠般的叶片油光光的，似上了彩釉，又仿佛是能工巧匠一片片精心裁剪出来的。中午，有人爱将私家轿车停靠在小楝树之下，虽然它的阴凉还不足以遮掩半拉轿车；傍晚，妻和那几位大娘爱凑在楝树之下拉呱，虽然它的枝叶尚不能将她们覆住。拉着呱拉着呱，就说到了这两棵小树。这个说："看这棵小楝树长得多欢实呀！"那个说："就是这棵泡桐树发的枝芽太少哩！"一个说："甭急，只要活了，不愁长，不愁长不成大树！"另一个说："是咧，它就像有些孩子一样晚长呢！"

一个星期天的下午，几个孩子在小楝树下面玩耍，他们用带的小刀在小楝树的身上划拉了好多口子。孩子们走了，邻居郭大娘来了，她发现小孩子用小刀划伤了小楝树，脸都气白啦。她急忙跑回家里，拿出一团细绳子，又步行到很远的公园角落里，捡了一捆花匠剪掉的干枣树枝，干枣枝上密布着枣圪针。她喘着气，流着汗，抱着干枣枝往回赶。到了小楝树旁，她艰难地蹲下身子，将干枣枝往小楝树身上拴缚着，一连围了好几层哩，把小楝树的下半截树身子统统都“保护”起来了。打那以后，只要看到有小孩子在广场上玩，她就慌慌忙忙地跑过去，叮咛孩子们不要损伤树，要爱护树。这类伤树的事情再也没有发生过。妻仍不放心，把泡桐树的下半截身子也用干枣枝“包围”了起来。近日，进入伏天，天气炎热，如同蒸笼，小楝树树冠上的叶子次第黄了，黄叶映衬着的绿叶分外醒目。妻去问郭大娘：“这树是咋啦?”郭大娘说：“可能是旱的吧。”俩人连忙从家里一盆盆往小楝树下端水浇水，又往泡桐树下端水浇水。足足浇了好几十盆水。两棵树喝饱了，不渴啦。真有效果！不出两天，小楝树上的黄叶就不见啦。妻和郭大娘很开心地笑了。

这天暮晚，我独自一人悠闲地坐在小楝树下乘凉，忽然记起了南朝诗人徐陵的诗句：“纳凉高树下，直坐落花中。”小楝树虽说还不太高，可树下凉风习习，也确乎可以纳凉了。落花倒是没有，我也从不奢求，何况头顶有摇曳的碧青的楝豆，这已经足够惬意啦。又记起了宋朝苏轼唱和弟弟子由的诗句：“遥想纳凉清夜永，窗前微月照汪汪。”咂嘴细品，不由赞叹，苏老先生写得多好哇！

2019年7月27日下午作

辣椒叶面条

小院里有十几个废弃不用的花盆，妻在花盆里放了土，上了点儿鸡粪，撒上了辣椒籽，浇注了清水。这还是春天时的事儿。

初夏，盆里的辣椒棵子长高了，绿油油的，一派生机。小辣椒也长出来了，绿中泛黄，娇生生的，活像尖尖的毛笔头。辣椒长有半拃长时，我珍惜地选摘了几个最大的，凉拌了一盘，又辣又爽口。有天中午，家中剩下我一个人，想做汤面条吃，可在厨房里寻觅一番，横竖没有下锅的青菜，也懒得去外面的超市买。我忽然灵机一动，想到了翠绿鲜嫩的辣椒叶，那就做辣椒叶面条吧。我急忙奔出门外去院里摘了一小把辣椒嫩叶，等面条快煮透时，将洗净的辣椒嫩叶丢了进去。据养生专家说，辣椒叶的营养成分很高，可明目养颜、瘦身、抗衰老。姑且一试姑且一尝吧。汤面条做好了，清亮的汤水里漂浮着碧青柔嫩、舒卷自如的叶片儿，煞是好看！咂了一口汤，竟有一股如同嫩荷叶般的清香。哇，真好吃！

我一连吃了两大碗，连汤汁都喝完啦，抹了一把额头的汗珠，仍不尽兴，也只好忍了。我打算再做汤面条时，多添些水，多放些辣椒叶，多淋些姜汁醋，多滴些香油，一定要吃个过瘾！

是呵，大自然赠予我们人类的太多太多，就看你会不会发现和利用了。

2019年7月31日下午作

香樟树

春节在一块儿喝酒时，搞绿化工程的朋友二伟弟许诺送我一棵香樟树，于是我便日夜盼望着在庭院中栽棵香樟树。本来属酒后之言，当不得真的，可我对朋友的君子之诺就是这么当真。读此文的朋友，今后千万不要轻易对我许诺哟。中间给二伟弟打了几次电话，二伟弟总是说："快啦哥，甭急！"

香樟树是常绿乔木，主要生长在长江以南。而河南属于暖温带季风气候区，冬季寒冷雨雪少，香樟树能适应吗，受得了吗？咨询了几个朋友，都说："没事，没事。"有的最后还加上一句："要想保险，冬天给树身上捂个小棉被呀！"有的还告诉我说："香樟树有驱蚊功效，夏天坐此树下品茶喝酒，不挨蚊虫叮咬。樟脑丸都是从香樟树里提取出来的呢。"据说南方的女儿出生后，父母就在院里种上一棵香樟树。香樟树伴随着女儿一起成长，女儿该出嫁时，树也长成了。于是父母把树刨了给女儿做嫁妆，一家老小都欢喜。我虽说没有女儿可嫁，可还是盼望种棵香樟树，避阳驱蚊，遮风挡雨，美化环境，净化空气。

盼，盼，这一年农历三月初二上午，香樟树终于拉来了，树根处用粗草绳子捆绑着一个大土球——这是原土。刚巧长子瀚从郑州回家度周末，父子俩便齐心协力，将香樟树栽种在院中早已挖好的土坑里。树被我们父子俩栽种得周周正正的，不偏不倚。树栽好了，培好土，浇好水，我后退两步，认真地端详这棵香樟树。它躯干挺拔，高约3米，两掐粗细，苍青色的树皮，颈顶上没留丫枝，显得光秃秃的。我正告香樟树说："小香樟呵，你又安了个新家，你就是咱家中的一员啦。你不要怕呀，咱一家人都会善待你的，你就在这儿好好地生长吧！"香樟树仿佛听懂了我的话，似乎轻轻地晃了晃身子，回答我说："好的，伯伯，我会好好长的。"从此每天早晨起床后，我就看望院中的香樟树，看看它有没有什么变化。树的颈顶上先是努出了几丛嫩枝芽，嫩枝芽长粗长长时，便在枝芽上生出了新叶。现在树头长得绿油油的，像一柄绿伞，细长的深绿叶子密匝匝的，叶丛之中偶尔夹杂着几枚黄中泛红的叶片儿。

这天上午，我坐在它给的阴凉里，沏了一壶龙井茶，慢慢地呷着。在有香樟树陪伴的日子里，我感到自己的生活是多么幸福啊！

2019年8月3日上午于香樟树下作

青皮鸡蛋

一天下午，妻从外面回来跨进院门时，一只芦花小母鸡尾随而入。“这是谁家的鸡呀？”妻说。撵它轰它都不走，竟在院里跟妻玩起了捉迷藏。妻又气又急又恼又可笑，丢下它，又步出院门，接连问了一圈儿邻居，都说不是他们家的鸡。这就奇了怪了！天黑了，小母鸡死活不走，妻想也许它明天就会走的吧，也不再管它，它就在院里那颗无花果树下“安营扎寨”啦。

翌日早晨起来，妻见它正在院中散步，扭动着娇小可爱的脑袋，迈着细瘦的腿爪，姿态悠闲，宛如在自己家中一般。妻看着笑了。为防其在院里乱啄乱跑，糟蹋了畦里的青菜，妻从邻居大娘家里借来一个长方形的铁丝大鸡笼，将小母鸡圈了起来。鸡笼就摆放在无花果树的下面，既不占地方，又遮阳挡风雨，小母鸡一副非常满意的神情。可问题又来了，它是个活物，吃啥喝啥呀？妻骑车到集市上捡拾了一包青菜叶，剁碎了掺小米喂它，它吃得可香啦。喂了几天，鸡渐渐地胖了，更加青春靓丽了。它精神头儿十足，从笼南走到笼北，从笼东走到笼西，笼里放置的盛着清水的小碗，被小母鸡蹬翻了许多次。妻又烦了，嚷道："不喂啦，不喂啦，太麻烦，烦死啦！"这话是早上说的。中午，妻回来，鸡笼里赫然躺着一枚鸡蛋，还是青皮的。妻捡起来，甚是欢喜。第二天一早，她又兴冲冲地骑车去捡青菜叶了。青菜叶是随着时令而变化的，白菜叶、菠菜叶、芹菜叶、韭菜叶，品种繁多，不一而足。隔一段时间，妻还要给鸡笼打扫卫生，清洗鸡笼，尽量给小母鸡营造一个干净舒适的生活环境。妻又烦了，呸呸吐着口水，大喘着气说："恶心死我啦！不喂啦，不喂啦，干脆宰了炖鸡汤喝吧！明天刚好周六，就定在明天吧！"可第二天一早，小母鸡就又下了一个蛋，仍旧是青皮的。多做活儿的鸡呀！正准备磨刀杀鸡的妻心又软了。人在利益的诱惑面前，是不是都是这样子的呢？

妻手捧着鸡蛋，惊奇地想：见过恁多的鸡蛋，蛋壳不是粉色的就是白色的，可这只小母鸡每次总下青皮的，还基本上是每天一枚，而它下的蛋比鸭蛋小，比一般鸡蛋又略大，独特又好看，像一个大大的青贝壳，又像是一件玲珑漂亮的艺术品。难道这只小母鸡的肚子里储备着取之不尽、用之不竭的青贝壳宝藏吗？尤其难能可贵的是，小母鸡下了蛋，从不炫耀张扬，顶多"咯咯咯"一串咕噜，不像其他的母鸡下了蛋，头颅高昂，俨然大功臣一样，叫得惊天动地的，仿佛唯恐全世界不知道它下蛋似的。这是一只既勤劳能干又谦虚朴素的鸡呢！妻又继续喂她心爱的小母鸡了，青菜叶剁得更细更碎啦，小米掺得也更多啦，清水换得也更勤啦。每停一段时间，妻还额外“开恩”，将鸡从笼子里放出来，让它在院子里自由自在地玩上一天，恐怕把小母鸡憋出病了呀！小母鸡神气活现地在院里散步觅食，它很爱干净，啄完食还将喙在光地上左右开弓抿抿。

一天凌晨，我在睡梦中被雄鸡的啼鸣声唤醒。睁眼看看外面，天还黑黢黢的，这是谁家的公鸡叫这么早啊？我翻翻身正要再睡时，公鸡又“喔喔喔”叫啦。我侧耳聆听，鸡鸣竟然是从自家院里发出来的。哎呀，原来是那只小母鸡在打鸣呢！牝鸡司晨——这还了得！古人认为母鸡报晓，就是女人意欲篡权乱世，是凶祸之兆。对小家庭来讲，也是不吉利的。据说，化解方法是将报晓母鸡的鸡头一刀剁下，挂在树上，然后在树下焚香祈祷以祛灾祸。我再也睡不下去了，翻身坐起，慌忙查阅《农家百科大全》，原来呀，所谓母鸡打鸣的“祸患”之说乃迷信说法，实则是母鸡体内的雄性激素过多所导致的。吃过早饭，我到兽医门店买了一瓶维生素 E，让妻捣碎拌在鸡食里。嘿，还真有效。几天之后，小母鸡就不打鸣了。我看着小母鸡说：“小母鸡呀，也不给你做变性手术啦，你还是当你的母鸡吧！你也别仗着自己长得漂亮，就不守本分，胡思乱想。你就在这里好好生活，安心下你的青皮鸡蛋吧！”小母鸡似乎听懂了我的劝告，稍微迟疑了一下，才点了点俊美秀巧的脑瓜儿，又浅声“咯咯”叫上几声，就低头吃食，不理我了。

2019 年 8 月 6 日上午作

葡萄藤蔓上长出来的新叶叶儿

去年妻在邻居家剪了两截黑加仑品种的葡萄枝，我埋在墙角里。今年一开春，它们就发芽了。我请人搭了个 2 米多高、10 平方米左右的不锈钢葡萄架，葡萄的秧蔓就慢慢地爬上去啦。早先也不曾在意，它们长它们的，我过我的，除了偶尔帮它们打打杈子，理顺理顺它们在架上的走向，就又两不相扰呢。

这天早饭后，我在院中静坐，抬头望见架上新生出来的葡萄嫩叶叶儿，如遭电流穿击一般，我的心头掠过一阵惊奇和惊喜。那新生出来的葡萄新叶叶儿呀，如同浓缩的一柄柄小蒲扇，又如同闪闪飘扬着的一面面小红旗，是那么独特美好，明媚娇艳；又是那么鲜嫩无骨，粉红如绢。新叶叶儿像珍珠、玛瑙、翡翠，新叶叶儿像彩虹、朝霞、夕阳，新叶叶儿像莲蓬、红烛、丝带，新叶叶儿像玫瑰、榴花和绽开的太阳花，新叶叶儿还像杏花和桃花，像杏花与桃花杂交之后产生的一朵奇葩。新叶叶儿是少女的芳心，新叶叶儿是少妇的红唇和香吻，新叶叶儿是自然界最娇艳的燃料，新叶叶儿是人世间最柔美的歌声，新叶叶儿是冰坛上最流畅靓丽的舞蹈，新叶叶儿是孩童们亮若水晶的瞳仁，新叶叶儿是展翅欲飞的蝴蝶，新叶叶儿是凌空跳跃的红鲤，新叶叶儿是一个玫瑰色的甜梦，新叶叶儿是乡愁、诗和远方……似梦幻，如中魔一般，葡萄架上这一片片新叶叶儿俘虏了我的心，让我深深地陶醉其中。我将世界上最美的辞藻都叠加在新叶叶儿身上，也表达不尽我对它的喜爱和赞美。此时此刻呵，如果能让我变成一枚小小的新叶叶儿，挺立于藤蔓之上翘首碧空，我该是多么荣幸之至啊！我匆匆抓过纸笔，飞快地记录下我的思绪流动，就有了以上这些文字。

啊，葡萄藤蔓上长出来的新叶叶儿呀，是难以诉说和描绘的一片粉红，更是一个柔柔嫩嫩的粉红色的甜梦。

2019 年 8 月 7 日上午即兴作于葡萄架下，

日值七夕，不知牛郎织女能相会否？

今儿个立秋啦

今儿个立秋啦，秋天开始啦，暑去凉来啦，梧桐将要落叶啦，禾谷快要成熟啦，寸草都要结籽啦。

今儿个立秋啦，秋高气爽啦，月白风清啦，中午热、早晚凉啦，要祭祀土地神啦，要庆祝大丰收啦。

今儿个立秋啦，要防干燥啦，要吃西瓜和香瓜啦，要吃山楂、葡萄、石榴等时令水果啦，要炖冰糖雪梨喝啦，要适量吃些醋啦，要去池塘里采摘鲜香的莲蓬吃啦，要少吃辣椒、葱、姜、蒜、胡椒等辛辣食物啦，要少吃油炸、肥腻等食物啦。

今儿个立秋啦，豫东老家的玉米、谷子、糜子都长高啦，结棒的玉米要开始鼓粒啦，乡亲们要抓紧时间套种大白菜啦，种得早，大白菜长得个大又瓷实；套种得晚，大白菜个头小且包心不坚实啦。

今儿个立秋啦，乡亲们要防治农作物的病虫害啦。水稻要防治稻飞虱，棉花要防治棉铃虫，大豆要防治大豆蚜虫，玉米要防治玉米螟，红薯要防治红薯麦蛾啦。

今儿个立秋啦，风儿变得凉爽啦，早上的植物枝叶上挂满晶莹的露珠啦，感阴而鸣的寒蝉也开始鸣叫啦，苦夏的人们胃口也开始变好啦，又要“长秋膘”啦。

今儿个立秋啦，月光之下，村郊野外，草丛之中，飞光点点的萤火虫在一闪一闪地飞动，浑身碧绿的纺织娘在沙沙地纺纱，闪亮如金的金蛉子发出如金铃般清脆的鸣声。老家的孩子们将捉到的萤火虫装进瓶子里，瓶子便明晃晃地亮啦。孩子们把装有纺织娘和金蛉子的小笼子挂在屋檐下，然后兴致满满地谛听它们的鸣叫和纺纱声。旁边笼里的蝈蝈经不住诱惑，也跟着吟唱起来啦。

今儿个立秋啦，“立秋十天遍地黄”，一个硕果累累的秋天就要到来啦。曾经播种的希望，都将得到回报，农人眼中盈满禾黍丰收的喜悦啦！

2019 年 8 月 8 日上午作，是日立秋

荆紫关

2019年12月30日，我和妻子及众多亲朋好友驱车前往河南省淅川县去送志华弟的女儿刘欣完婚。大喜之日定于农历腊月初六，因路途遥远，我们一行30余人于腊月初五上午10点准时出发，下午6时方至淅川县荆紫关镇。男方热情迎接，我们入住镇上宾馆。翌日上午8点从宾馆出发，赴男方家举行结婚仪式。仪式古朴隆重，甚为热闹。食过宴席，已是下午2点有余，挥手登车，直至2020年元旦才到兰考。

荆紫关镇隶属南阳市，地处河南、陕西、湖北三省交界处，真正的“鸡鸣听三省，犬吠三省闻”。成语“朝秦暮楚”即由此地而来。荆紫关是个“一夫当关，万夫莫开”的隘口。关口外，是八百里秦川；关口内，是开阔的中原。史书记载，战国时，秦国和楚国交战频繁。当时的荆紫关是秦国和楚国的交界地，其中一部分属秦国，一部分属楚国的丹阳县管辖。公元前312年，秦国和楚国之间爆发了丹阳之战，秦国凭借占据荆紫关险要的优势，一举击败楚国。秦国获胜后，荆紫关全部归入秦国版图，楚国大败，国势开始衰落。当时的游说之士，见风使舵，时而事秦，时而事楚，变化无常，这才有了“朝秦暮楚”的典故。而今，此地立有三省石，一个集市上就有三个乡镇人民政府，分别代表三个省的乡镇政府行使职责。此地乡音夹杂，风俗迥异。但三省居民和谐团结，物阜民丰，其乐融融。荆紫关待客，颇为奇特。最为著名的是清真八大碗。用餐时，桌小凳矮，人多拥挤，桌上先摆四个凉盘，然后一个接一个地上“热菜”八大碗。由于桌面小，上两个热菜之后就摆放不下了，然后只好上一个新热菜，撤掉一个旧热菜，如此循环。喝酒是黑红色的朴实小瓷碗，一斟一满碗，饮完再斟；劝酒时候使用“车轮战法”，同一桌的人先劝喝完了，另外桌上的人一个接一个又来了，来了自己先喝一碗，然后挨个给客人敬酒，直喝得客人舌根发硬，面皮红涨，两眼发直。如此轮换不绝，即使再能喝的客人也受不了，只好连连告饶。整个宴客大厅人声鼎沸，劝酒之声震荡屋瓦，犹似打架。嘻嘻，真欢乐矣！真淳厚矣！真豪爽矣！吾“陷落”其中，不知斯世何世！乘兴作《礼赞荆紫关》小诗一首。

礼赞荆紫关

巍巍荆紫关，
连接豫鄂陕。

丹水相环流，
码头商客远。
明清古街在，
粼粼屋脊连。
一脚踏三省，
一席品数鲜。
脚楼贴水立，
酷似美江南。
山深隐禅寺，
密林竹海喧。
客来不愿走，
醉卧犹神仙。

此文写到这里，本该结束了。再写下去，似乎有狗尾续貂之嫌，但与荆紫关相关联的事情还在延续，也就只好“画蛇添足”了。

在荆紫关时，妻子见那里家家户户用炭盆盛炭取暖，甚羡之，便买了一个炭盆，志华弟的亲家又送了一袋炭，我们搁到行李箱里带回兰考。适逢兰考地冻天寒，妻子生起炭火来，全家人都甚觉新鲜。豫东地区绝少用炭，县城人冬季取暖一般用地暖、壁挂炉或空调。2020 年 2 月 6 日，正值祖国上下抗击疫情，政府发起了“不出门，不添乱，我为祖国做贡献”疫情防治爱心传递活动，众人纷纷响应，自觉封门闭户，实行隔离。当日中午，我烧起炭盆，家中小酌，感于时事，而作《中午小酌有感》一诗。

中午小酌有感

杯子已斟满，
炭盆火正欢。
天空雪花飘，
酒香卤肉鲜。
端坐华屋中，
哑哑相笑言。
真心听党话，
挨过此灾难。
何况春已来，
家国艳阳天。

2020年2月6日作

我的小学同学

张四

张四是俺班里个子最高的，真是又黑又瘦又高，像个桑木秆子似的。他的脸很长，像驴的脸，眼睛呢，大而无神，总显得无精打采的。他说话的声音憨憨的，不拐弯，驴叫一般，更甭说抑扬顿挫了。同学们私下里给他起了个绰号“张叫驴”。他坐在教室最后一排最靠里的角落里，一个人单独占一张桌子，整日孤孤单单，郁郁寡欢的，但也有几分自得其乐的兴味。当时班上有四五十名学生，前面都坐得满满当当的，后面一排总是稀稀拉拉的。至于他没有同桌，独自占据一张桌子的原因，是人家不愿与他为伍或是因为别的什么，我实在说不清了。

他每天就这样独来独往的，也很少跟同学们说话。又因学习成绩一般，班上的同学往往忽略了他的存在。他是葡萄架村上的，家离学校比较近，也没人敢欺负他。

后来，小学毕业了，他也不上学了，听说跟着大人去“拉脚”了——用架子车不是从县里往乡下拉食盐，就是从县里往乡下运化肥，等等。再后来听说他去乡粮管所扛粮包了，背着一麻袋小麦踏着长木板往垛顶上扛，累得吐血。乡亲们劝他不要再干重活了，他不在乎，照样干。瘦得不成样子，病得起不了床了，他也不看病（也许是心疼钱），去村诊所里拿一板止痛片吃吃就算看病了。

后来，他死了。

孙二妮

明明是个男孩，偏偏叫个女孩子的名字。没办法，他就叫孙二妮。他圆鼓鼓的身材，脑袋也是圆溜溜的，脸也是圆乎乎的，皮肤却白白的，两个门牙向外微凸，总是合不拢嘴的样子。

那年春天，放了上午学，他和葡萄架村的几个伙伴一同去土山寨村南地薅草。南地的一方地里刚刚种上了春茬花生。为防蝼蛄和地下害虫，种在地里的花生都是用农药浸泡过的。几个小伙伴嘴馋，就从地里扒花生吃，数孙二妮吃得最多。吃过花生，薅了一篮子草，他就挓着篮子回家了。另外几个小伙伴回家后，有的头晕，有的呕吐，有的不想吃饭，到下午又背上书包上学去了。孙二妮回到家里，刚放下草篮子，他的老爹就叫他上树捋榆叶。他爬上树，刚捋了几把，也许是吃药花生药性发作的缘故吧，眼一黑，一头从树上栽了下来。还没等拉到乡卫生院，他两腿一蹬，就死了。死时满脸乌青。

冯二保

冯二保和我同桌。他小个子，不苟言笑，学习成绩不好。他好抄我写的作文，而且一字不改，常被语文老师批评和嘲笑。他聆听着语文老师的“教诲”，身板挺直，双手侍立，一脸严肃，表示“一定痛改前非”。可下次写作文时，仍然照搬我的，连个标点符号也错不了。

有一次，我买了几杆新铅笔，放在课桌屉里。上午第一节课下课，趁课间休息的时候，我到室外转悠了一会儿回来，铅笔却没有了。我没有声张。

中午放学后，我叫冯二保不要走。最后，教室里只剩下我和冯二保两个人。我用眼睛死死地盯住冯二保的眼睛看，冯二保也一脸严肃地看着我，但他很快就不再跟我对视，将脸扭到了一边。我压低声音但很坚定地说：“冯二保，你交代吧！”冯二保愣了愣，嗫嚅着说：“交代啥？”我厉声说：“把偷我的新铅笔交出来!”冯二保的头更低了,脸也红了,他小声说:“你可别对其他同学说呀!”我保证似的点点头。冯二保放心了,他领着我走出教室,翻过学校东边的土院墙,土院墙外即是碧绿茁壮有一杌子高的麦田。紧挨土院墙的墙根处有一片儿湿土,冯二保一下子就把铅笔扒了出来。“给!”我接过冯二保递过来的铅笔,装进书包里,我俩就分头回家了,他回后杨庄,我回坝子村。

这是我和冯二保之间的一个“小秘密”,我为他保密几十年了。今天说出来,想必冯二保知道后也不会太计较了。毕竟是小时候芝麻蒜皮的小事嘛。小学毕业后,我们一道又上了两年初中。初中一别,我去上高中,再没有见过冯二保。

老冯,你现在过得还好吧?

李六

李六会打拳,也不知他跟谁学的,旋风脚打得啪啪响。他个头中等,看着有点儿窝囊,实则身手敏捷。他的头发好像永远梳理不顺似的,总是蓬蓬乱乱的,一副桀骜不驯的样子。冬天,他好戴顶单帽,蓝洋布的,帽檐儿被他捏得支离破碎的,里面的衬褙一绺一绺的。不知是他的习惯爱好使然,或是他为了练功专门这样做的。一般人唯恐帽檐坏了不美观,而他的帽檐实实在在确是由他自己故意捏坏的。真是奇怪!

上四年级的那年暑假，他从葡萄架村小学南边刘楼村的家里走出来，沿着黄河古堤径直向西走了二里地，来到了坝子村我的家里。我们的村庄都隶属葡萄架大队，还包括葡萄架村、后杨庄村、前杨庄村。他白天和我用架子车从俺村西头的古堤上拉土，帮俺家垫院子；吃过晚饭后，就教我打拳。一招一式，教得认真，我学得也十分投入。夜里，我俩就在俺家新拉的暄土上铺张凉席睡觉。头顶上繁星满天，我幻想着自己练成了一位身怀绝技的大侠，行走江湖，惩暴除恶，扶危解困，为天下的贫苦百姓做了许许多多的好事。

初中毕业后，李六跟着他的大哥做起了收花生米的生意，赚了不少钱。后来，葡萄架乡粮管所招工，他进所里当了工人，熬成了副所长、所长。他已当所长许多年了。

在小学同学中，他是和我关系很铁的哥们儿。

李六的大名现在叫李进友。我们一块儿上学时，他的大名叫李进城，但那时很少有人喊他的大名，都叫他李六。而今，再见面时，我尊称他为“六哥”或“进友哥”，再不好意思叫他的小名了。

那时候的同学关系多么纯真啊！

王长安

王长安是后杨庄的，和冯二保一个村。

他长得高高大大的，好像什么都比我们大一号，甚至大两号、三号。他的脑袋瓜子很大，牙齿很长，又很白。一笑，声音是高亢的；一说话，高喉咙大嗓的。他的腰很粗，我们给他起外号，叫他“老粗腰”。他虽然长得高大，但却有点驼背。他在班里是很有威望的，好多同学都有点怕他。他坐在教室最后一排靠门口的地方，也是一个人占着一张桌子，像把门的门神一样。

小学毕业后，听说他随同家人去新疆“支边”去了，在那里包了好多亩地，也不知他现在的情况怎么样。我无端觉得他的背更驼了，笑声也没有先前响亮了，牙齿也没有早先白了，胡子拉碴的，不像过去的王长安了。

王长安，你什么时候从新疆回来，一定要跟我打声招呼，让别人捎信也行，我请你喝酒。

马黑脸

马黑脸是坝子村的，他家住在古堤上，住得高高的；我家住在堤的南下坡，我们两家相距不远。

虽说名字叫黑脸，可他却不黑，胖胖白白的。他下面有两个妹妹，父母就他这个独子，他在家里是很得宠的。

马黑脸的爹弟兄仨。他爹行二，叫马二小。他的大伯叫马军长，被国民党抓壮丁去外面打仗了，不知所终。他的三叔叫马三，一辈子没能娶上媳妇，跟着哥嫂生活。

有一年夏天，我和马黑脸等几个小伙伴去土山寨的瓜园里偷瓜，得手了好几回。这天冷清明儿时，一伙人又去偷。人家那边似乎早有准备，我们刚溜进瓜园摘了几个瓜，就听到一声吆喝，从瓜棚里冲出了几个年轻力壮的人，照着我们追了过来。我们几个撒腿就跑。结果，马黑脸因为身子笨，又是个平脚板，就给逮住了。年轻人把马黑脸绑在树上，噼里啪啦劈头盖脸就是一顿打，把屁股都给打肿了。看看打得差不多了，从瓜棚里走出一位慈眉善目的老者，他走近前来，俯身问马黑脸："小哎，你是哪村的呀?""坝子村的。""姓啥?""姓马。""你爹叫啥?""叫马二小。""哎哟，小哎，你咋不早说呀!"老者说着，赶忙给马黑脸解开了绑着胳膊的绳子，又递上刚才我们摘而扔掉的几个半生不熟的瓜，歉疚地说："小哎，刚才对不住啦，你赶快走吧。"马黑脸身上疼呀，疼得他眼里噙着泪水，抱着瓜，一瘸一拐地走出了瓜地。

马黑脸回到家，他娘心疼得直掉泪，千叮咛万嘱咐以后可千万不能再去偷瓜了。从那往后，每逢葡萄架村上有会，马黑脸的娘就去会上给马黑脸买个花甜瓜抱回家，看着马黑脸美美甜甜地吃。

马黑脸偷瓜被捉挨打之后，我们一帮小伙伴再也没人敢去土山寨偷瓜了。

现在的马黑脸应爷了，他很少去外地打工，在家安享晚年了。

孔二能

孔二能也是坝子村的。他瘦瘦的，却很机灵。我俩打小就很要好。他家里很穷，却颇讲义气，好可怜穷人，性格倔强，不肯认输。我俩脾味相投，经常形影不离。

我俩去偷吴新庄的西瓜，差一点被看瓜人捉住。吴新庄的西瓜地在坝子村的西南，瓜地的东边是一人多高的玉米棵，我们从东边的玉米棵里悄悄爬进瓜地，每人摘了一个西瓜。按照常理，我们应该再次钻进玉米地，再从玉米地里钻出来，跑回东北方向的坝子村。我俩却反其道而行之，抱着西瓜径奔西北方向而去。藏在玉米棵北头的看瓜人正在那里"守株待兔"，看到我俩往西北方向跑了，一时乱了阵脚，惊愕几分钟后，就发疯般地追赶我俩。我俩跑得更快了，跑出有一里多，前头横亘着一条黑泥河，水有齐腰深，我俩扑通扑通毫不犹豫地跳了进去。等我俩爬上河北岸，扭头看看，那个看瓜人不撵了，悻悻地往回走了。

一天上半晌，我俩去村东南头的李树家偷杏，每人装满了衣兜。孔二能"咚"的一声从树上蹦了下来，他的左脚板正巧扎在一块木板的尖钉上，鲜血直流。孔二能一咬牙，把钉从脚底板上拔了下来。我俩顾不上喘息，慌忙撤退，退到了村北的黑泥河岸边，美美地吃了杏，又跳进河里洗澡。幸运的是，孔二能的脚伤竟然没事，不几天就长了口，好了。那时节我们的小身体是多么耐折磨哟。前不久我和孔二能说到此事，他也很是奇怪。要是搁到现在，得赶紧打破伤风针，用碘酒清洗消毒，包扎吃药，打点滴静养，没有个十天半月的，好不了。

孔二能而今是小老板了，他跟随他的三弟去外地包土建工程，日子过得挺好的。

张新安

张新安是葡萄架村的。他个头不高，敦敦实实的，皮肤微黑，一双大眼挺有神的。他脑瓜聪明，在班上数学是最好的。他有个小巧玲珑、甜美可亲的姐姐在俺学校里教数学，他之所以数学成绩好，也许是他姐姐课外辅导他的缘故吧。他的姐姐曾教过我们班三至五年级的数学，学生们都很尊敬她，喜欢她。

我们小学毕业升了初中，张新安的数学仍然很好，教代数的那个何老师很喜欢他。放学后，何老师单独给他“开小灶”“吃加班饭”，我和几个同学想凑近去听听，可我们一凑近，何老师就不讲了。这令我们很气愤，我们都一致认为何老师偏心眼儿。直到现在，我仍然对那个何老师耿耿于怀。孩子的心也是伤不得的！

后来，张新安考上了仪表中专学校，毕业后分到开封仪表厂跑销售。开封市第三十六届菊花文化节期间，我们小学同学会的十几个人，轮到张新安请客，他邀请我们一块儿去开封。我们开了三辆车到开封，他买了门票，先请我们去龙亭看了菊展，又请我们去一家清真饭馆吃饭。大家开怀畅谈小时候一块儿上学的趣事，有几个同学都喝高了。

张聚合

张聚合也是葡萄架村的。他是班上最邋遢的。冬天里，他的鼻子仿佛是专门用来生产鼻涕的，他的鼻涕多得一兜一兜的，好似他吃的馍饭都长成了鼻涕；即使鼻孔里一时没了鼻涕，可那两只鼻孔下面仍然保持着两道明晃晃的鼻涕痕迹。他的袄袖子也是明晃晃的，显然是揩抹鼻涕形成的；胸前的袄面上也是明晃晃的，不是洒的稀饭粒子就是滴落的鼻涕。他的大裆棉裤似乎永远都系不紧腰带，一走用手一提，一走用手一提。他的脸不知道有多长时间没洗了，脸上皲得一块一块的，眼睑周围眵目糊很多，像一层保护膜似的。

我考上师范学校毕业参加工作了，他还在复习考学。后来他考上了师专，师专毕业后回兰考县城第三高中当教师。为人师表，他就注意自我形象了，衣着打扮比过去不知强有多少倍。要说还有啥欠缺的话，就是他的烟瘾太大，他离我尚有几步远，我就能嗅到从他身上散发出来的强烈劣质烟味。说他身上的烟味能把人熏倒有点儿夸张，但让平时不抽烟者实在难以忍受，只能“退避三舍”“敬而远之”。有时候确实有事需要和他见面，你总得去见他吧。他为人倒很随和亲切，戴着近视眼镜，镜片后眨巴着一双小眼睛，唠唠叨叨地同你说个没完没了。因受不了他身上的烟味，我有时会后退两步，谁知他竟也跟着前进两步；我后退三步，他也前进三步；我再后退，他再前进，弄得我哭笑不得，及至无路可退时，只好“鸣金收兵”，赶紧“逃之夭夭”了。

去年冬天他得了胆管癌，医治无效，走了。

石国栋

后杨庄村的石国栋，是俺班里字写得最好的。他的字写得端庄工整，撇是撇，捺是捺。他的长相像他的字一样好看，中等身量，胖瘦匀称，国字脸，沉静儒雅，皮肤白皙，走路不疾不慢，步态有度，帅哥一枚。我在班上是作文写得最好的，也许是惺惺相惜吧，我俩关系友好，言笑晏晏，从来不曾红过脸。有亲戚给祖母一个李子，鲜红个大，让人看着直流口水。祖母不舍得吃，给了我；我珍惜地揣进兜里，拿到学校，趁没人注意时送给了石国栋。可见我俩情谊之厚。

小学毕业，他转到县城里上初中，因为他爸是兰考一化的副厂长，刚好把家安在了县里。之后，我俩就较少联系了。若干年后，我俩竟然在开封地区第二师范学校的校园里相遇了，算是殊途同归吧。他长高了，身材瘦削，人显得更挺拔了。这样交往又增多起来。毕业之后，他先在小宋乡文教组上班，后改行到红庙镇当武装部干事，又到三义寨乡当武装部长，又调到城关乡当党委副书记，后来到县交通局当副局长。

他为人正直，不哄不诈，不卑不亢，人缘很好。

有同学如此，真叫人高兴。

张冬至

单听听这名字，就知道他是冬至这天生的。

他是坝子村的，在俺班里是年龄最大的，六〇年属鼠的，比我们要大三四岁，甚至四五岁。他为什么上学这么晚呢？不知道。他学习好吗？不咋样。回回考试，他和马黑脸都是垫底的，要么考个几分十几分，要么考个大鸭蛋。老师曾嘲讽他俩说：“回家煮煮吃吧，一人一个大鸭蛋。”

他的鼻梁上和鼻子周围杂七乱八有几个小凹坑，如果不仔细看的话，基本上看不出来，属于不太明显的那种。他生下来之后，娘要上工挣工分，就用被子把他围在床上，锁上门。他家里有只大老鼠，也可能不止一只，饿了，就蹬床而上，捉住他的小鼻子啃了起来，以为是鲜美的小萝卜呢。他当然又哭又叫的。等他娘下工回来，他的脸上血肉模糊，挺吓人的。他平时说话是个不清亮嘴，眼睛还有点儿斜视，迈着内八字脚，走路一耸一耸的。

他学习不好，但喜欢课外劳动，譬如老师领着去某生产队的麦田里捡麦穗，或者给学校养的小兔子薅草，他都显得很兴奋，干得很卖力。他因此受到了老师的表扬，能一连高兴好几天。

他小学混到了毕业，又升到初中混了两年，我们大队学校里是有初中班的。那时候升初中也不看成绩，只要家庭成分是贫下中农的，统统升，没有一个留级的。

初中毕业后，他正赶上在县车队上班的他爸（他叫爸不叫爸，叫“bǎi”，我长大后才知道这是某个少数民族的叫法）退休，他就接了他爸的班，先是跟着在车上卖票，后来学会了开车，正式当起了大巴车司机。

他在弟兄行中排三，上有两个哥一个姐，下有一个弟。他接班时，他的两个哥和姐均已成家，弟弟尚小，他能接上班，当属幸运的。我们那时候都挺羡慕他的。

他爸在老家坝子死了，他没有回家。因家庭种种矛盾，他与他爸闹翻了脸，死不往来。具体怨谁咱不好评论，但爸死而不棚前哀悼、棺前守灵，以尽人子之责，总显得太过于绝情。

年轻时颇讲情义的他，曾是我们小学同学会的老大，但自从他爸死后，不知道他出于什么心理，小学同学一帮人再聚会或有红白喜事活动时，他不再交活动经费，也不参加了。原先坐第二把交椅的李六，便升级为我们小学同学会的老大。

我们与张冬至，从此相忘于江湖。

唉！

王平

王平是个女生。矮个，圆脸，眉清目秀，肤色白里透红的，颇耐看。她轻易不说话，但我隐约地感觉到她有个性，不好招惹。

她给我印象最深的一件事是，有一天葡萄架会，她的姨和姨姐买了甜瓜，来学校里看她，在俺班教室外的树荫下等。下第三节课后，利用课间休息的几分钟时间，王平急急地从教室里跑出去了。她的姨掰开一块儿甜瓜让王平吃，王平好像说时间太紧啦，没法吃，她的姨却是不依，王平到底还是吃了。上课铃又响了，王平嘴里噙着瓜，手里拿着瓜奔回了教室。我站在教室里的窗前，看着外面发生的这一幕，好生羡慕王平有这样的好姨和好姨姐。我暗自想：我咋没有这么亲的好亲戚呢？

其实，我当时并不知道这是王平的姨和姨姐，是事后问王平才知道的。

王平后来也没能考上学，听说她嫁到韩相坡村了。

啥时候能再见见她呢？

石巧云

女生石巧云和王平都是后杨庄村的。石巧云人长得很苗条，瓜子面脸，樱桃小口，一双沉静如潭的大眼睛。肤色不是很白，也说不上很黑，属于中不溜。她不好说话，学习很用功，也许是读死书的缘故吧，学习上是优等生，但不是出类拔萃的。我曾经暗恋过她，她可能一辈子都不会想到，许是想到了，但不好意思说出来。

她高中毕业复习了两年，还是没能考上学，泄气了，就嫁给了韩相坡的王三。

夫妻俩先在后杨庄东边私立的德林学校对面开饭店，生意不错，赚了钱，后到兰考县城赁房开饭店，又赚了钱。再后来开了两个饭店，儿子儿媳一个，她和王三开一个。我去她那里吃饭，她仍然不爱说话，对我笑笑，就算是打了招呼。

张秋英

张秋英，也是后杨庄的。她中等个，脸上一层“蒙脸沙”，但好打扮，看上去较为俊俏。特别是她略略眯缝眼睛看人时，竟有一种妩媚。烟视媚行，美得在谱。当时好像她爹在开封县里的一个什么部门当工人，似乎家庭条件不错。她初中毕业后就嫁到了开封县城。前几年，有一次她回兰考，小学时同班的几个男同学请她吃饭。她家是做门的生意的，她的儿子用一辆半截斗车拉着她回兰考的，车上还有两扇门，不知是给老家人捎的还是卖的。李六通知我去一块儿吃饭，我正巧中午有事，吃过饭后才赶了过去，那几个男同学陪着张秋英喝酒正酣。我坐了一会儿，又匆匆地走了。

张秋英的儿子长得又高又胖，而张秋英却老了，颇像个家庭主妇了，不说也罢。当时给我的感觉是，少小时的女同学不如不见，把美好的印象留在记忆深处不破坏更好。

徐芬

徐芬是班里女生最高的，她也是后杨庄的，俺班里后杨庄的女生特别多，占了绝大多数。徐芬的脸庞是清秀的，苍白的，有营养不良的嫌疑。后来她的情况，我就不知道了。

徐芬，你现在的脸色还苍白吗？

2020 年 1 月 1 日作

春天印象

幺果生于清明

“去岁，天大寒，万物皆冻坏，院内无花果树亦不能免。今春，天始暖，而无花果树仍然不见动静。来访者皆曰：‘死矣，冻死矣！’吾数闻此言，犹自叹息不已。后，有几星绿叶萌生，弱弱似邻家小妹。又后，叶渐生，渐多，渐长，渐绿，浓浓成荫矣！吾拊掌而笑，言：‘噫，君活哉，君活哉，幸甚至哉！’喜不能禁，以酒助兴，连饮三大白。春末，枝头竟结小果，似绿豆，续似小枣，今已似鸭蛋矣。唏嘘感叹，庆幸其劫后余生哉！昨日夏至，今复二日，摄影纪念，喜上眉梢者也。”这是2016年6月22日上午，我在日记中记叙的一段文字。一晃大半年过去了，2017年4月3日上午，清明节的前一天，春光明媚，惠风和畅。早餐之后，我在院中小坐，见那棵历经劫难的无花果树又生幺果了！感慨之余，作小诗《芽与果》以记之。

芽与果

无花果树之嫩芽初发、幺果始生，
一派懵懂，一片天真，一腔热情……
吾近视其芽，芽儿碧绿中透着娇嫩，
似能匠初剪，似巧手妙绘，
不枝不蔓，苗条而不失丰腴；
不张不扬，婷婷有闺秀气韵。
吾近观其果，果圆润而青碧，
如翡翠玛瑙，如细小指头肚儿，
着一层细细茸毛，犹初生的婴孩，
若不细看，茸毛难以发现。
嫩芽呵护着幺果，幺果依偎着嫩芽，
相亲相爱，互帮互携，亲若姐弟。
在春天的风里，在春天的阳光里，
在清明时节，在宁静祥和的庭院里，
芽和果比赛似的生长着。
预计夏季的芒种节气，
将成熟第一批果实。
我盼望着，关注着，不忍懈怠。

风吹来了，嫩芽颤颤地悸动，
她仿佛理解了我的心情，
娇羞地对我说："放心吧，放心吧。"
阳光照过来了，幺果在褐色的枝头上挺了挺胸脯，
他唯恐辜负了我对他的信任，
自信满满地对我说："错不了，错不了。"
聆听着这姐弟俩的答话，
我笑了，笑着对其点头以示赞许。
这时一只斑鸠飞了过来，
停在我家的院墙头上。
斑鸠一看幺果儿离熟尚早，
"噌"的一声，翅膀一扇又飞走了。

2017 年 4 月 3 日上午记

春夜听虫鸣

暮晚，在庭院里静坐，忽然间听到"唧——唧——唧——"的虫鸣之声。那是什么虫子在叫呢，是纺织娘娘在织布吗？一种节奏单一而且持断不断的虫子叫声。我真稀奇它的气韵咋那么悠长耐久，仿佛不知疲倦似的不停歇地鸣叫，即使偶尔有极短暂的停歇，但旋即声音又起。刚好长子

瀚从郑州回来过周末，我咨询之。瀚蛮有把握地作答：“爸，这种叫声哇，我小时候专门研究过的，它是小癞蛤蟆叫的。”我闻之错愕，但终究不肯相信。查看日历，离 5 月 5 日的立夏尚有一周的时间，仔细说来，它还属于春虫之鸣唱。恳请懂行的朋友教我，它到底是什么虫子或者小动物呢？想到此处，我忽然记起唐代诗人刘方平的诗《月夜》：“更深月色半人家，北斗阑干南斗斜。今夜偏知春气暖，虫声新透绿窗纱。”这首诗记叙了作者对初春月夜气候转暖的独特感受。诗的前两句写景，记叙星月西斜，夜深人静。后两句记所闻所感，因虫声透过窗纱传来，让人感到已是春暖时节。这首诗描绘出一种优美宁静而富有生机的场景：夜深月斜，只照亮半边庭院。北斗南斗，不知不觉已经横斜。今夜虽凉，却充满春的暖意。虫鸣声声，穿透绿色窗纱。多美的意境啊！我一时心痒，不揣浅陋，作小诗《春夜聆清声》一首，以谢此良夜。

春夜聆清声

春夜虫鸣唧唧唧，
声韵悠长似练声。
一声连着一声唱，
不知疲累气息足。
虽然音质不优美，

闻听仍然荡我心。

惊蛰过后虫始醒，

又过春分和清明。

谷雨节气初啼鸣，

姗姗来迟犹珍重。

平生喜爱古典乐，

亦好流行歌曲听。

此鸣虽说显单调，

发自内心抒真情。

较之假唱胜万倍，

不娇不作不骗哄。

遗憾不知唱家名，

夜深星远人未动。

2017年4月28日夜记

柳色青青

我一出院门，眼前突然一亮，路牙子上的杨柳绿了，柳色青青！

呵，柳色青青，青色里泛着鹅黄，绵软，妩媚，柔情。是春姑娘的巧手操动银色的剪刀趁黑连夜裁剪出来的吧？要不，柳色咋那么新鲜呢？叶叶儿咋那么齐整呢？叶沿儿的弧线咋那么优美呢？

柳色青青，嗨呦，是初生的婴孩在梦中用稚嫩的小嘴儿咂嘬出来的吧？要不，叶片又咋是那么娇小柔弱呢？或者是年轻母亲的乳汁喂养出来的吧？你看，你看，叶面里边正涌动着甜蜜的汁水呢！

2018年3月23日上午记

春夜寂静

夜来了，天完全黑下来了。也不是漆黑的那种黑，而是黑色里带着一种祥和的清明。从外面吃酒归来，把院门一关，门闩一横，将一切烦忧和芜杂都关到门外去了。就在庭院里静静地坐着，什么也不想，感觉很幸福，很温馨，很安详，很清净。头顶是还没来得及生发绿叶的栾树冠盖，脚下是山东嘉祥的青石墁地，眼前是一张上着黄釉色彩的竹木方桌，桌上是一杯袅着水气儿的毛尖佳茗。静谧是一种心境，利于自我反思内省，而我此时此刻啊心无旁骛，使自己完全处于清虚之中。大自然也确实配合得格外巧妙，无蚊，无蝇，无月，无灯，无风，无虫鸣。天气呢，不冷不热，干湿适中。人生啊，还有什么奢望呢？一桌一椅，一壶一盅，宽心静坐，春夜无声。如此甚好，何必虚名？名利粪土，清闲养生。

2018 年 3 月 23 日夜记

喜听春雷第一声

农历三月初四，晚上 8 点，正在室内窗前灯光之下读《金圣叹批评本〈水浒传〉》，突然听见“咔嚓”一声巨响，如山崩地裂一般。我吓了一跳，手心里微微发汗，慌张启窗外视，原来是打雷啦。雷声隆隆，一声连着一声，并且电光霍霍，仿佛电与电正厮杀，雷与雷正追赶。这是春雷呵！我转惊为喜，恭迎春雷。俄顷，大雨如瓢泼似的倾倒下来……我端坐桌前，恭听着那一声声春雷，心潮澎湃。雷声，是多么有力量啊！雷声，又是多么震撼心灵哟！我企盼雷声响得更激烈一些，把那些浑浑噩噩的灵魂都震醒！

2019 年 4 月 8 日夜记

春天，聆听斑鸠啼鸣

“咕咕，咕咕，咕咕——咕！”

春天里，静坐院中，侧耳聆听斑鸠的啼鸣。这是一种多么惬意的生活呵！其实呢，斑鸠的叫声并不比黄鹂的叫声好听，它的声音单调低沉，可我偏偏就喜欢听它的叫声。它在屋脊上叫，它在树枝上叫，它在院墙头上一边阔步行走一边叫；叫时先向前伸一下头，再顺势勾脖一收，“咕咕”“咕咕”“咕咕”。听着它的叫声，我感到了生活的安稳和富有，我感到了生活的希望和丰厚，我仿佛又回到了童年时的田间地头。我久久地谛听着，陶醉着，沉浸在那天籁般的鸣叫声里……

2019 年 4 月 24 日记

仲春的夜晚

很静，很静，隐约听见远处柏油马路上驰过汽车的声音，邻家的小狗只叫了两声。上弦月高高地悬斜在头顶，明亮的长庚星挂在西天边上。院墙外的白杨树挺立着尚未长出新叶的光光枝丫，映衬着褐灰色的苍穹；院内窗前才乍开花骨朵儿的油菜花也暗了金黄。

夜深了，月亮西沉了，长庚星看不见了，白杨树丫杈的剪影愈显模糊。在浓稠的暗夜里，空气却越发清爽。清凉纯净的空气中，弥漫着油菜花的芬芳。现在的节气是雨水，前几天刚下过一场雪雨。后天便是惊蛰了，百虫都该苏醒啦。

时间过得真快啊！四周楼房里的灯光相继熄灭了，许许多多的人进入了梦乡。我仍然在小院里徘徊，尽情回忆着细碎繁杂的往事，恣意过滤着层层叠叠的关系，毫无倦意。这心里的感觉呀，说不上是忧是愁是哀伤或是欢喜。陪伴我的，是静谧的春夜，和春夜那深沉的呼吸……

2020 年 3 月 3 日夜记，次日撰次

夏天记忆

清早听鸟叫

早晨5点，院里静悄悄，小麻雀们还在睡觉。6点钟，小麻雀们睡醒了。灰暗的天色，也变亮了。我穿着背心裤头，趿着凉拖鞋，就坐在夏天早上吃饭时用的圆形的青石桌旁，聆听着鸟叫，并看它们在院内的树冠上、眉豆架上轻巧地蹦跳、追逐、嬉闹。我的面前放着一杯白开水，杯里袅着热气儿。夏天的早晨真好！人活着真好！我想起了小时候的许多趣事，当然，多是与小麻雀有关的。

2017年6月21日记，是日夏至

晨食无花果

早晨起来，在兰考住所的庭院里缓步慢行，见成熟的无花果濡沾着晶莹的露珠，正在碧青阔大的枝叶间隙向我咧嘴嬉笑。我经不住诱惑，伸手向叶片深处摘了一枚，用手揩净露水，咂嘴品尝。果实清凉甘甜，以为人间至味。遂作小诗《无花果》以赞之。

无花果

清晨院内信步逛，
果沾清露俏模样。
随手摘食滋味佳，
香甜润肺透心凉。
人言天上有仙桃，
至今无人见真相。
无花果乃人间福，
鲜活葱绿堪夸赏。
富含多种维生素，
养颜防癌治白癜。
奉劝世人多栽种，
庭前院后皆旺生。

不用打药不施肥，
不生虫子不腐叶。
无私奉献无公害，
清净纯洁不染尘。
拳拳赤心报人间，
芸芸众生莫忘君。

2017年7月3日记

酷暑溽热想念雪

想念雪，想念雪，太想雪啦。想念飘着雪花的日子，多美呀！想念煮雪烹茶、听雪敲竹的日子，想念小雪封山、大雪封河的日子，想念小雪腌菜、大雪腌肉的日子，想念有雪有冰、有酒有肉的日子，想念山高月小、雪融石出的日子……人啊，拥有时往往不知道珍惜，一旦失去才感知到了它的珍贵。贫困时，我期盼着富有；富有了，我反而怀念昔日贫困的时光。下雪时，我开始怨恨雪的寒冷，又抱怨出门不便。现在没有雪了，我又非常非常地想念雪。到年末岁尾，冰天雪地的严冬，我是否又该想念今夏的炎热如炙了呢？

2019年7月22日记，是日中伏第一天

太阳花

院里有几个小小的闲置的红瓦盆，我撒上了太阳花的种子。不久，就长出了嫩芽芽，红红的，肉肉的，茸茸的。又停了一段时间，竟开出了缤纷的小花。光照充足时，它的花开得更娇更艳；傍晚和阴天时，它的花朵就闭合。怪不得叫它太阳花呢！万事万物都有它各自的属性，才构成了复杂多变、丰富无穷的这般世界。

2020 年 6 月 21 日记，是日夏至，次日撰次

秋天六章

夜雨中秋节

2017 年中秋节，窗外秋雨如歌，室内亲人促膝畅谈。虽然无月，又轻寒侵人，披衣夜话，倒也不失是一个新颖别致、颇有韵味的中秋佳节。兴致上来，随口吟出《夜雨中秋节》一首。

夜雨中秋节

八月十五细雨寒，
玉轮娇羞隐云间。
夜暗难阻归家路，
亲人团聚酒频斟。
举首门外不见月，

心中难免有缺憾。
秋雨淋漓窗前滴，
凝集亲情漫人寰。

2017年10月4日夜记，是日中秋节

闹市闻蝈蝈鸣

初秋缓步闹市行，
忽闻蝈蝈鸣雅声。
急忙趋近俯身看，
店门悬挂蝈蝈笼。
一红一绿俩笼子，
相映成趣很喜庆。
绿笼蝈蝈正噬食，
白菜嫩叶葱白青。
红笼蝈蝈方振翅，
清音泠泠歌太平。
不由心头一阵喜，
店主童心令人敬。
店主年迈神矍铄，
脊背虽弓慈目清。

见人欣赏娇蝈蝈，
慌忙让茶又递凳。
我与老者促膝谈，
骄阳西斜不尽兴。

2018年8月26日记

尝秋鲜

去老家转了一圈儿收获颇丰，乡亲们给了一兜吐着红缨须的嫩玉米棒儿，又给了一兜包着蚕丝壳的新花生和一兜裹着毛茸茸睡袋的大豆荚果。

回到县城的家里，妻用清水濯了，添上半锅水，珍惜地将“果实”一一放入锅中，轻轻地抚平了，扣上锅盖。咔，打着了火。蓝莹莹的火苗舔着锅底，释放着它特有的活力和欢乐。半个时辰不到，厨房里就逸出了勾人口水的馨香，我不由得咽了两口唾沫。妻数落我说：“看你那馋样儿!”砰，关了火。闷了一会儿，才掀锅盖，一股白气扑面飘逸而出。嚯，好香啊！妻用笊篱将煮熟的秋鲜捞到一个圆竹筐里，还未等晾凉，我就迫不及待地开吃啦。捋出粒粒金黄的玉米粒儿，剥出穿着红衣裳的花生籽儿，取出碧青色的大豆颗粒儿，一样一样地咀嚼品尝，那鲜香、甘甜、醇厚的滋味呵，滋润五脏六腑，叫人难忘。口水挂下三尺长，鼓腹而歌真舒畅！

博大圣洁的大自然哪，您孕育出多少令人类垂涎欲滴的美食佳肴哇！那些肆意践踏大自然的行为哟，是多么目光短浅、愚昧无知啊！感谢大自然，感谢五千年的中华文明，感谢勤劳的父老乡亲，感谢纯朴的乡情！

在生活中，需要我们感谢的很多很多！怀揣着一颗感恩之心去工作和生活，我们的人生才能过得丰沛、充实和快乐！

2020 年 8 月 17 日下午记

韭菜花

韭菜长老了，就长出了韭菜花。墨绿的蒂茎托着乳白色的细碎小花，好朴素好洁雅哇！妻到集市上买了一兜，洗净，晾干，拌以精盐、姜丁和赏心悦目的红辣椒丝，腌在红瓦罐里，盖盖儿闷一天，翌日早上就可以吃了。吃时，盛上一小碟，淋点儿小磨香油，吃着热馒头，喝着小米粥，就着辛香微辣的腌韭菜花，甭提多香醇爽口啦！其实生活不需要太多的奢侈繁华，有时候只需要一碟韭菜花下饭，就能吃得满口余香。质朴的生活，高尚的追求，如此生命方能长久。不是吗？

2020 年 8 月 28 日夜记

七夕

七夕这天没有下雨，这样也好，我不希望牛郎和织女一见面就哭泣。或许织女牛郎各自都有了手机，时常联系，互诉衷肠，因而见面时就没有了那么浓烈的生离死别、悲伤哀戚。

夜晚，我坐在自家庭院里，仰头看见天空中有一道清浅的银河，却没有看见鹊桥。这样倒好！我非但没有失望，反而心生欢喜。兴许牛郎牵着一双儿女，坐上飞机，早已飞到了织女那里。织女把他们接到自己新买的那套别墅里，一家人正在幸福地团聚……

2020 年 8 月 25 日夜记，是日七夕节

秋夜

夜晚好清凉，
蟋蟀嚯嚯唱。
仰卧竹榻上，
身心俱舒畅。

夜半月正南，
银光吻我床。
泠泠复泠泠，
明明又晃晃。
诗情伴画意，
仪态颇安详。
想起蟋蟀草，
碧绿又细长。
学名牛筋草，
地头随处长。
蟋蟀捉罐内，
草丝挑逗忙。
蟋蟀振翅怒，
迎战憨态狂。
俗叫蛐蛐儿，
模样恁吉祥。
父老都喜欢，
捉到皆玩藏。
翻身又睡去，
一觉天大亮。
感恩大自然，
四季多奇妆。
天地人合一，

万物喜洋洋。

2020年9月3日晨记，立秋第28天，次日夜撰次

增肥食谱

小孙儿两个多月啦，看见我会笑了啊！他笑得那么纯真，不染丁点儿世俗凡尘。这是圣洁的笑呵！看着他咧开小嘴儿笑，我也跟着笑，我的心里甭提有多甜啦。坐在摇篮前，我逗着他玩儿，他就咿咿呀呀地回应我。有时候他还太过激动，“噗”，将刚吃进的奶水又从嘴里漾出来了。每当此时，我就安静下来，小声叮嘱他说：“小哎，莫急，莫急，有你小子说话的时候呢！”

一天下午，邻居郭大娘来家里玩儿，她捏了捏小孙儿的腿，望了望妻子，欲言又止。郭大娘走后，敏感的妻低头思索。她问儿媳倩倩：“小孙儿最近吃奶都吃多长时间呢？”性情柔和的儿媳如实回答：“个把钟头哩。”妻又问：“每次吃奶结束时，小孙儿是主动松嘴呢，或是噙住奶头不放呢？”儿媳说：“总是噙住不放哩。”妻点点头，恍然大悟似的说：“怪不得这阵儿小孙儿瘦了，小腿松软了，精神头儿差了，原来他是吃不饱啊！小孩子连骨头带肉一起长呢，咱可千万不能给孩子耽误了啊！你光注意减肥了，不吃鱼肉鸡蛋，这怎么能行呢！你是两个人吃饭啊！你的奶水是数量足而质量差，怪不得小孙儿噙住不放呢。奶水里头的营养成分不够，小孙儿咋能长胖哩！甭光想着减肥啦，快快加强营养补充吧！”晚饭时，妻给儿媳做了一大碗鸡蛋羹，盯着儿媳趁热吃下，并让儿媳连汤都喝光啦。晚上睡觉前，妻老说小孙儿瘦了，不知道唠叨有多少遍，仿佛亏欠小孙儿许多似的，似乎眼圈儿也红了。夜里，妻翻来覆去睡不着，还一个劲儿长吁短叹。

早晨，我醒来不见了妻，正侧目外看，就见妻从外面风风火火地进来了，手里拎着一包又一包的东西。我慌忙奔出卧室，接过一看，嚯！有排骨，有鱼头，有河虾，有大枣，有小米，有豆腐，还有俩生猪蹄儿。早饭时，妻给儿媳又做了一大碗鸡蛋羹，吃得儿媳直打嗝儿；又炒了一大盘子虾米，说是补钙很好的。她中午准备给儿媳做冬瓜炖排骨，晚上准备给儿媳做鱼头烩豆腐，明天早上准备给儿媳做小米红枣粥，明天中午准备给儿媳做猪蹄儿煮黄豆……

我听着妻一连串的安排，笑了；儿媳听着婆婆的增肥食谱，笑了；躺在床上的小孙儿挥着小手，好像听懂了奶奶的话，咧着没牙的小嘴儿，也笑了。

2020 年 9 月 4 日作

白露

单听听这名字，就是一首诗。

白露，白露，多像一个女孩子的芳名呀。

它是二十四节气中的第十五个，这个节气表示孟秋时节的结束和仲秋时节的开始，亦是一个反映自然界气温变化的重要节令。

“白露秋风夜，一夜凉一夜。”节令至此，白昼阳光尚热，水汽蒸发，太阳一归山，气温便很快下降，至夜间空气中的水汽就遇冷凝结成细小的水滴，非常密集地附着在花草树木的绿色茎叶或花瓣上。水滴呈白色，尤其是经早晨的太阳光一照射，看上去更加晶莹剔透、洁白无瑕，煞是惹人喜爱，因而得“白露”美名。古人以四时配五行，秋属金，金色白，以白形容秋露，故名“白露”。古时候人们以为露水是从别的星球上掉下来的宝水，许多民间医生将各种花叶上的露水收集起来，分门别类加以利用，如用白花露止消渴，用柏叶露、菖蒲露增强视力，用韭叶露治白癜风；炼丹家则用它练“长生不老丹”。还有人用露水泡茶喝，甘甜清冽；也有人用荷花荷叶上的露水酿酒，酿的酒清芳香醇，别有风味。《西游记》里的观音菩萨手里拿着一瓶甘露，让人顿觉神奇无比。其实呢，有一种植物叫甘露子，而甘露就是甘露子上的露水。民间有一种“露水夫妻”的说法，用来比喻短暂而易于消失的两性关系。

“处暑十八盆，白露勿露身。”处暑时仍炎热，每天须用一盆水洗澡，过了十八天，到了白露，就不要赤膊裸体了，以免着凉。

“白露白迷迷，秋风稻秀齐。”意思是说白露前后若有霜，则晚稻将有好收成。

自古以来，描写白露的诗句，数不胜数。《诗经·蒹葭》云：“蒹葭苍苍，白露为霜。所谓伊人，在水一方。”杜甫的《月夜忆舍弟》诗云：“戍鼓断人行，秋边一雁声。露从今夜白，月是故乡明。有弟皆分散，无家问死生。寄书长不达，况乃未休兵。”白居易《南湖晚秋》诗云：“八月白露降，湖中水芳老。旦夕秋风多，衰荷半倾倒。手攀青枫树，足踏黄芦草。”白露从两千多年前的《诗经》里走来，一年一度地寒生露凝至今，激发了无数人的想象，给人类的生活增添了美好和向往。

白露，白露，我叫你一声，你能答应吗？

2020 年 9 月 7 日作，是日白露

父亲逸事

父亲去世四年有余了，我还时常想念他……

——题记

我看着父亲咽了气

父亲不吃不喝、病入膏肓之时，我携妻回了坝子老家。父亲仰面躺在病榻之上，面色消瘦、苍白，只有出气回气的份儿了，再也没有往昔健步咚咚、声若洪钟的劲头了，再也听不到他那爽朗的笑声了，再也听不到他口若悬河、绘声绘色地给我们兄妹几个讲故事了。他形同一片飘零的干枯秋叶，沉静地匍匐在大地之上；他如同一只断了线的风筝，毫无生机地跌落在一个角落里；他好似一个泄了气的皮球，干瘪地蜷缩在一个少人问津的地方。我俯坐在他的身旁，轻轻地呼唤着他，可是再也听不到他的回应了。我握住他枯瘦似鸡爪的手指，那手指冰凉无力，再也见不到早先的红润有力、弓弹自如了。回忆着与父亲的过往，似电视屏幕一般一一闪跳在我的眼前，冲撞得我的眼睛疼了，湿了，模糊了……

真是祸不单行。前来看望父亲的三妹，和我们一同吃过午饭，独自骑电动车回她婆家时，走到村北兰曹路的十字路口，被斜刺里窜出的一辆三轮车撞倒在地。那辆三轮车的车主看看四周无人，竟然不顾三妹死活，开车飞驰而去了。我们得到消息后，急忙打120，将三妹安置到县中心医院。经过一系列检查，三妹左小腿骨折，需住院治疗。等到我再次回到父亲身边时，天已经完全黑下来了。虽然是初春天气，但却春寒料峭，寒气逼人，我心冷如冰，疲累得连晚饭也没有吃，临时搭张简易床，就和衣躺在老父亲的身旁睡了。夜里睡不安稳，连做怪梦。月色穿越窗棂，悄然入户，洒落在父亲和我的床头上，煞煞地洁白。我睁眼看看父亲，他仍然沉睡不醒。我再也睡不着了，盘算着天明之后如何找出那个逃逸的肇事者，给三妹讨还公道。

翌日早上起来，胡乱吃了早饭，我就去了派驻在我老家乡上的县交警四中队。县交警四中队的同志很负责任，立马派人去调了路口的录像，经人辨认，肇事逃逸者乃本乡后杨庄村的石某人。石某人是个开三轮赶集上会卖男女成衣的，当天正在贺村集上赶集。县交警四中队去员将人车弄到交警四中队办公的大院里，看了三轮车前杠上的创痕，正好与三妹电动车上的创痕吻合。石某人在证据面前，乖乖地耷拉下脑袋，供认不讳，情愿赔情道歉，包赔医疗费用。折腾了整整一上午，此事方告一段落。

回到老家，我躺倒在老父亲的身旁休息。正睡得香甜呢，却被大妹急促的呼喊声唤醒。我一骨碌爬了起来，看见父亲正呼呼地往外倒气。我惊悚极了，也呼喊着父亲。忽然，听见父亲喉咙里咔地响了一声，原来是老父亲关闭气门，咽气而去了。

父亲曾经被绑票

早先哪，俺的家庭可是个大家庭，可谓是书香门第。听我祖母讲，我父亲的爷爷的爷爷那辈曾一连出了四个文秀才、一个武举人，是方圆百里有名的“五顶帽家”。门口立着旗杆，见了县令都不下跪。不说旁系亲属，光我曾祖父就诞下了五男二女。在当时的社会里，绝对属于好命的。家里有一百亩地，有三十多间土坯房子，有饲养院，有文武学堂，拉一个好几亩地大小的土院子。曾祖父心眼好，饲养院里还收留着几个无家可归的老人。他管吃管住，人死了还施舍棺材埋葬。

我的祖父在亲兄弟行中排四，大名张庆丰，小名张四。兄弟五人除了大祖父因身体痨疾的原因没有习武之外，其余皆文武双全，威震乡里。二祖父和五祖父在考城县比武时得过银墩。二祖父朋友最多，社交最广，他的朋友以山东省曹县为多。祖母讲，来庄上找二爷的推三轮车子的朋友就不断线，一来就喝酒练拳，热闹非凡。有的一住就好多天，我的老爷（曾祖父）从不烦。一日，一位牵骆驼的算卦先生从大院外的土路上经过，将骆驼拴在大院门口的拴马桩上，摇着扇子说："我想送这户主人一卦，你别看现在这一户人家过得有钱有势的，不出几年就要家破人亡啦！"守门人忙回院里传话，曾祖父听了，摇头而笑道："咱现今殷实富足，人财两旺，想哄骗咱的银钱罢咧！"说着，就出了院门，见到了那位风尘仆仆的算卦先生。算卦先生又将"不吉利"的话说了一遍，并说想破解的话得一个银圆。曾祖父愈加不信，算卦先生牵上骆驼怏怏地走了。

许是被算卦先生言中了，一语成谶，也或许只是巧合。几年后，日本人杀进中原，二祖父、三祖父、五祖父去坝子村北面的土山寨赶会，日本人将土山寨包围了，将包括三祖父、五祖父在内的青壮年全部拉到西寨墙之外，面朝护寨水沟站着，全部用机枪射杀了。二祖父机警，他当时牵着一匹马从寨墙豁口处跑了出来，刚跑到土山寨与坝子两村交界的地边上就被日本兵射倒了，马儿咴咴叫着跑回了家。五祖父死时尚未完婚，定的是坝子南边董庄姓王的姑娘。祖母告诉我，你五爷长得年轻英俊，唇红齿白，外号"罗成"。你五爷死后，王姓姑娘发誓谁也不嫁，一直坚守了许多年。后来，才在父母的逼迫下出嫁了。曾祖父受不了如此打击，一命呜呼了。祖父当时当着保长，有人通知他到老君营区上开会，他刚涉过村南沙滩里的那条河，走上柳条子夹道的小土路，就被人打了黑枪。子弹击中了脑袋，他一头栽倒在柳条子棵里死了。他死后，被寄埋在陈步口村东头、我家老坟地的东北角落里。七十多年后，我的祖母病故，我们将祖父的墓地挖开，择地同祖母合葬，我看到祖父苍白光秃的后脑勺上有一个小小的洞眼儿。祖父死后，大祖父也因痨病去世了，兄弟五个，只有这个痨病的大哥得以“寿终正寝”。

几个祖父相继而去，大祖母、二祖母、三祖母皆因没有生育，都回了娘家孀居。偌大个家庭仅剩下我小脚的曾祖母、年纪轻轻的祖母和尚在襁褓中的单根独苗的父亲。我们家在极短的时间内家破人亡，比牵骆驼的算卦先生说得快多了。

亲戚族人看支撑门面的人都死了，有的到我家里牵走了牛，有的赶走了大车，有的把一囤粮食抢走了，有的把好的地块占为己有了，他们都说是曾祖父生前欠他们的。祖母抱着嗷嗷待哺的父亲，依偎在婆婆，我的曾祖母身旁，呆呆地坐在一片狼藉的院子当中，眼噙泪水，任人宰割。有一天夜晚，曾祖母被大闺女（我的大姑奶）接走了，祖母和父亲关上屋门，早早睡了。半夜里，忽然听到外面啪啪响了两枪，有人大喊着“不好管闲事的离远点儿，想吃枪子的近前来吧”，紧接着，祖母睡觉的那间屋门被撞开，进来了几个黑大汉，两三个人捺住发疯般挣扎的祖母，一个人抱起被惊醒哭闹的父亲风一样跑了。

父亲被绑票啦！按祖母的话说是父亲被“抬票”啦。

走投无路的祖母冒着黑夜，披头散发，跌跌撞撞地跑回了七八里之外的白楼村的娘家，我的外祖父出面托人找中间人协商，对方要五百个银圆才答应放人，时间只限三天，过了三天就要“撕票”。为了儿子的活命，祖母什么都不顾了，她贱卖了除老坟地之外的几个小地块，好歹凑够了钱，才把父亲“赎”了回来。祖母说，你父亲抱回来的时候啊，小脸瘦得像瓦片，满脸的泪道道儿，也不知哭了多少回，声音都哑了。

想象那个情景吧：父亲被扔在小黑屋里，脚蹬着，手抓着，哇哇地哭着，才一岁大点的孩子，他显得多么痛苦、多么无助啊！他也许还不会叫“娘”，他也许只会“啊啊”，他就被当了“人质”，成了借以换钱的“工具”。这次的经历跟他长大之后“视财如命”的性情是否相关联呢？

我仿佛听见父亲正在拼命地含糊不清地呼喊：“啊啊……娘……啊啊……娘……”

父亲的一段婚外恋情

有一年的秋天，后经询问我的祖母，大约是 1967 年的九十月份，天迎冷了，四岁刚刚出头的我，依稀记得村子里一下子来了许许多多的人，男的女的都有，都很年轻，都穿着绿军装、戴着红袖章，原来是湖南大串联的红卫兵来到了俺村。俺村是焦裕禄书记在全县树立的“五面红旗”之一，他们是来参观学习“闹革命”的。依稀记得串联的红卫兵里面有一个女学生，中等个，短发圆脸，稚气活泼，操着一口有着特殊蛮味儿的好听普通话，经常来我家找我父亲谈工作，那女的不时发出一阵银铃似的笑声。笑着笑着，她就领着父亲走出了我家。依稀记得晚上父亲回来，母亲就跟父亲吵闹。母亲哭着，一把鼻涕一把泪，骂什么“狐狸精”缠住了父亲，要父亲跟“狐狸精”一刀两断。争吵越来越激烈，父亲竟然提出要跟母亲离婚，母亲哭得更厉害啦。这样折腾了许多天，真是家无宁日啊！后来，串联的红卫兵走了，父母也慢慢地停止了争吵，日子又逐渐平静下来了。

父亲的卧室床前有一个三屉桌，三屉桌之上、离床最远的一角里，长年放置着一个没有油漆过的白茬木箱，木箱很小，比十四寸电视机大不了多少，浅蓝色的锁扣上常年落着一把锁。由于年长日久，那口木箱变得发黄发暗，锁扣上的油漆也已剥落，锁上蒙着一层细微的灰尘。木箱就那么静悄悄地蹲守在那里，似在守护一段尘封的往事。

后来，父亲瘫痪了，他长年卧在床上，这一躺就是整整十三年。经常照顾父亲的是二妹，她虽然已经出嫁，有了儿女，但嫌在婆家住不惯，就搬到了娘家来住。刚巧二弟有一处新盖的宅子没人居住，就卖给了二妹。母亲又先父亲病故，二妹就主动承担起了照顾父亲的责任，我和二弟每月给二妹三千元钱的赡养费。二妹把父亲照顾得很好，经常给父亲翻身换洗，父亲身上从没有烂过，更没有生过褥疮。有一天，二妹看着父亲的心情不错，就逗父亲说：

“大，听俺妈说您跟一个女红卫兵相好，有这事吗？”

“有，有。”久病中的父亲咧嘴笑了，也不避讳。

“她叫啥名字呀？”

“叫陈亚，湖南的。”

“你现在还想她吗？”

“咳，人家早就成家了吧，现在说不定都当奶奶啦，想她还干啥咧？嘿嘿嘿。”

“现今电视上有个栏目，叫《寻找情人》，要不让俺大哥跟电视台联系联系，也帮您寻找一下吧？”

“嘿嘿，嘿嘿，不用啦，俺都这样子了，算了吧，还是不要破坏早先的美好印象啦！”

父亲病故之后，“复三”那天，我在弟弟和妹妹们的注视下，取出那把父亲曾经神秘珍藏的锈迹斑斑的钥匙，费了好大的力气，终于打开了那口已经变成暗黄色的木箱。木箱里空空荡荡的，箱底上有一本页面泛黄的《毛泽东文选》，《毛泽东文选》下面有一个用报纸裹着的小包，报纸已经霉烂了。将报纸一层层展开，里面是一个颜色发灰的白手帕，白手帕的中心用红丝线绣着一颗红心，业已黯淡无光了。白手帕里包裹着一张二寸黑白照片，是一个姑娘的半身照，短发，稚气的圆脸，眼神迷离地望着远方。我知道这就是那个陈亚了。

我久久地凝视着父亲的梦中情人，说不出心里是什么滋味。暗自慨叹父亲活得太艰难啦，太不幸啦！他与母亲的关系说不上好，也谈不上坏，父亲偶尔耍耍男子汉大丈夫的脾气，母亲有时也做河东狮吼，她埋怨父亲对她不忠，“不正经”，就这样磕磕碰碰过了一辈子。唉！我们兄妹将父亲生前穿过的衣服，连同那木箱、照片，拉到父亲的坟头，统统焚烧了。在淡蓝色的火苗中，飘出一缕缕的青烟，父亲的一生和他一生之中唯一的那段婚外恋情也随风远逝了。

父亲智降包村干部

那时候的生产队里有这样一种特殊现象，队队有包村干部，既有大队派来的，又有公社派来的。坝子生产队也派来了两个干部，大队来的是副大队长张蛮场，公社来的是革委会副主任姚天亮。他们两个共同监督坝子生产队的整体工作。“抓革命，促生产”嘛。对了，坝子生产队隶属红庙公社葡萄架大队。

张蛮场不用说了，坝子本村人，他瘦高个，刀条脸，黄眼珠子，性情火暴，说话结巴，“抓……抓……革命，促……促……生产哟，轻视不得啊！谁……谁……不重视，俺跟他拼……拼……啦啦啦……”就这号人也能当大队干部？我小小的心间充满了疑惑。

“铃铃铃铃……”公社派来包队的姚主任骑着一辆擦洗得锃亮的飞鸽牌自行车从村北面的公路上过来了，还没进村，就将车铃揿得一串串地响。姚主任大高个，活像样板戏《红灯记》里的李玉和，穿一身蓝的卡布中山装，带四个兜的那种，他的每个兜里都装得鼓鼓囊囊的。他的左上衣兜里插支钢笔，衣兜的圆洞口外露出亮闪闪的钢笔帽顶和挂钩；和钢笔装在一起的还有其他什么，实在弄不清楚了，反正鼓囊囊的。他右上衣兜里装着一包大前门烟卷，也是鼓突突的，当然还有一盒火柴。他的左下衣兜里装着一本《毛泽东选集》，把衣兜撑得龇牙咧嘴的。他的右下衣兜里装着一个折弯的白皮记事本和一方手帕，还有钥匙串、指甲剪，还有骨质剔牙棍，还有……衣兜仿佛正痛苦地哭泣着，哀求主人：“你老行行好吧，别再往里塞啦，俺都快‘爆炸’了哟。”姚主任来了之后，村里多了一条歇后语：姚主任的衣兜——复杂！社员们背地里给他起了个外号“姚满兜”。

公社里规定包村干部要跟社员们同吃同住，姚主任就住了下来，住在生产队队部的一间房子里，自己带着铺盖，吃饭就是轮流着吃派饭，表示和社员们同甘共苦。姚主任什么时候在谁家吃的饭，父亲都详细记在本子上，到年底分红时给予一定的补助。“安营扎寨”住下来的姚主任，除了公社通知开会或星期天偶尔回家，他平时吃住都在坝子村里。当然，张蛮场就只能吃住在自己家里。

姚主任的长相虽说有点儿像英雄人物李玉和，可他的那双大眼睛却大而无神，与李玉和相差甚远。不久，社员们就发现了姚主任的“毛病”，他虽说表面憨厚，实则闷骚，开社员会时眼睛光往女人堆里瞟，光瞟倒还罢了，还看死眼，盯住一个女人使劲儿看，不错眼珠。平时干活，还好往女人干活的地方钻，表面上是和社员们“打成一片”，实则是好色的本性使然。因此又落下个外号“姚胡瞟”。

社员们生活都苦哇，即使派饭派到了自己家里，各家各户竭尽所能也做不出香甜可口的饭菜来。时间一长，姚主任的嘴里竟能淡出个鸟来。他既不能说，更不敢说，父亲看在眼里，有心给他改善改善生活，也是无能为力。

为了自己包的队能出彩，姚主任也够狠的，他决不让社员占公家一丁点儿光，更不可能让社员们“多吃多占”。麦子打下来了，除了留够麦种和参考邻近村组的情况适当分些麦子给社员们，他让生产队将剩下的麦子全部上交给国家。他还好讲排场，好大喜功，放着生产队的大马车不用，把架子车贴上编着号码的红纸，车把上系上大红花，让社员们拉着装满小麦的架子车去十公里开外的红庙公社粮管所上交“公粮”，惹得行人纷纷驻足观看。天气炎热，拉车的汉子们汗如雨下，姚主任骑着自行车在一旁督促着，仍然嫌走得慢。秋玉米打下来了，姚主任亲自把秤，除了留够种子和喂养牲口的饲料外，也让社员们拉上架子车全部上交粮管所。新红薯刨出来了，田垄上堆得一溜溜的。父亲和鲁队长的意思是想把红薯先在地里晾上两天，等湿红薯干了，身上的泥巴掉了，再分给社员们。姚主任可是坚决不让停留，要求连夜将湿红薯给社员们分下去，这样就能提高产量多出“增产政绩”了。大家伙儿没法，只好连夜打着手电筒把红薯分了下去。社员们恨得牙根痒痒的，但谁也不敢吭声。

夜深了，红薯分下去了，父亲和鲁队长的心里却平静不下来。他俩蹲在地头上，一根接一根抽着闷烟。父亲先开口说话了：“东法哥，这下子可坑苦了咱村的社员们哪！”“顺弟，咱啥法子哇！”“哎，俺倒有个想法，不知行得行不得？”“说说看。”父亲将嘴对准鲁队长的耳朵嘀咕了一阵，鲁队长最后咬牙击掌拍板说：“豁他一家伙，舍不得孩子套不住狼！”

子夜时分，劳累了一天的姚主任已经睡下了，因连夜给社员们分红薯，他也没有吃上派饭。肚子里咕噜咕噜叫唤着，翻来覆去就是睡不着。正在此时，他突然听到当当当的敲门声。“谁呀？”“是我，姚主任。”虽然那个声音压抑着，但姚主任还是听出来了，那是父亲的声音。他光着脚板给父亲开了门，又打着冷战钻进了被窝。父亲进来了，也没有点灯，他挨近姚主任的床沿儿，充满歉意地说：“姚主任，实在对不住您啦！您在咱这里住队，可跟着俺吃了不少的苦哇！就说今天吧，忙乎了半夜，又累又冷又饿，连晚饭也没得吃。俺心里实在过意不去，就让俺媳妇、恁弟妹烙了个葱花大油饼，还热着哩，您快趁热吃了吧！”边说边从怀里掏出了用毛巾裹着的油饼，一股葱香油香立即扑进了姚主任的鼻孔。姚主任顾不上作假，一边趴在床头大口地吃油饼，一边嗯嗯呀呀地跟父亲说话。正在大快朵颐之际，一群人冲进了屋里，手电筒照住了正咔哧咔哧咀嚼油饼的姚主任。光亮之下，他正鼓老高的腮帮子停止了吞咽。“好哇，姚主任，社员们吃糠咽菜，你却在这里偷吃葱花大油饼，还口口声声说要和社员们共甘苦，装得好像啊！走，去公社告你个小舅子去!”“走！走!”众人齐声响应。姚主任吓坏了，扑通一声就光脚跪在了地上。“老少爷儿们，别……别……啥都好商量，好商量……”

从此以后，姚主任像变了一个人似的，对社员们私下分点东西总是睁一只眼闭一只眼，再没有早先的样子了。

父亲跑到北京告状

三年困难时期，坝子村的父老乡亲也同全国各地的人民群众一样未能幸免。但在鲁队长和父亲的领导下，坝子生产队162号人开展了生产自救群众运动，不要救济，不要贷款，自力更生，咬紧牙关，苦干实干，说不上波澜壮阔，倒也可歌可泣。全村社员拧成一股绳，发扬“在困难面前逞英雄”的大无畏精神，与大自然进行了艰苦卓绝的斗争。队上的牲口没有草吃，鲁队长和父亲率领全体社员顶风冒雪到南河沙滩地里掘茅草根，硬是保住了几十头牲口的生命。不但牲口的性命保住了，全村人患难见真情，分粥同甘，竟然没有一个外出逃荒要饭的，也没有一个冻死饿死的。这是坝子生产队的创业史、奋斗史啊！全村人省吃俭用，精打细算，勒紧腰带过日子，还把生产的剩余的上万斤粮食无偿地捐献给比坝子村更加困难的村组。大灾大难过后，1962 年冬天，党派焦裕禄同志任兰考县委书记。焦裕禄书记被许许多多人民群众抗灾救灾的故事感动着，他通过实地考察、调查走访，在全县树立了“五面红旗”，分别是“赵垛楼的干劲，韩村的精神，双杨树的道路，秦寨的决心，坝子的风格”。榜样的力量是无穷的。全县人民在“五面红旗”的感召下，在焦裕禄书记“治沙、治水、治碱”的科学方法指导下，自力更生，奋发图强，逐步摆脱了贫困，迈向了富裕。

1964 年 5 月 14 日，焦裕禄书记因病逝世了。可焦书记的尸骨未寒，新一届兰考县委班子竟然将坝子的红旗给砍掉了。鲁队长和父亲受此“大辱”，寝食俱废，他俩搭上火车，带着全村父老的重托去了北京，将一沓厚厚的申诉状递进了国务院办公厅，办公厅的工作人员对他俩热情接待，并安排他俩到北京大学进行演讲。父亲健步登上演讲台，开始了演讲。他演讲的主要内容是一个小小的村庄，如何在毛泽东思想的光辉照耀下，在党的英明正确领导下，全村父老乡亲团结一心，战天斗地，战胜困难的英勇事迹。他的演讲不时被一阵阵热烈的掌声打断。父亲讲到动情之处，脸颊上泪光闪闪，他把对毛主席对共产党的挚爱，淋漓尽致地表达出来了。演讲一连进行了三个多小时，听众席上仍然座无虚席，意犹未尽。父亲演讲完之后，北大的骄子们开始提问。一个学生问：

“你演讲得这么好，请问您是哪个大学毕业的?”父亲朗声答道：“我是高粱棵大学毕业的!”听众席上又是一阵热烈的掌声。

关于坝子村红旗被砍掉一事，许多年以来，在我的心中就是一个巨大的困惑。焦裕禄书记亲自树立的红旗为什么又被他人砍掉呢?是报复焦裕禄书记，或是对坝子村有成见吗?始终不得其解。我打小就听祖母说父亲和鲁队长怎样去北京告状、怎样去北京大学演讲等等，可问祖母因为什么砍咱村的红旗，祖母总是说：“观点不一样。”就没有了更好的解释。我就此事也曾多次问过父亲，他也总是说：“两派斗争的原因。焦书记不在了，‘造反派’当家了，就把咱的红旗给砍掉啦。”父亲的解释，仍然不能让我信服。后来“文化大革命”开始，世道更乱，坝子村的红旗非但没有恢复，父亲反因此事被游街批斗。

许多年之后，当看了山东省青年作家殷云岭和河北省作家陈新合著的《焦裕禄传》，我方才解开困扰了几十年的心中谜团。原来呀，之所以砍掉坝子村的红旗，是因为坝子村没有按照政府规定的最低生活标准给社员们分粮食，让社员们少吃了，违反了国家规定。虽说你将余粮捐献给了外村外队的社员，“功不能抵过”，仍然是“错误的”。作家在此章节最后借时任兰考县县长的程世平老人之口评价此事时说：“老焦若在天有灵，也一定会分外惋惜的。”坝子村红旗被砍掉一事，已经成为历史，当今许许多多的人也极少去关注它了，何况当年的许多人都已不在人世了，鲁队长早已不在人世，父亲也作古好几年啦。父亲的喜怒哀乐、悲欢离合伴随着前尘往事、滚滚红尘，湮灭在历史的尘埃之中。但鲁队长和父亲所倡导的坝子村父老乡亲的爱国主义精神、扶危救难的高尚品格依然闪耀在我的心里，并不断激励着我好好做人。

父亲被批斗

闹哄哄的“文化大革命”开始了。坝子村的红旗被砍后，父亲说了一些不合时宜的话，加之他“认死理”，造反派对他越来越看不顺眼，在上纲上线之后，就把父亲当成反动分子批斗了。鲁队长一看苗头不对，赶紧写了“深刻”的检讨书，造反派看了认为“认错态度较好”，就放他一马，让他“过关”了。鲁队长过关了，父亲就成“重点批斗对象”了。现实生活中总有个别人或明或暗跟父亲过不去，使绊子，根据父亲的性情，我私下认为，是嫌父亲恃才傲物，豪放不羁，为人处事太张狂啦。

我记不得父亲被游街批斗的情形了。不是不记得，而是祖母将我和大妹锁在屋里，压根儿就不让我们出外看见，她恐怕吓坏了我们兄妹俩。听父亲后来对我和大妹讲，他戴着一个白纸糊的高高的尖帽子，胸前挂着一个木牌子，木牌子上用浓稠墨黑的毛笔字歪歪斜斜写着“打倒保皇派张永林

(父亲的大名)!!!”。游斗先从坝子村开始，然后董庄、杨董庄、刘楼、葡萄架、土山寨，一连游斗了好几个村庄。虽然被造反派们押着，父亲却昂然地走着，不卑不亢，神情自若，还不时往街两旁的观众群里看看。他听到一个老太太在人群中说：“咦，戴上高帽子还怪好看哩!”也许她说的是实话，父亲长得并不难看，中等身材，皮肤白皙，下巴刚毅，偏分头，颇有一种自信和洒脱。

因为父亲被游街批斗，可把曾祖母吓坏了。

曾祖母身材瘦小，肤色很白，圆脸，大眼，小脚。我印象里她老人家话很少，以沉默寡言的时候居多。在树荫下，在屋檐下，在院子里，在村北的小河旁，在村外的柳条子地里，她照看着我和大妹，从不大声呵斥我俩，也从来没有动手打过我俩，她的眼神里流露着一种坚毅和无奈相混合的东西。日本人来了，杀死了她的三个儿子，巨大的丧子之痛折磨死了她的丈夫，另一个儿子又被打了黑枪，大儿子又因痨病去世了，仨儿媳妇又四散而去了，东西被族人抢走了，好地块被霸占了，唯一的小孙子又被绑票……一系列家庭的巨大变故，似重若千钧的铁锤，一记一记地打击着这个小脚的女人，她的心里承受了多大的痛苦啊！但她坚强柔韧地活下来了，领着守寡的儿媳和瘦弱的小孙子，耕种着那片唯一的赖以生存的老坟地，艰难度日，总算将张家的血脉之苗——孙儿养大了。原指望着孙子重振家声，光宗耀祖，不承想孙子又被游街批斗，遭此大难；游街批斗之后，又被羁押在公社黑屋里，是死是活难以预料。

曾祖母心中的支柱轰然坍塌了，她不吃不喝，蜷缩在那张小小的用麻绳编织的软兜床上，日见憔悴枯槁，终于未能等到父亲平安回家，就在一个漆黑的夜里离世而去了。祖母说："你老奶是被吓死的，吓在心里啦。"坝子村的父老乡亲看不下去了，他们合伙联众跑到公社大门口，齐刷刷地跪下为父亲求情，求当官的高抬贵手放父亲出来，让他回家安葬曾祖母。造反派的头目一看情况不对，唯恐社员聚众闹事，这才勉强"开恩"，让父亲写了"回去不闹事，好好反省"的保证书，才把父亲放了出来。

父亲踉跄着奔回家中，看到躺在苇席上的他的祖母，哭得昏死过去。后来，在乡亲们的帮助下，给曾祖母打了一口薄棺材，跟我的曾祖父葬在了一起。

随着年岁的增长，我逐渐理解了曾祖母的伟大与不幸，她小小的身躯承载了太多的灾难和痛苦。"少年丧父母，中年丧配偶，老年丧独子"为人生三大不幸，曾祖母的中年既有丧偶之不幸，又加连丧五子之不幸，她的不幸乃是不幸之中的大不幸者！

20世纪80年代，乘着十一届三中全会的东风，我家分包了十多亩地，全家老少拼命劳作，连年夺得丰收，日子渐渐有起色了。日子好了，父亲又不安分了，他掰着手指头算算，曾祖母去世有整整二十年了。他就和全家人商量，想给曾祖母操办二十周年祭奠。我和大妹就劝父亲，日子刚刚好转，多一事不如少一事，还是免了为好。父亲也就没再坚持，从此再不提给曾祖母办祭奠的事，直到他去世。

父亲去世后，每当想起我曾劝阻他给曾祖母办二十周年祭奠的事，我就非常非常后悔。真是少不更事！干吗劝阻父亲呢？要是让父亲了却了他的一桩心愿该有多好啊！那是父亲的一片孝心啊！

父亲给生产队看过瓜园

父亲是老牌初中毕业生。毕业那年，他考上了北京速记大学，因家庭成分是小土地出租①，政审时，大队、公社都不给盖章，上学的事就泡汤了。生产队长鲁东法看父亲年纪虽小，人倒聪明伶俐，就让父亲当了生产队会计。父亲是近视眼，而且近视得很厉害，但他一生都没有戴过眼镜。被游街批斗之后，父亲的生产队会计被撤了，换上了大队干部张蛮场刚小学毕业的儿子张不礼。鲁东法也不当生产队长了，灵活处事的他还受到了重用，到公社新成立的砖瓦窑场当场长去了。接任他当生产队长的，是造反派起家的张老虎。张老虎虽说是生产队的“一把手”，但实权却握在工于心计的会计张不礼的手里。论家族辈分，张蛮场的大名叫张绍明，比父

① 小土地出租：介于富农和中农之间的一种成分，因家中有少量出地缺人耕作，曾将土地租给他人耕种。

亲免（免是矮、低的意思）一辈儿；张不礼的大名叫张纯礼，比父亲免两辈；张老虎的大名叫张纯明，比父亲免两辈。俺村还有一个大名叫张纯明的，是一个社员，他的小名叫张二林。

辈分的字的排列，由每次续家谱的核心人物编排好，刊印到家谱上，同族的人皆按世系次第起大名以传递。每次续家谱都要新排列一二十个辈分用字，以示瓜瓞绵绵不断。在那个特殊的年代里，在张蛮场、张老虎、张不礼的眼里，什么长幼次第、什么亲疏远近，统统见鬼去吧，唯以“谁最革命”为衡量好人与坏人的标准。

张不礼知道父亲是个“刺儿头”，加之他接任父亲的会计位置心中有愧疚，凡事表面上总是让父亲三分，有时还对父亲额外“开恩”。

我家兄妹五个，孩子多，劳动力少，祖母负责照看俺们兄妹们，一家八口人，只有父亲和母亲两个劳动力，分的粮食不够吃，是全村有名的“缺粮户”。秋庄稼快熟的时候，会计张不礼特别允许我父亲去看秋，为了那每夜给的两个工分。我曾在散文集《故园梦忆》里写过此事。喝罢汤，父亲带上我，叫上经队长允许看秋的铁礼叔（他也是本家爷儿们），胳膊弯里夹着凉席，肩头上搭条棉布单子，到村外已长棒的玉米地或已结毛豆角的豆田地、已炸朵儿的棉花地里，巡夜查看，防备小偷。此时节已有微微的寒意，要穿夹袄或两件单衣。到了所要看的秋庄稼的地头，挑选一棵枝叶浓密的泡桐树，在下面铺好凉席，绕庄稼地巡行一番，对着空旷黑暗的夜幕咋呼几声“赶快走吧，俺看见你了，逮住就不客气啦!”吓唬吓唬小偷，就或坐或卧于凉席之上，抽着烟卷，天南海北闲扯。下露水了，滴滴答答的。我拉过棉布单子盖在肚子上，听着大人们的胡喷海侃，不知什么时候就入了梦乡。

那个夏天，张不礼给父亲一卷钱，让他去南河沙滩里的国营仪封园艺场三队，给生产队的牲口割青草。正好放了暑假的我，也兴冲冲地跟着父亲去了。俺爷俩在园艺场三队的一处视野开阔的杨树林里扎下摊子，割了草就汇总在杨树林子里；吃饭就在三队的知青食堂买票就餐。我吃到了熬菜，吃到了白面做的卷子，甭提有多高兴啦。夜里就睡在青草垛旁边，嗅着青草散发出来的好闻的草香味儿。坝子生产队的小铁马（四轮拖拉机）每两天过来拉一趟草。看着装满青草的小铁马突突突地走了，我忽然之间想家了，我想起了在家的祖母、母亲和弟弟妹妹们，他们要是在家能顿顿吃上熬菜、炸豆酱、白面卷子，该有多好啊!

每年生产队的麦子收进场里，我陪同父亲去看麦场。父亲把苇席铺在光溜溜的场地中央，感受着新麦子清香的气息，体验着丰收的喜悦。我则光了脚丫，在场地上奔跑、嬉闹、翻筋斗；玩累了，就躺下来看天上的月亮和星星，心里猜想着：月亮和星星知道我在望它们吗，它们那里凉快吗，能经常吃肉吃白面馍吗?

有一年，父亲脚崴了，没法干重活。经张不礼安排，父亲去看瓜园。瓜园里原有村上的俩老头在看守。我这才有幸能夜宿瓜园。晴朗的夏夜，瓜园里凉风习习，飘荡着瓜香，一面吃着香甜的酥瓜，一面啼听着百虫的鸣叫，真是惬意的很哪！美中不足的是，瓜园里蚊蚋很多，常常叮咬得人睡不好觉，第二天早上起来，脸上、胳膊上总是鼓起几个红包，痒得令人难受，破坏了早先我对瓜园的美好想象。后来我也学精了，夜晚到瓜园里吃了瓜，就赶紧跑回家休息，有时还能揣上几个甜瓜，分给家里人享用。

张不礼还曾暗地里“保护”过父亲。那年冬闲，上级号召开展平整土地运动，过革命化的春节。坝子生产队集中全体劳动力在村北边的小堤上摆开战场，地冻了，抓钩一锛三个白印，改用撬杠撬，铁钎扎，铁锤砸，硬是干得热火朝天。天麻麻亮就起床，干到吃早饭；吃过早饭继续干，干到晌午；吃过午饭继续干，干到天黑才收工。父亲的手磨破了，起了血泡，将缝衣针在灯苗上燎燎，把血泡刺破，锥心的疼痛。父亲的棉鞋烂了底，母亲连夜赶做，终于在鸡叫头遍时缝制好了。为防患于未然，母亲又熬了几个通宵，给父亲赶制出了好几双棉鞋。连日的劳累，让父亲起床晚了几回，赶到工地上时，大家伙儿正拼命干着活。父亲红着脸，往手心里呸呸吐了两口唾沫，就赶忙大干起来。一天早上下工时，张不礼拉拉父亲的衣角，悄悄对父亲说：“顺老，您别再起晚了，俺爹和队长准备给大队汇报，开你的落后分子批斗会呢，被我拦下了。”打那以后，父亲再也不敢起晚了，他和衣而眠，夜里一听到自家院门口的路上传来堂三叔张三孬（我叫三孬爷的）架子车轱辘“咯噔咯噔”的滚动声就一骨碌爬起来，穿上棉裤，套上棉袄，蹬上棉鞋，脸也顾不上洗，掂起铁锨，就冲了出去。

平整土地从冬月干到腊月，一直干到腊月三十才歇工。新年的大年初一，坝子生产队开年终总结大会，三孬爷被评为“劳动模范”，奖给他一条洁白的毛巾。三孬爷激动坏了，回家后将那条毛巾恭恭敬敬地摆在堂屋的条几之上、毛主席画像的下面，直到他死去也没舍得用那条毛巾。

父亲的喜好及其他

父亲好抽烟。九分钱一包的佛手牌香烟，他一天能抽好几包，除了吃饭、睡觉，真正的“烟不离嘴，嘴不离烟”，名副其实的“蒲包瘾”。抽得满口牙齿黑黄，张嘴笑起来颇不雅观。我们地方不说抽烟而说“吸烟”。父亲吸烟时倒有一个特点，不往肚里咽，随口就吐出来了，不像一些老烟民把烟气儿咽进肚子里，绕肺腑肠子转悠一圈儿再吐出来。父亲这样的吸法能将烟害减少几分。我家二弟吸烟亦是如此，且烟瘾极大，可谓得父亲真传也！

父亲好喝酒。酒量不小，一喝就是大半斤，每饮必醉的那种。他能从早晨喝到晚上，喝多了，坐在板凳上打个盹，一会儿就醒了，他过酒很快；醒之后接着再喝，用农村的俗话说是能坐折板凳腿、能喝个老天过河。喝到热闹处，好与人划拳，声音洪亮，反应机敏，神采奕奕，手指伸缩灵活，似在指挥着万千兵马鏖战正欢，颇有大将风度。还好神吹“打遍豫东无敌手”。生活困难没钱买酒时，父亲不知从哪里捣鼓回来一塑料壶酒精，掺上冷凉的白开水，叫上三五好友，又是一通海喝。父亲喝过的酒很多，什么红薯烧、二锅头、老白干、张宝林①，等等，凡是能喝到的酒都喝。有一年冬天，有一个去东北的朋友给父亲带回来两瓶酒，酒的名字就叫“北大荒”，度数很高，可能是60°，这可把父亲高兴坏了。珍藏柜中，单等喝酒上档次有品位的朋友来家时再喝。

父亲好交朋友。上至达官贵人，下至三教九流，到处都有他的朋友。父亲是个自来熟，怪难接触的人、性情古怪的人、蛮横不讲理的人，跟父亲闲聊半个小时，保管把父亲视为朋友，与父亲推心置腹，相谈甚欢。

父亲好认干儿。这样说倒有点亏说父亲了，不是父亲好认干儿，而是孩子的家长想把自家的孩子认给父亲。父亲回家跟老母亲、妻子商量，老母亲——我的祖母首先就不同意。老母亲说：“认一个干儿顶个稀儿，咱不认，不认！”妻子——我的母亲也不愿意认，她嫌麻烦。父亲给对方回了话，人家坚持要认，还提上礼物去家里看望我的祖母。磨不开面

---

① 张弓酒、宝丰酒、林河酒的简称。

子，最后还是认了。干儿子就认了好几个。

父亲好写状子。这也有点亏说父亲了。乡里乡亲被人欺负了，有啥冤枉事儿啦，来找父亲写状子告状。起初父亲不愿意写，推说写不好，再说杂事多，也没有时间写。来人软磨硬泡的，最后还是写了。这一写就写出了名堂，父亲写的状子打官司，基本上都能打赢。也不是父亲懂多少法律知识，而是他有着丰富的社会经验，论起理来既符合实际又入情入理，法官看了也打心眼里服气。这样一来，一传十，十传百，方圆几十里的人都慕名来找父亲写状子。来的人有的提一兜鸡蛋，有的拎两瓶酒，有的带一蛇皮袋子白菜，有的扛一捆红薯粉条，礼物大都是农村特产，说不上稀罕，却是人家心意。

父亲好写春联。这也有点儿亏说父亲了。我在散文集《故园梦忆》里写过："一过腊八，俺家里就热闹开了。乡亲们都拿着红纸来请父亲写春联。父亲是老初中生，毛笔字写得好，虽说是近视眼，可一写起春联来有如神助，双眼立刻明亮了起来。父亲写春联时，不用叠隐格，也不用翻农历本，春联的内容都一直储存在他的脑海里，但多多少少也会有一些变动。譬如，去年是狗年，就写'狗年大吉'；今年是猪年，就写'猪年吉祥'。早些年好写的'新年纳余庆，佳节号长春'，就要随着形势的变化换成新的内容，如换写的新内容为'军民团结如一人，试看天下谁能敌''四海翻腾云水怒，五洲震荡风雷激'等。父亲把墨磨好，提起笔来，凝神屏息，然后笔走龙蛇，唰唰唰唰，一副对联就写成了。写完对联和门心儿，再把剩下的纸的边角废料裁成条幅，变废为宝。如贴在灶台上的写为‘小心火烛’，贴在锅台上面的写为‘上天言好事，下界保平安’，贴在院子中的写为‘满院春光’或‘春光明媚’，贴在院门口的写为‘出门见喜’，贴在门神旁的写为‘开门大吉’，贴在鸡窝、鸭舍上的写为‘鸡鸭成群’，贴在猪圈、羊圈上的写为‘六畜兴旺’，贴在水缸上的写为‘甘泉长满’，贴在架子车上的写为‘日行千里’，贴在生产队拖拉机上的写为‘车水马龙’，等等。这些条幅有的是善意的提醒，有的是虔诚的祝愿，有的是真诚的祝福，反映了乡亲们企盼日子舒展顺畅、红火幸福的美好心意，也都是乡下人最乐意听的吉祥话。”

父亲好作诗。我们地方写诗不叫写诗，叫作诗。他的诗作时常在县广播站播送。譬如他写的形容旧社会兰考县生存环境恶劣的诗：“冬春风沙狂，夏秋水汪洋，一年劳动半年糠。卖了儿和女，饿死了爹和娘。”再譬如他形容旧社会兰考县极度贫穷的诗：“人吃人，狗吃狗，饿得老鼠啃砖头。”

父亲好唱歌。他会唱许多首当时流行的歌曲，比如他会唱“天上布满星，月牙儿亮晶晶。生产队里开大会，诉苦把冤伸……”等等。他不但自己会唱，还会教唱，坝子村的社员，特别是青年社员，跟他学唱了好多首歌曲。他率领坝子村的歌唱队参加了公社组织的传唱革命歌曲比赛大会，还拿了名次得了奖牌。那块奖牌在生产队的办公室存放了二十多年，后来实行包产到户，生产队把办公室连同院子一并卖给了我家二弟，二弟扒老房盖新房，那块奖牌也不知丢落到哪里去了。

父亲会演戏。20世纪70年代，革命样板戏大行其时，每个大队都要成立宣传队，定期进行文艺会演，要求至少排演一部革命样板戏。说来有点儿滑稽，大队挑来挑去，竟然挑上了父亲。有人提醒父亲曾被游街批斗过，不适宜进宣传队。大队支书孙世忠听了，把眼一瞪，说："咱们挑选了半个多月，硬是挑不够人，挑上他，也是'瘸子里头挑将军'。公社天天催着报人员名单，日日逼着叫抓紧排练，任务完不成还不愿意，把人都快逼疯啦！就叫他参加吧，让他'戴罪立功'，出了事俺顶着！"这样就选定了父亲。父亲不喜欢干农活，乐得进宣传队歇两天，队上每天又按出满勤给记十分——一个棒劳力最高的分。父亲在生产队干活时，才给记九分。再说也热闹，父亲喜欢凑热闹，也就同意了。起初让父亲扮演革命样板戏《红灯记》里的叛徒王连举，父亲死活不愿意演。宣传队刘队长无奈，征求父亲的意见，父亲一口咬定要演主角李玉和，刘团长用手抚摸着自己秃光发亮的脑瓜，踌躇了好长时间，不敢擅自做主。让一个曾被游街批斗的反动分子演革命的英雄人物，这可是严肃的政治立场和原则性问题，只好上报大队支书，后经大队支书拍板，才让父亲扮演李玉和一角。一扮演，还蛮像那么回事。那时节我已上小学，同班的一个学生跟我开玩笑，叫我"李绍广"。他说："你爹演李玉和，你爹就姓李，你也就该姓李!"我与那个同学狠狠地打了一架，直到他叫我"张绍广"为止。后来公社对各大队排演的样板戏进行会演，葡萄架大队演出的《红灯记》还得了优秀奖。

父亲好算命。他的卦词是："弱者不欺，强者不惧。嘴硬心慈，口快心直。逢凶化吉，遇难呈祥，有贵人相助。"

俺家是全村走亲戚时间最长的，红白喜事最多的。八月中秋节，父亲领着我们兄妹几个从农历八月十五开始走亲戚，能一直走到月底。都是父亲利用中午下工的时间带领放学归来的我们兄妹匆匆忙忙去走的。水流千里归大海，扫帚顶门——岔子不少，各种亲脉血缘的枝枝杈杈、藤藤蔓蔓都从不同的方向汇集到我家里，众多沾亲带故的各类亲戚都喜欢跟我家来往。有来无往非礼也，人家来了，咱总得去吧，何况有好多还是嫡系亲戚。八月十五这天先到大奶的娘家、三奶家、我的干大家，十六到父亲的姥娘家、我的姥娘家，十七到大姑奶家、二姑奶家，十八到本家娥姑家、竹姑家，十九到……就这样先亲后疏，先近后远，一家接一家地走下去，一连要走半个多月，还是挑选着走的重要亲戚。旧历春节呢，从大年初一开始走亲戚，一般要走到出正月。八月中秋节时没有走到的，春节期间要尽量走到，忙活了一年的亲戚们总要见个面，互通情况，相互问好。那一年兴过革命化的春节，大年下生产队只放了正月初一一天的假，社员们正月初二就开始上工平整土地啦。父亲在晌午下工之后、下午上工之前带着我们走亲戚，如同行军打仗一样匆促和紧张。记得有一年“二月二龙抬头”了，我家还在走亲戚。路上的行人看了都笑，说：“你们走的是啥年节的亲戚呀？”亲戚多，红白喜事就多，不是这个死了，就是那个生了；不是这家给过世的人办周年，就是那家给新生的小孩子办九天，日常开销当然就大，日子总是过得紧紧巴巴的，得随许许多多的份子钱呀。“拆东墙补西墙”是常有的事。

父亲是全村人里头打幡摔老盆最多的人。听祖母讲，年幼的父亲曾经穿着孝衣、戴着孝帽，被祖母抱着给我的曾祖父、大祖父、二祖父、三祖父、祖父、五祖父打幡摔了老盆，当然是在祖母的协助之下。我亲自参与并见证的，是父亲曾经披麻戴孝、恸哭流涕地给我的曾祖母打了幡摔了老盆，又分别给我的大奶、三奶打了幡摔了老盆，还给他的本家叔、我叫军爷的打了幡摔了老盆。父亲的肩头担负着繁重的家族责任和义务，他为张氏家族收拾残局、延续传承而勇于担当、尽职尽责，做出了自己的贡献。遗憾的是，他的母亲、我的祖母病故时，他未能尽到当人子的责任和义务，那时他已经瘫痪在床，是我替父行孝给祖母打了幡摔了老盆。

父亲当过赤脚医生

像让每个大队都成立宣传队一样，上级要求每个大队都成立赤脚医生卫生所。阴差阳错，父亲竟然到新成立的葡萄架大队赤脚医生卫生所当了赤脚医生。我们家人分析之所以让他当赤脚医生，大约有两个原因。一是父亲在生产队里不好管理，现任坝子生产队会计张不礼时常对父亲额外“施恩”，个别社员颇有微词，张不礼为此还挨过他的老爹张蛮场几回责骂，说他儿子“屁股坐偏了”“不敢斗争”“太软弱”等。此次调人，张不礼买通老爹，拱手把父亲推出去，既落了人情，又便于以后对社员们的管理，可谓“一箭双雕”。队上仍然每天给父亲记十分。二是我的曾祖父在世时是个老中医，家中曾有不少医学书籍，后来虽然由于社会动乱散佚了绝大部分，但仍有几本偏方大全书籍留落在父亲的手里。乡亲们有个头疼脑热的，父亲翻翻医学书籍，给出个小单方或小偏方，乡亲们试了居然有效，也就慢慢地相信起父亲来。父亲算是懂一点儿中医知识。听祖母讲，曾祖父曾是方圆几十里的名医，生病的人家套上马车来接曾祖父，曾祖父总是慢腾腾地喝足了茶，才迈着方步坐上马车，“紧病慢先生”嘛。

父亲当赤脚医生的时候，流行西医，都是用西医看病，既简单又省事，比熬中药治病方便多了。初到，有大队后杨庄生产队的李爱国（小名伢子）在那里支撑门面，他上过两年兰考卫校，父亲就打下手并当会计。会计是他的老本行，干起来也不费力。西药瓶上有说明书和用药剂量，大胆且争强好胜的父亲也慢慢开起处方来，他总是把剂量开到最大，当然是在允许的范围之内，还真治好了不少人的病。父亲的名气越来越大了，早先嘲笑他的人也逐渐改变了观念，有不少人还专门来找父亲看病。

父亲开药方很胆大，而走夜路却很胆小。可能是小时候听的鬼怪故事太多的缘故，他每走夜路总是提心吊胆的。夜里，他一个人从卫生所步行走回家里来，他不舍得买手电筒照明，眼又近视，总是走得歪歪斜斜的。好在走得遍数多了，也不至于出大的问题。大队卫生所在坝子村的东北方位，距坝子村直线距离有二里地，中间还要经过东西流向的那条黑泥河，这是最近的一条路；不经过黑泥河就要绕很远的路才能到家。黑泥河是条排涝河，夏天水很大，有齐腰深，要涉水过河；冬天水就小了或涸了河底，有时即使有水也结冰了，可以踏冰过河。要是碰上月黑头，再加阴天或下雨，父亲出卫生所的门走了不大会儿，离坝子村还有大老远，就开始喊："鱼儿——鱼儿——"夜里安静，声音传得很远。住在坝子村最东头的本家爷们张纯旺（小名叫鱼儿）就赶紧从家里面走出来，迎接父亲，无论是他正在吃饭或是已经睡下了，并且一边迎接一边用声音回应父亲："听到啦顺爷——听到啦顺爷——您老慢点儿走，甭着急！"父亲听到张鱼儿的回应，立时心里就轻松了许多。凑巧的是，许许多多次，他俩刚好在黑泥河岸边汇合，一个站在北岸，一个站在南岸。有张鱼儿壮胆，父亲涉水过河也就不怕了。张鱼儿跟父亲的年龄差不了几岁，他比父亲年龄略小，可以说是同龄人，但在家族之中他比父亲免两辈，平时总叫父亲“顺爷”，二人关系很好。父亲的小名叫顺，名字叫顺，可他的人生之路布满崎岖坎坷，倒是非常之不顺。

每天晚上父亲从卫生所回到家之后，不论早晚，先喝汤（我们那里把吃晚饭说成“喝汤”），喝罢汤，他总是就着昏暗的小煤油灯，坐在门槛上数钱——这是当天一天卫生所的收入。他咳咳地吸完一根烟卷，吐掉烟屁股，就顺手掂起放在饭桌下那只暗灰色带拉锁的人造革手提包，骑坐在屋门槛上，从手提包里拿出一个脏兮兮的蓝洋布手帕，手帕上兜着一兜零零碎碎的纸币和钢镚；与此同时，母亲左手掂上一把矮板凳，右手端着夜晚供一家人照明用的那盏煤油灯，她先将矮板凳放在父亲跟前，再将煤油灯搁在矮板凳上，然后悄然走开。一毛，两毛……一分，二分……一毛的用皮筋捆成一沓，紧贴一毛钱币的最外面嵌入一张裁剪好的白纸条，白纸条上写上张数和钱数。两毛的亦是如此，五毛的亦是如此，一块的亦是如此。钢镚则分门别类用破报纸分包开，一分的一包，二分的一包，五分的一包，分别写清钱数，没有丝毫混淆。那种认真劲儿世间难找。我们兄妹从不跟父亲多要一分钱，交学费、买笔、买作业本时，总是用多少要多少；如果父亲给的没有用完，再把剩下的钱一分不少地退还给父亲，我们兄妹都体谅父亲的难处。居家过日子，婚丧嫁娶，柴米油盐，需要用钱的地方多着哩。

父亲去世之后，我每年春节回老家坝子看望父老乡亲时，总特意拐到张鱼儿家看望，给他送一些礼物，以示尊重。虽然张鱼儿比我还免一辈，呼我为“叔”。我始终记得当年他不论春夏秋冬、刮风下雨都迎接父亲的情意。张鱼儿也老了，头发花白，背也驼了。岁月不饶人哪！每次从他家里走出来时，我总要习惯性地往东北方向望一望，看看父亲曾经走过千遍万遍的那条乡间小路。

父亲有时很小气

有一次，父亲用自行车载着我去县城办事，具体去办什么事我记不清了。办完事已经快晌午了。如果赶回坝子村肯定赶不上饭时了，县城离老家坝子村有四十五里的路程。但恰巧经过大姨姥（我祖母的大姐）所居住的红庙公社机关所在地西边的王庄，俗称西王庄，离家也就二十多里地，可谓“中转站”是也。俺爷俩一商量就拐到了大姨姥家。父亲在路旁的代销点里破费两毛钱买了一包开封铁塔牌火柴（一包十小盒），就骑车径直去了大姨姥家。大姨姥与三个儿子分了锅，一个人单独另过。那是一个不大的小院，屋里屋外都很清贫，但拾掇得颇为干净整洁。大姨姥看上去胖胖的，胖得把眼睛都挤小了，但我感觉她老人家胖得不正常，属于虚胖的那种。大姨姥已吃过午饭，她说她把早上剩下的剩馍剩汤凉着吃了，就当了一顿午饭，也没舍得生火加热，这样能节省一顿柴火呀。大姨姥见俺们来了，很高兴，很热情，热情得不知如何是好啦。她颠着小脚跑进里屋，端出来一瓢鸡蛋，就奔到凑着屋山墙搭盖的那个逼仄的小厨房里，给俺爷俩炖了两大碗鸡蛋，又跑到村里的一家蒸馍店，赊了二斤热蒸馍。我和父亲贪婪地吃着，大姨姥笑眯眯地看着，并与父亲拉呱。我就着热蒸馍，吃着香喷喷的鸡蛋，心中颇感愧疚。大姨姥待俺爷俩太好啦！我心里暗自发誓，等我长大了，将来有钱了，一定要买好多好多的东西送给大姨姥，让她老人家也享受享受，以报答大姨姥对俺爷俩招待的真情实意。

几年后，还没等到我长大并有钱时，大姨姥就得病去世了。

我考上高中的那年秋天，孑然一身的本家军爷刨倒自己院子中的一棵泡桐树卖了，他跑到集市上，花了35块钱给我买了一辆半旧的永久牌自行车，说是送给我上学用的。正忧愁无车代步的我，立时高兴得眉开眼笑。那年头，永久、飞鸽、凤凰可都是自行车的名牌。离开学尚早，从此连昏接晨，我一天不落地开始学习骑自行车，腿上磕得一块一块的，青的紫的红的都有。终于在开学之际，我学会了骑自行车。

一个星期天，我从二十里开外的兰考二中赶回家中拿粮食换饭票，父亲说要给我换个更好的自行车，就将那辆我擦洗得干干净净、骑用时万分珍惜的永久牌自行车推出来，骑着赶红庙会去了。下午，父亲骑着一辆嘎嘎作响的破自行车回来了，他说将那辆永久牌自行车卖了，又花了十几块钱给我换成了这辆既普通又残破的二八牌自行车，并说将节省下来的钱留着供我上学。万般无奈的我，在自行车的后座上驮上父亲到朋友家借的半袋子玉米，眼噙泪水，骑上一走一嗬啦的破旧自行车，顶着老北风，回学校了。

后来，军爷病倒了，去世了。生前，他在自家的院子中预留了一棵硕大的泡桐树，以备百年之后给自己做棺材用。这是全村人都知道的事情。军爷无儿无女，妻子早已经死了，按宗族远近，该父亲赡受。父亲把军爷预留做寿材的那棵两人合抱还抱不过来的大泡桐树刨倒了，但是却卖掉了。他又叫人将军爷院子中的一小棵泡桐树刨了，给军爷做成了一口薄棺材，把军爷埋葬了。对此，村人颇有微词，私下议论纷纷。我都替父亲感到脸红。

以上叙述的三件事，就是我认为父亲小气的三件事，也是我对父亲最不满意的三件事，我内心深处始终耿耿于怀，也许直到父亲去世他也不知道我对他还有意见。我觉得人活在世不能太自私、太抠门、太小气，与人交往要将心比心，换位思考，相互掂量掂量，绝不能做损人利己和对不起别人的事情。我本身是一个性格内敛的人，之所以没有当即指出父亲办事欠周到和缺乏人情味儿，并不是为尊者讳，也不是当老好人的心态在作怪，只是我小小的年纪还没有批评父亲的方法和勇气。

父亲有时又很大气。十一届三中全会以后，实行包田到户，葡萄架大队卫生所卖给父亲和爱国叔两个人了，就是归私人所有了。两人合伙经营，卫生所的名称也换成“葡萄架行政村诊所”了。父亲做通爱国叔的思想工作，给葡萄架小学捐款1600元买了课桌和凳子，又捐款3000元给该小学买了无塔供水设备。他好可怜穷人，尤其对老弱病残、鳏寡孤独者格外照顾。卫生所和后来的诊所的墙角里有个大前门牌烟箱子，里面塞满了取药划价的处方，都是治好病没钱还账的穷苦人的，统统被父亲豁免了，有20多万元。

父亲偷过生产队的棉花

我小时候，坝子村里有个刚下学的青年叫张黑四，大名张纯忠，比父亲免两辈，父亲和他私交甚好，见面说话很亲热。

生产队的农活是根据季节、农时变化而变动的，生产队长张老虎都要妥善安排，社员们有时一大班一起干，有时分成几个小班分头干。队长分工时，张黑四喜欢跟父亲分到一块儿。张老虎掌握了张黑四这个特点，为防止张黑四和父亲在一块儿干活时抱团说落后话、“敲破锣”，就故意不把他俩分到一块儿。越分不到一块儿，张黑四就越想跟父亲分到一块儿。为此事，他还和队长拌了几次嘴，吵了几回架。队长以“挑肥拣瘦”为理由惩罚他，将给他定级的工分由七分降成了六分。

张黑四中等个，单大眼，总是显得很有精神。他好来我家串门闲聊，有时聊到很晚才回家。他说话时肢体语言丰富，形容某个人，叙述某件事时，他生动的面部表情配上活灵活现的肢体动作，叫人忍俊不禁。他之所以想跟父亲凑到一块儿干活，是想跟父亲“学本领”，长见识。他认为父亲知识渊博，社会经验丰富，对父亲有一种崇拜的心理。

有一天夜晚，张黑四像往常一样来到我家，和父亲小声地说话，父亲使眼色让他说话小心点儿。我感到他俩神神秘秘的，似乎有啥事。我硬撑着不睡觉，但耐不住眼皮打架，不知什么时候就睡着了。这样的神秘氛围一连持续了好几个夜晚。旧历年底前，父亲买了一布袋蒸馍，又割了一块肉，令我很是惊奇。父亲从哪里弄来的钱呢？带着这样的疑惑，我问母亲，母亲笑而不答；问的次数多了，母亲才在没人的时候悄悄告诉我，父亲和张黑四偷了生产队里的棉花，拿到外村一家专门收棉花的“黑收购点”卖了。我惊骇得张大了嘴巴。一想到眼神不好的父亲，为了养家糊口，夜里和张黑四一道担惊受怕去偷棉花的情景，就心里发毛。万一被生产队逮住了，轻则被批斗，重则被判刑，可不是闹着玩儿的。我对母亲说，恁劝劝俺大，千万不要再偷生产队的东西了，咱宁愿穷死饿死，也不做这有损人格的事，也不做这危险性巨大的事。母亲用手抚摸着我的头，我感到她的手在颤抖。

包田到户后，父亲和张黑四再没有合伙偷过别人家的棉花和庄稼，我家的庄稼也从来没有被人偷过。“饥寒生盗心”，我私下认为，人之所以偷窃，不过是被生活逼迫的无奈之举罢了。

父亲遭遇“鬼打墙”

父亲天生不是干农活的料儿，是个“庄稼混子”。给生产队的高粱除草时，由于姿势不对，加之眼神不好，他一连锄掉了好几棵高粱幼苗，气得张老虎一蹦腰高。

后来实行责任制了，我家分了十多亩地。父亲干活不能再偷懒耍滑了，这下可真够父亲受的了。父亲两头忙，既要行医，又要种地，整天忙得团团转，但他的精神是激昂乐观的。那年我家的麦子成熟了，麦穗粗大，麦粒饱唧唧的，看成色绝对是丰收了。我们全家人齐出动，一起收割麦子。祖母、母亲、弟弟、妹妹负责割麦子、捆麦子，父亲和我负责往打麦场里运送麦子。我和父亲装了一架子车麦子往麦场里拉，他驾辕，我跑梢子。走到村北的码口嘴时，“哗啦”一声，麦个子从车上滑落下来了。我和父亲只好重新装车。刚装好，还没走几步，“哗啦”，一堆麦个子又从车子上滑落下来了，崩撒了一地的麦子，叫人看着心疼。头顶艳阳高照，照得人头皮发麻，身上汗水直淌，汗珠子混合着脸上的灰尘直往眼睛里流，热辣辣地让人睁不开眼睛。没办法，只好再重新谨慎地装车。一旁经过的村人还看笑话。我心里那个急那个躁呀，就甭提啦！人人都说码口嘴不干净，风水紧，好出邪乎事儿，这回我是领教了。事后仔细想想，根本不是那么回事儿，只因麦子干燥光滑又没系紧扎牢罢了。

但有一件事，多年以来始终令我想不明白，那就是父亲曾经遭遇“鬼打墙”。

有一年，为了给我们兄妹挣学费，祖母经一位亲戚的亲戚介绍，到开封市里给人家当保姆。这样去了一年，人家的孩子该上幼儿园了，祖母就回来了，刚好赶到阴历年前。回来之前，祖母让那户人家给父亲写了一封挂号信，信里说祖母某天夜里十点钟在内黄火车站下车，让父亲前去接她。

父亲收到了邮递员送来的那封挂号信，很是重视。在约定好的那天夜晚，父亲提前喝罢汤，叫上本家堂哥东海就出发了。冬天天黑得早，他俩出发时天刚擦黑，也就下午五点钟光景。正值寒冬腊月天气，俩人都戴着棉帽子，穿着棉鞋，裹着老棉袄，仍然感觉很冷。那年头的冬天比现今的冬天冷多啦。内黄火车站在坝子村的正南方向，二者相距不足三十里路，路是沙土路，隔着一条干了水的河道，父亲估算估算，夜里十点之前赶到内黄火车站不成问题，时间绰绰有余。两人吸着烟卷，说着闲话，不知不觉就走出了好几里。天黑下来了，没有月亮，也不见星星，是个月黑头。两人走上高高的河岸，又顺着小路下了河岸，没有桥，脚下就是干了水的河底，上面结了一层稀薄的冰凌，脚踩上去软溜溜的，有一点儿粘脚，但完全可以走。两人摸索着迈向河心。他俩走呀走呀，可就是出不了河道。“东海哥？”“嗯。”“顺弟？”“嗯。”两人互相叫着，借以壮胆。两人的眼前是一条朦朦胧胧、似显非显的黄色小路。两人沿着这条黄色小路拼命地走，转弯，转弯，再转弯……两人走得满头大汗，汗水把内衣都浸湿了，索性脱了棉袄，抹下棉帽，又继续走。两人走了一夜，天蒙蒙亮时，突然听到一声埋怨：“哎呀，俺的小祖宗哎，叫恁接俺，你俩咋还在这儿哪！”激灵一家伙，两人从昏昏然中清醒过来了。抬头望，是老母亲，她背着包袱从内黄火车站走回来啦。仿佛梦醒一般，两人拖着满鞋的黄泥巴爬出了河道，然后，两人像受了很大委屈的孩子似的，呜呜地哭了。祖母环视河道，河道里方圆一里之内印满了脚印，一个连着一个，一个套着一个，一溜压着一溜，一圈串着一圈，密密麻麻，层层叠叠……

父亲送我去开封上学

1981 年，我考上了开封地区第二师范学校。离开学报到还有两天，父亲执意要去开封送我，他对我独自出门不太放心。这天一大早，母亲就做好了早饭，我和父亲赶紧吃了，父亲就扛起那用白棉布单子兜着的一个大包袱率先出门了，我赶忙抓起书包，告别了家人，追赶父亲。母亲在后面追我，她将一兜还热乎着的熟鸡蛋塞进了我的手里。父亲在前面走着，我看不到他的头颈和腰身，只看到一个大包袱和包袱下面交替移动的两个脚后跟。包袱里裹着褥子、被子、床单和我的换洗衣服，单的、棉的都有。父亲对这次去开封送我上学很是重视。他特意换了一身干净的衣裳，可他穿的那双单布鞋鞋面上却花花搭搭浸满了红薯藤蔓的绿汁子——这还是去年秋天出红薯之前，父亲用镰刀斫红薯藤蔓时迸溅遗留下来的，但这是父亲最好的一双鞋子了。

其实，开封我已经去过一次，也就一百多里路，那还是因祖母在开封市里给人家当保姆，父亲领着我和大妹去看望祖母时去的。那时候我还小，大妹更小。记得开封的老冰棍特别便宜，二分钱一根，比乡下的老冰棍便宜多了。父亲给我和大妹每人买了一根，我俩吮嘲着，又凉又甜。我问父亲为什么不吃，父亲说他不好吃凉的。天气热烘烘的，我看到父亲用手不断揩抹额头上沁出的汗珠，还吧唧吧唧嘴，咽了两口唾沫。父亲领着我们去了铁塔公园，门票五分钱一张。我们买了三张门票，就怯生生地进去了。那琉璃瓦镶的铁塔真是高哇，好几十层哩！我和大妹都是第一次坐火车，第一次出远门，第一次到开封，看什么都是新鲜稀罕的，心情无比兴奋。父亲建议我们一块儿爬铁塔，大妹说她不想爬。父亲让大妹不要远走，谁叫都不走，就在铁塔下面等着。叮咛一番之后，父亲和我就走进环绕铁塔的那道栅栏门，钻进了铁塔下面那个长方形的洞口，进到了铁塔的肚子里。初始，里面黑黑的，定定神，就慢慢适应了，好在铁塔周围都留有小窗户，透入了不少光亮。俺爷儿俩沿着盘旋而上的台阶奋力向上爬着，决心爬到顶端鸟瞰一下开封城。

不放心大妹的我，不由自主地凑近小窗户向外望望，看到铁塔下面的大妹正仰着小脸向上望着。估摸爬到铁塔半拉腰时，我又一次凑近小窗户往外望望，糟啦，我看到大妹正站在铁塔之下放声大哭，虽然听不清楚她哭的声音。我赶紧将情况向父亲汇报。父亲心里一急，就绊了一下脚。但他顾不上疼痛，连滚带爬就下了铁塔。我也紧紧尾随，不敢耽误片刻。下了铁塔，走出那道栅栏门，果然看到大妹已经哭成了泪人儿。问大妹为什么哭呀？大妹伤心地哭着说："俺看不到你俩啦，俺以为你俩从天上飞走了，不要俺啦……呜呜……"我和父亲真是又气又好笑。父亲坐在草坪上揉着脚，这是一只伤脚，曾经崴伤过好几回。父亲揉了一会儿，还是不顶事，再也没心思领着我俩玩了，就牵着我俩一瘸一拐地离开了铁塔公园，也不舍得坐市内公交车，步行着回了祖母当保姆的那户人家。

闲话少叙。我和父亲在村北那条通县城的公路上坐上大巴车，先到了县城南关的火车站，将包袱寄存到在火车站下沿开售货亭的李壶那里；李壶是坝子村东边刘楼村的，父亲和他认识。然后顺着从火车站一直通往正北的水泥路，步行着去了在县城大北关的县公安局，足足有十里路，给我往学校转了户口，办了户口迁移证。而后又赶回火车站，在小饭摊上每人要了一碗汤面条，吃了母亲煮的熟鸡蛋。等到上了火车，已是下午两点多了。父亲想把包袱塞进头顶的行李架上，因为包袱太大，实在塞不下，只好搁在过道上。他让我靠里边坐了，他坐在临过道的座位上，还用一只手抓着包袱。许是太累了，不消十分钟，父亲就在座位上睡着了，那只抓着包袱的手也松开了。他头靠在座位的椅背上，打起了鼾声。我拍拍他，不醒；我叫他“大，大!”，仍然不醒。最后只好随他了。谁知瞌睡也会传染的，我的倦意也上来了，哈欠连连，连眼泪鼻涕都流出来了。这时我想起了一件往事，还是许多年前放暑假，我陪同父亲去国营仪封园艺场三队割青草时，有一天起得很早，我直打瞌睡。父亲坐在那里吸烟，我说：“大，让我吸一口。”父亲把正吸着的半截烟卷递给了我，我噙住猛吸一口，立时被呛得鼻涕眼泪都下来了。呛是呛了，说来可真是神奇，只因吸了一口烟，我的睡意竟然全消，精神还颇为振奋。这是我人生第一次吸烟，所以印象颇深。此时，“瞌睡虫”又盯上我了，但我很艰难地支撑着犹有千斤重的眼皮，就是不敢睡，一是怕书包和包袱被人借机拿走了，二是怕坐过了站，那可就麻烦了。我以巨大的毅力坚持着，坚持着，直至乘务员在音箱里播报“开封火车站到了”。

父亲将我送到学校里安顿好，就带我去了龙亭。他坐在龙墩之上，穿着龙袍，系着玉带，抖擞精神，睁大眼睛，照了一张黑白照。他，终于潇洒了一回，过了一把当“皇帝”的瘾。

当天晚上，我和父亲又返回了学校。当时的学生七个人一间寝室，实际上是上下铺，共计四张连体铁床，多余的那个床位让学生放置东西，学校考虑得较为细致。因报到来得早，且报到的学生不算多，我所居住的那间寝室里尚有空床，父亲就在那里迁就了一夜。翌日仍是报到的时间。我恳请父亲玩一天再走，既然来了，何必那么急呢。父亲却执意要走，说很忙，家里、地里和诊所里都离不开人。我也就没再坚持，送父亲出了学校的大门。当时的第二师范学校在开封市城墙外的大西北角，离市里足足有好几里路。学校门口没有公交车，有许多辆三轮在那里等客，车主或许等得不耐烦了，将两条腿架在车把上翘得老远。父亲不舍得花钱坐三轮车进城，他眯缝着近视眼，向我招了招手，说了句“出门在外的，照顾好自己”，就迈大步向前走了。泪眼模糊里，我看到父亲的背影远去了，离我越来越远，看不见了……

父亲一生中最好的一个朋友

祖母常说：“朋友千千万，知己有几人?”鲁迅先生在谈及朋友时，写道：“人生得一知己足矣，斯世当以同怀视之。”这是赠给瞿秋白之辞，意思是说只要有一个充分理解自己的真朋友就可以了。在艰难困苦之中，朋友心灵深处的纽带牢固地连在一起，患难相扶。

父亲一生中有许许多多的各色各样的朋友，但他最好的能惺惺相惜的朋友只有一个，那就是杨燕春了。杨燕春，本县仪封乡三合庄人，小名岭，我日常呼为岭伯的。三合庄在坝子村的西南方向，有十几里路远近。父亲和他相识于老君营初中，二人同窗期间，彼此的生活都很艰难，但岭伯的家境稍微强于父亲。中午放学了，父亲揣上祖母蒸的菜团子，一个人到学校外面吃。父亲爱面子，恐怕同学笑话他的饭食太差。父亲前脚走，岭伯悄悄跟随在后面，将杂面馍送给父亲吃，他吃父亲捎的菜团子。父亲不忍心，他把岭伯给的那个杂面馍分一半给岭伯，菜团子则各吃一半，两人分馍同甘，从此结下了深厚的友谊。

后来，两人各自成家。遗憾的是，岭伯的妻子不能生育。那时我家已经有了二弟，父亲做祖母的工作，又做母亲的工作，准备将二弟送给岭伯当儿子。岭伯当然求之不得。到了送二弟走的那一天，岭伯夫妻俩早早就来到了我家，并且带了当时来说所谓的“厚礼”。在交接孩子的时候，母亲抱住二弟不撒手，面颊上泪水直滚，哭得上气不接下气。母子连心，母亲确实是舍不得把二弟送人啊！聪明的岭伯一看，就开始好声好气地安慰母亲：“弟妹，你也别难过啦，你和顺弟的心意俺和你嫂子都领啦！孩子俺也不要啦，俺和顺弟今生今世还是好朋友、好兄弟。”说完，岭伯夫妻俩就走了，以后再没提过要二弟当儿子的事。过了不长时间，岭伯夫妻俩搭车去了上海，一人抱回了一个婴儿。女婴稍大，取名智英；男婴偏小，取名智广，算是圆了儿女双全之梦。有一年，父亲领着我和大妹去岭伯家走亲戚，岭伯曾教给我一首诗，至今难忘。后来我才知道那首诗是宋代无门慧开禅师写的，全诗如下："春有百花秋有月，夏有凉风冬有雪。若无闲事挂心头，便是人间好时节。"

1976年天刚立夏，豫东老家就开始"闹地震"。家家户户购买塑料布搭了防震棚，夜宿棚中。地震预防一直到农历八月中秋还没解除，而秋雨又绵绵下个不停。八月十五之夜，大雨如注，不少户的防震棚子都漏了雨。甭说赏月了，直让人感到世界末日来临了。八月十六上午，岭伯披着雨衣，拄着一根木棍，冒雨涉水从三合庄来到坝子看父亲，怀里揣着用塑料布包裹的二斤月饼，激动得俺一家老小不知道说啥好。"您为哥，本该先去看您，您倒先来看俺来啦！"父亲双手紧紧握住岭伯的手。"你为弟，长时间闹地震，哥怎能不惦记？"瘦瘦小小的岭伯温和地说，左眉上那几根独特的白眉毛向上挑了挑；白眉毛非但没使岭伯显得丑陋，反倒给岭伯增添了成熟的魅力。

母亲在堂屋里撒了一把秕谷，捉了那只正打鸣的公鸡，配上自留地里刚刚摘来还滴水的青红相间的辣椒，炒了几盘菜，端进防震棚里。父亲和岭伯相对抿着红薯烧酒，絮絮叨叨地拉着家常。那种真情厚意，那种亲切友好的气氛，至今仍被我铭记；那两双漾着笑意的和善的眼睛，至今还闪现在我的脑际。四十多年过去了，当天的情景还是那么鲜明、生动、清晰，那天的雨一直淅淅沥沥地下在我的心头……

2017年10月14日，我敬爱的岭伯溘然长逝了，19日葬于三合庄南边的沙滩地里。他与父亲同庚，生于1941年农历正月十四，大父亲两天，比父亲晚走了一年半。送走岭伯的当天晚上，想着与岭伯相处的诸多往事，我辗转反侧，难以成眠，披衣起床，作《悼岭伯》诗一首，以怀念之。

悼岭伯

犹记那年正月八，
天色阴沉飘雪花。
父亲领我和大妹，
徒步径奔三合庄。
不远不近十五里，
天寒路滑浑不怕。
时近中午方进村，
急急跨进岭伯家。
岭伯慌忙邀进屋，
捅开煤火烧热茶。
伯母赶紧做饭菜，
焯的藕片白如雪，
蒸的酥肉香喷喷，
盛的饺子干疙瘩。
岭伯与父痛饮酒，

猜枚划拳助酒兴。
“五魁首呀六六六，”
“八大仙哪桃园三。”
岭伯猜枚声调美，
悠长清亮似唱歌。
五指翘翘如花朵，
频频变换眼目花。
祭棚之下我伫立，
唢呐声声催泪滴。
几旬光阴匆匆过，
往昔情景清如昨。
岭伯病逝七十六，
迟后先父一年多。
他与先父是同学，
亲若兄弟情义铁。
两家亲睦常来往，
分忧解难相互帮。
岭伯务农肯掏力，
瘦小身躯不歇息。
伯母早逝伯憔悴，
一双儿女拉扯大。
病榻之上常念叨，
念叨与父关系好，

念叨我给办低保，
念叨那年他进城，
我请吃饭好热情。
好人平安得长寿，
寿终正寝天气晴。
送伯村南小河滩，
一抔黄土掩棺木。
苍茫四野慢环顾，
唏嘘感叹湿泪目。
暗自祈祷伯安息，
吾辈珍重自努力！

疼我爱我的父亲走了

父亲走了，享年 76 岁。兹定于农历三月廿八出殡。其一生坎坷曲折，灾难重重，子女长成、生活好转后，又瘫痪卧床长达 15 年之久，直至生命终结，令人扼腕长叹。吾发微信曰："老父仙逝，亲友同悲。鸡亦不鸣，鸟也不飞。柿花枯萎，青竹滴泪……"

2016 年 5 月 5 日夜，注定是个难眠之夜，是我这次在老家居住的第 11 个夜晚。因为明天上午给父亲圆罢坟，就去舅父家拜谢，下午就可以返回县城的宅院——亦即所谓的另一个“家”了。父亲母亲均不在了，再回老家的次数也会越来越少，在家居住的时候基本上不会再有了。就是回到老家里来，不是亲邻父老的儿子结婚或女儿出嫁，就是参加某位乡亲的葬礼，再者就是中秋节和春节回来礼节性地拜望，与父老乡亲见见面，拉拉家常，顶多吃顿饭就要走的。父亲母亲不在了，老屋空了，在老屋宿住还有什么意义？况且老院长满荒草杂树，一派凄凉恓惶，心肺里尽是感伤，亦只有赶忙逃离。唉，唉！2016 年 4 月 25 日至 5 月 5 日之夜晚，将是我在生于斯长于斯的老家坝子村居住较长的一段时光，也是在此居住的最后一段时光吧！父母在，人生尚有来处；父母去，人生只剩归途。唉，唉！不能再说了，心痛，心痛……

在守灵期间，环视老宅及院内诸树而百感交集，断续作拙诗以寄哀思，合题为《父亲吟》，以窥吾当时之心绪。

父亲吟

柳丝吟

四世同堂家族旺，
一朝撒手归天堂。
后人频落相思泪，
柳丝有情怀念长。

榆树吟

榆树逢春实串串，
感恩春晖报春天。
儿女更胜树木意，
尽孝瘫父十五年。

柿花吟

乳色柿花朵朵展，
仿佛白花祭灵前。
花朵尚有悼念情，
儿女哀思心中澜。

葡须吟

葡萄吐须须细细，
儿女哀伤伤依依。
久病床前尽孝道，
父子情长丝缕缕。

槐花吟

曾记当时年尚小，
父牵我手街上绕。
街头槐花开满树，

母蒸饭熟呼家回。

桐花吟

少年身瘦性情顽，
攀摘桐花不畏险。
父亲趋奔泡桐下，
仰脸变色轻催唤：
“下来下来慢慢下，
树高皮滑手抓牢！”
当初只觉父可笑，
今日方悟父爱深。
慨叹老父已走远，
再听父声登天难。

榴花吟

榴花火红五月天，
父母刈麦忙田间。
口干舌燥汗似雨，
骄阳如火地冒烟。
心疼父母劳作苦，
疾步窜奔家里边。
手提瓦罐来送水，
力弱身歪步行艰。

心急只想早送到，
田埂绊脚水泼翻。
父亲慌忙相搀扶，
茧手给我泪花振。
惧怕父亲雷霆怒，
孰料父亲不埋怨。
几十年头匆匆过，
音容宛如儿眼前。
父慈母爱相传递，
扶幼携小同苦甘。

杨絮吟

絮落乡村静无声，
犹如缟素悼亡灵。
亡灵不知游何处？
空遗儿女思念情。

故园吟

故园荒芜少人居，
双亲魂远觅无踪。
隐约闻听唤儿声，
推枕支颐月三更。

乡亲吟

乡亲父老情义淳，
一家有事动全村。
倾力帮忙不图报，
烟卷一根谢众人。

空寂吟

偌大宅院空寂寂，
老父已葬村西地。
灵堂拆撤亲友离，
小鸟悄然近院飞。
地面凌乱无绪扫，
油瓶歪倒残渣滴。
春阳苍白树影斜，
儿女枯坐神情肃。
诸多往事如烟散，
亲情历历泛心底。
愈思愈想心愈酸，
双眼盈泪坠地湿。

2016年8月3日是先父百天忌日。回老家祭拜时，在老院伫立良久，有感而作《老院荒芜》。

老院荒芜

父母双逝少人居，
满院丛生布荆棘。
鸟雀聒噪胡乱飞，
尖鼠狡兔争窝急。
忆昔院落多干净，
父母勤扫草难生。
而今尽皆随风逝，
游子心中如汤煮。

父亲因我而自豪

我打小喜爱文学，这是受父亲影响的结果。

小时候，茶余饭后，父亲爱给我们兄妹说岳飞，讲三国，说梁山好汉，讲为朋友两肋插刀的秦琼，忠孝仁义等诸多人生要义尽在父亲的讲述中！我听得入迷，想不到这平凡的世界上还有如此曲折动人、仗义豪侠的故事呢。

父亲曾经教我写作文。

“你应该这样写……”

父亲喜滋滋地看着我，和气满满地对我说。此时外面正下着大雨，院子里鼓荡起一个个水泡泡。我伏在吃饭用的白茬小桌上，面前铺展开的作文本稿纸的方格里，密密麻麻写着如下文字；“张素兰，你真傻呀！外面下这么大的雨，说不准连老师也不去学校啦，你干吗淋着大雨还去呀！你神经啊!”

“你应该这样写……”

父亲看着我，喜滋滋地，和气得很，似乎连他吸的烟卷冒出的烟雾也非常和气。“张素兰呀真勇敢，迎着大雨把学上。风卷着她的衣衫，雨淋着她的发辫，她把书包紧紧地挟在腋下，书包外面裹着三层塑料布，她怕打湿了她心爱的书呀！她弓着腰，顺着乡间小路，顽强地朝学校方向行进；她低着头，一蹦一跳，选择着路况。浊水在她脚下流淌，雨水从她身上往下直流，她用手背抹去眼帘上不停滚落的水珠，抬头望一望前方，继续前进，前进……张素兰是我们学习的好榜样!”当天，父亲还教我这样一首古诗：“少小多才学，平生志气高。别人怀宝剑，我有笔如刀。”

这是 1974 年夏天早饭后的一幕，至今已经过去 40 余年了。我当时正上小学三年级，刚开始学写作文。经过父亲的这次指导，我知道了写作文应该多写好人好事，还逐渐理解了要赞颂人间的真善美；要把事情的来龙去脉叙述清楚；字要尽量写端正，不论字写得孬好，首先要字迹清晰，否则，你写的作文再好，字却让人看不懂，就失去了作文的价值和意义了。我按照父亲的指教办，作文越写越像那么回事了。

每次上作文课，老师总把我写的作文当范文读。

父亲还让我亲身感受了我人生的第一首当代白话诗歌——《把月亮带走!》

有一天暮晚，听说父亲喝醉了，我和大妹从家里走出来，去葡萄架会上接父亲。那时候我还小，大妹更小。天黑咕隆咚的，我俩顺着那条曲里拐弯蚰蜒似的土路往前赶。没有手电，更没有路灯，怕黑的我俩，心中发怵，也只好硬着头皮凭着感觉摸索着行进。到了会上，打听了好些人，终于找到了父亲，他躺在公社粮管所里的那张破木床上睡得正香。我们叫醒了父亲，他揉揉眼睛，穿上鞋跟我们往坝子村方向走。父亲是近视眼，加之醉酒让他还没有完全清醒，所以走得很是踉跄。我和大妹要搀扶父亲，父亲英雄般地一甩胳膊，挣脱了我们的小手，他坚持要自己走。我们爷儿仨走着，我和大妹责怪父亲不该喝多了酒，父亲不反驳，不辩解，不恼火，只是笑。他笑得很爽朗，很磁性，笑声在刚没脚脖的麦苗田间荡漾，笑声在乍暖还寒的黑黢黢的夜空里飘扬，让人又气又好笑。后来，我和大妹也被他感染得笑了，倒一点儿也不生父亲的气了。离坝子村庄还有半里地，将要走过那条每年春天都干涸的河——黑泥河，月亮出来了！月亮出来了——照亮了俺爷儿仨正在行走的路，亮幽幽的光辉沐浴着俺爷儿仨的周身。父亲分明感受到了月光的照拂，他快速地往后一扭脖子，兴奋地大叫一声："把月亮带走!"这浪漫的奇思异想惊诧了我和大妹——一个小学三年级的学生和一个小学一年级的学生。我俩感到父亲很伟大，他说的话是多么神奇呵！我同时感到父亲的身上散发着一种浪漫的气息，虽然那时候我还不知道“浪漫”这个词语，但觉得就是那种独特的味儿，虽然形容不出，但心里就是这种意思。“把月亮带走！”从此我幼小的心头有了父亲的第一首诗歌，一位农民的业余偶作，这首诗在我的耳畔一直回响了几十年。“把月亮带走！”其实，月亮是带不走的，当然，也是摘不掉的。何况这首“诗”也没有什么重大的意义，说得毒辣一点，简直就是废话一句，可我就是忘不了它。有一年，我重提旧事，大妹很是迷茫，似乎早把这事儿给忘了，不记得接醉酒的父亲这事儿，更不记得父亲的这首诗了。

在一个有月的晚上，我外出散步，踏着月光踽踽而行，又想起了这件往事和这首诗。父亲那略带沙哑的厚重嗓音，以及那句“把月亮带走！”的诗句，又清清楚楚地回荡在我的耳畔：“把月亮带走！把月亮带走！……”

葡萄架公社政府机关所在地的葡萄架村，农历四、九逢会。有一天中午放学后，我拐到葡萄架大队卫生所跟父亲说，我中午不想回家吃饭啦，想在会上吃油条哩。父亲就给了我两毛钱。当时的油条五分钱一根，胡辣汤一毛钱一碗，两毛钱买两根油条、一碗胡辣汤足可使我吃饱。我拿上钱，并没有去买吃的，而是径直奔向街上唯一的新华书店。掏出那张紧紧攥在手心里的纸币，买了我人生中的第一本小人书《阿福》。这本小人书是我来到书店里侦察了好几次才终于下决心买的。买了《阿福》之后，我片刻也不愿停留，赶忙走出书店，找一个墙旮旯蹲下，迫不及待、如饥似渴地看了起来。

这是一本描写越南少年儿童打击美国侵略者的故事。在越南南方敌占区，有一个少年叫阿福。他爸爸被敌人杀害了，哥哥满怀着仇恨参了军，他也迫切要求参军上前线，为爸爸报仇，为祖国人民的解放而战斗。一次，阿福机警地掩护一位干部叔叔脱了险。他向叔叔提出要去参军，叔叔勉励他要听胡伯伯的话，帮助妈妈完成党交给的任务。阿福和小伙伴们同敌人进行了英勇的斗争。妈妈被敌人抓去了，阿福在乡亲们的帮助下，化仇恨为力量，一边照顾弟弟妹妹，一边和小战友们更机智顽强地打击敌人，并且巧妙地利用敌人的手榴弹炸伤了敌人，又乘机引发敌人兵营的弹药库爆炸，破坏了敌人的兵营，狠狠地打击了美国侵略者。阿福在战斗中迅速地成长着，他决心和美国侵略者斗争到底，为祖国统一贡献更多力量。等我一口气将《阿福》看完，学校下午上课的预备铃声刚好敲响。我忘了还空着肚子，揣上《阿福》，快速地向学校方向跑去了。

以后，隔三岔五的，我总以不想回家吃饭为由到葡萄架大队卫生所跟父亲要两毛钱，然后去新华书店买一本我想看的小人书。这样积攒下来，我的小人书竟有几十本之多，装满了一个柳条篮子。弟弟妹妹和小伙伴们轮流蘸着口水翻看，小人书封皮上的黑指头印痕比比皆是。在二十世纪六七十年代，精彩纷呈的连环画作品竞相问世。我又买了连环画《鸡毛信》《半夜鸡叫》《青春之歌》《钢铁是怎样炼成的》等。我的小心思毕竟瞒不过父亲，但他自始至终并不把它点破。因为看了许多小人书，我知道了外面的世界很大也很精彩，我提醒自己先学好真本领，遐想等将来长大了一定要出去闯荡一番。从此，我读书学习，特别是看故事书、文学书的兴趣更浓烈啦。父亲帮我到处搜罗书，我逮住什么就看什么。我小学三年级时就阅读了名著《西游记》和《水浒传》，孙大圣西天取经的故事深深地吸引了我，强化了我的想象力；梁山好汉们那一串串英勇激昂的故事潜移默化地塑造着我的品性，使我小小的年纪便有了行侠仗义的义举。譬如，在大雪封门的时候，我曾经给无儿无女的孀居老人钟奶挑过水；在寒冬腊月里，给因为没有棉鞋穿而不能去上学的同学二能捐赠棉鞋。

我在开封上学之后，除了完成正常的学业，有了大把的业余时间。我泡在校园图书馆里，博览群书，记读书笔记。后来就有点儿手痒了，开始搞业余文学创作。我的处女作《红山枣》在《开封青年报》进行了连载，该小说在社会上引起了良好反响。我一时小有名气。许多读者打电话到报社编辑部，问作者是干什么的，有媳妇没有？编辑告之于我，我既为读者的热情感动，又为之好笑。在开封教育学院中文系进修时，学院推荐我当了该学院第三届《原上草》文学社社长。

走上工作岗位之后，常有散文、小说见诸报端。社会上的各色人等拿着上面登有我文章的报刊找到父亲，连声恭喜，说你的大公子又有大作问世啦，您老可得请客哇！父亲立时眉眼全笑，拿出我孝敬他的好酒，另买上好菜，一番招待。母亲颇以为苦，悄然告诉回家的我说："小哎，你以后发表什么文章，可千万别让你大和外人知道哇！咱家的好东西咱都不舍得吃，都让那帮外人吃啦！"我听后五味杂陈，就劝父亲说，以后谁再拿着我发表的文章来找您"报喜"，您可不能再招待他们啦。父亲听了，咧开满嘴黑牙的嘴巴朗声大笑，笑声惊得正在院子里觅食的麻雀子飞出老远。父亲的笑声极具感染力，仿佛世界万物尽在他的掌控之中，弄得我一惊一乍的。后来，我理解了父亲，他之所以朗声大笑，是以我这个儿子为豪呀！

父亲大名张永林，小名顺，生于 1941 年 2 月 10 日，辛巳年正月十五或正月十六深夜。因当时没有钟表之类记录父亲出生的准确时间，按前半夜出生是正月十五，按后半夜出生属正月十六。祖母说，十五的日子"毒"，平时便说是正月十六出生。父亲卒于 2016 年 4 月 26 日下午 3 点 27 分，享年七十六岁。我拉拉杂杂写这么多，跟他那纷繁复杂的人生相比，实在是挂一漏万，不及他生活实况的万分之一。但也只能如此了，上述中的"他"就是我自己心目中的"父亲"。这个"父亲"不是完美的，是有许多优点也有不少缺点的。唯愿父亲在天堂安息！

儿子无能，不能给父亲您修造阴宅大屋、豪华墓园，只能将这篇小文和几种馔食、一杯薄酒呈献于您老的坟前以寄哀思。

幸甚至哉，伏惟尚飨！

2020 年 9 月 29 日写毕，八月十五月圆之夜改讫

肾结石

有些事情不经体验，还真不敢妄加评论哩。

早先听别人说某某肾结石发作，疼得床这头栽床那头。闻之，不以为然，私下笑话某某太娇情，不坚强。直到我体内的结石窜入输尿管，才对肾结石发作有了切身体验，那种疼痛起来的感觉真是生不如死，对其再也不敢小觑。

2017 年 6 月 12 日夜里 9 时许，我在庭院内一边散步，一边以手扪腹。中午在外面饭摊上吃了一碗凉皮，下午即感腹胀，继而疼痛，至此时疼痛愈剧，以为是凉皮之故也，想着拉拉肚子也就好了。

在庭院内散步不成，我就回卧室躺下，刚刚躺倒不足两分钟，疼得实在难受，只好爬起来，坐于床侧，仍然不行。我试着或站或蹲，仍然不行，还伴有轻微的呕吐感。急忙奔入洗手间，吐了两口清水，心里稍感好了一些。又从洗手间返回床上躺下，不出 10 分钟，复又如厕。如是者三。额头虚汗直冒，疼痛从左后腰部延至左前腹部，呈放射状。方此之时，偌大的院落里只有我一个人。长子在郑州上班，妻和次子今天早上去郑州看车未回。我想打120急救电话，又恐夜里惊动邻居，只好强忍之。如此折腾到深夜三四点钟，我终于在疼痛中睡着了。

翌日早晨，在外甥女小慧、冰心、卓佳和二妹等人的帮助下，我去县中心医院检查，初诊为肾结石发作，于是住院，并开始打点滴。二妹埋怨说："大哥，你每天喝酽茶，总是泡很多茶叶，茶壶里光显茶叶不显茶水，八成是经常喝茶引发的。以后呀，可不能再那样喝啦！"

治疗肾结石发作有两种方法，一是采取保守疗法，即体外碎石，二是直接开刀取石。经考虑和挑选，我采取了保守疗法。我上了碎石台，碎石泵在我的左后腰窝里咔嘣咔嘣震响，我咬紧牙关顽强坚持。为了早日康复，本应一周碎石一次，我却六天里两次碎石。结石由枣核般大小转变为黄豆子般大小，由黄豆子般大小化为齑粉之状。10天之后，加之输液扩充输尿管，输尿管内的肾结石基本上被排除殆尽了。但输尿管内仍有残余结石，我佐以单方，以小叶金钱草煮水连饮半月，终于淋净了残渣余孽。

谢天谢地！

我长长地吁出一口气，家属也为之欢天喜地。

但做彩超时，发现我的左肾里仍有不少结石颗粒，虽说不疼不痒，仍然让人心有余悸。从此以后，我就不断打听和收集这方面的相关信息。一日看手机头条，见一主治肾结石、膀胱结石和胆结石的秘方。其方曰：取秋罢拉秧子的南瓜蔓100克（鲜的加倍），洗净切碎，放入热水瓶中用开水浸泡，当天饮用，吃饭时当饭汤热饮。一瓶只喝一天，第二天另浸一瓶新的继续喝。这样连续喝到第三四天时，就开始排石，排下的溶石为浑浊状尿，有时有很小的石粒。到第六至七天时，小便有拉丝状液出现，这就证明结石已全部排净了，不用再喝药了。继之喝小米熬的稀粥，连喝两天即痊愈。需要注意的是，服药期间，严格禁食油腻辛辣之物，禁烟禁酒，否则无效。还要注意南瓜藤蔓的采集。将秋后的南瓜藤蔓采集后，刷洗干净，晒干切成小段，但为了安全起见，建议再蒸一下消毒，晾干收存备用，免得不干净染病。最好采集靠根部的藤蔓，不要用喷施过农药的或腐烂的藤蔓。

经过此次“灾难”，我也开始转变自己的饮食习惯，一是少饮酽茶，多饮开水；二是少吃海盐，改吃青海湖盐；三是少吃腌制食品，多食新鲜蔬菜；四是吃完饭小憩之后多散步，力避久坐；五是少烟少酒，少食肥腻。

时至今日，肾结石再也没有复发过。

2020年10月10日夜记

卖黄豆

有一年，在开封师范学校上学的我，回到老家坝子村过暑假。

在家里歇了两天，颇感无聊。人真是奇怪，在学校时想家，回到家又感到寂寞。当时家里刚好有亲戚拿来的几袋肉蓉牌方便面，我灵机一动，就想去北何庄看望二姑奶，经母亲允许，我带上那几袋方便面就出发了。

俺村离北何庄村并不远，当中隔个土山寨村，满打满算统共六七里路。我把方便面小心翼翼地背在肩上，哼着歌儿，不大一会儿就到了北何庄二姑奶家。二姑奶见我来了很是高兴，大表叔、大表婶和仨表弟他们也都很高兴。坐着说了一阵子话，二姑奶提议说："留房儿呀，今儿个北边的闫楼有会，你带上那半布袋黄豆和痣儿一起去赶会吧，卖了黄豆，你俩在会上买些好吃的，痣儿轻易不来，让孩子吃些好的。"大表叔"哎哎"地应着，便去屋里扛上半布袋黄豆，我也想趁机赶赶会，就跟上大表叔走了。

闫楼会不太远，我们往北走了约一个小时就进了会。表叔正当壮年，一路上都走得兴冲冲的。我几次央求替大表叔扛一会儿布袋，大表叔总是说："小哎，恁大表叔身体强壮着哩！那一年去徐州逃荒要饭，要了好多天，积攒了一布袋红薯干，几百里地远，想着家里还有挨饿的老娘，恁大表叔硬是从徐州连天加夜背了回来。"

会场在横穿闫楼村那条东西土公路的两侧一字摆开，足足有二里长。我和大表叔从大会场西头进来，穿过木料市、牲口市、猪市、羊市、蔬菜市，好不容易才来到了粮食市。择了个空隙，大表叔"咚"的一声将半布袋黄豆扔下地来，一边大口大口地喘着粗气，一边用脏乎乎的毛巾从秃头顶到下巴颏儿狠劲儿地擦汗。我蹲在他的旁边，也是热得直冒汗。热就热呗，只好静下心来等待买主。我一面用手揩着脸上的汗，一面留心观察粮食市。我发现卖者多，买者少。好久才踅过来一个买主，想着他是买豆子的，结果他看也不看豆子，就从我俩旁边溜过去了。大表叔唯恐错过了买主，他把布袋口卷卷，露出了黄澄澄饱唧唧的黄豆粒儿。毒辣辣的日头映照在黄豆粒儿上，便黄花花地晃眼了。到日头正南时，也没有一个买主来问。大表叔安慰我说："小哎，别急，咱再等等，只要有一个买主来问，不论贵贱，咱都卖了。卖了豆子，大表叔就有钱啦，先给你买冰糕吃。吃罢冰糕，咱去东头的饭摊上喝凉面条、吃油条，管你吃个饱，嘿嘿嘿。"我心中暗自思量，想请大表叔吃块儿冰糕降降暑气，可一个穷学生兜里没有一分钱，也只好作罢。怀着希冀的心情，我俩又等了老大一会儿，直到日头西斜了，赶会的人都走散了，会场上稀稀拉拉没剩几个人时，大表叔才长叹一口气说：“小哎，你今儿个运气不好，咱爷俩，还是回吧！”

天气愈加炎热了，在闫楼通往北何庄的那条乡间土路上，一前一后走着两个人，荡起一股微尘。大表叔肩上扛着那半布袋黄豆，边走边嘟囔：“真邪门！今儿个撞上鬼啦！买家都死哪儿去啦！本打算请俺小吃顿好饭，不承想却让俺小跟着遭洋罪！唉唉……”我则一声不吭，无精打采、垂头丧气地跟在后头，又热又饥又渴，实在不想说话呀。一路上大表叔一连歇了三歇，我想替他扛会儿布袋，也是有心无力。他心疼我稚嫩，死活也不让我替他扛。大表叔走着，偶尔还回头往后望望，我知道他是心存侥幸：万一路上碰上个买主该多好哇！买主终是没有来，大表叔越发失望和气喘吁吁。我看见他汗衫的后背湿透了，裤腰带那儿也湿透了，他扛布袋的脊背显得更弯曲了。但生性倔强的表叔咬牙坚持着，仍然顽强地向前走着，走着……

终于挨到了家。二姑奶一看我俩扛着布袋又回来了，知道豆子没有卖掉，赶紧喊叫大表婶给我俩做饭。原来她和大表婶估算着我俩卖了豆子，一定在会上吃了饭，也就没有给我俩留饭，二姑奶、大表婶、仨表弟把做的午饭吃完了。

大表叔从拉井里拉了一桶凉水，我舀了一大瓢，咕咚咕咚地一口气喝了个精光，心头的暑气一下子压下去大半。大表叔待我喝完了，也接过瓢，一鼓作气灌下去两大瓢。他用手背抹抹嘴，自我解嘲地笑了笑，说："小哎，还是自家的井凉水解渴哇！嘿嘿嘿，要有个西瓜冰冰才好咧！"

大约下午三点时，大表婶做好了凉面条，我一连吃了两大碗。又凉又辣又酸又筋道，吃起来真爽！

时至今日，我还念念不忘那天的凉面条。

当天晚上回到家里，弟弟妹妹拥挤到我的身旁，询问今天去二姑奶家吃了什么好东西。我干咳了两声，然后编造大表叔卖了黄豆，请我在闫楼会上吃冰糕、油条和肉浇头捞面条的故事。我绘声绘色地一通描述，把弟弟妹妹们的口水都勾引出来啦。我表示下次去二姑奶家里时，一定带上他们一同去，让他们也吃一回好吃的。他们都高兴得咧嘴直笑。

去年夏天，我去北何庄看望大表婶，大表婶豁着缺了门牙的嘴巴跟我说话，死活不让我走。盛情难却，我只好坐下了。大表婶问："小哎，你今儿个晌午想吃啥？"我说："您还是做凉面条吧，您做的凉面条好吃。"大表婶见我夸她，挺自豪地笑了。她赶忙洗净手，到厨房里做凉面条去了。

我坐在小板凳上，环视着这个小院。二姑奶病逝了，大表叔病逝了，仨表弟都娶妻成家分门另过了，原先热热闹闹的一家人不见了，只剩下大表婶一个人孤零零地过时光。正胡思乱想哩，大表婶已把凉面条做好，端到我面前的小方桌上了。我细细品味着凉面条，可再也吃不出卖黄豆那天大表婶做的凉面条那种味道。大表婶看我吃了一碗便不吃了，惊讶地说："小哎，你表婶做的凉面条不好吃还是咋的？是不是不合你的胃口？"我赶忙解释说："好吃，好吃，很好吃！大表婶，我现在不敢吃多啦，最近血糖有点儿高，又正在减肥哩！"大表婶听了，似乎释然了，但又有点儿怅然若失，她用手挠挠花白的头发，眯细着眼睛向院外望望。倏忽之间，我的耳畔响起稚嫩的童声，那是小时候我和小伙伴们一起唱的儿歌《黄豆谣》：

黄豆秆，低又低，
结出的黄豆铁身体。
小力力，笑眯眯，
妈妈转身泪如雨。
…………

2020年10月11日夜作

孔家包子

晚饭后，孔家包子店那间不大的包子作坊间里便叮叮当当、乒乒乓乓地忙活起来啦。

孔家的大女儿负责洗菜，二女儿负责切菜，小儿子负责剁豆腐和泡软的粉条，老孔的妻子负责给孩子们打下手，老孔则负责拌馅。拌馅可是个技术活儿，要甜咸适中，既不能太淡，亦不能太咸，老少皆宜，符合大众口味。

老孔并不老，五十岁出头，高个，黑面，大眼，干起活儿来稳重、成熟、老练，人显得很有精神。

老孔的仨孩子大学毕业后，都分在县城工作，都还没有成家。为了孩子们吃住方便好照应，老孔在县城兰美大超市的旁边租了一座临街的三层小楼门店，开起包子馆来。深夜两点左右，老孔和妻子就起床了。睡前和的面正好发了，满面盆的泡泡。夫妻俩就开始擀包子皮，动手包包子。一次上十一个笼屉，每个笼屉放二十三个包子，早上五点下第一笼，六点下第二笼，然后扫扫尾蒸第三笼。七点之前，六百多个雪白个大、柔软暄腾的包子就完成了，荤的素的都有。老孔家薄利经营，信誉良好，包子皮薄馅多，趁热现卖，生意火爆。买包子的排着一溜长队，成为兰考县城一个颇为热闹的早餐点。老孔家不但卖荤素包子，同时兼卖老式白胡辣汤、豆浆、小米粥，还提供免费的时令小菜，譬如凉拌洋葱、盐浸黄瓜段、青椒丝拌荆芥等。包子馅哩，也是随着时令变化而变化的。白菜下来了，包白菜包子；瓠瓜下来了，包瓠瓜包子；韭菜下来了，包韭菜包子；芫荽下来了，包芫荽包子；芹菜下来了，包芹菜包子；野生的马齿苋下来了，包马齿苋包子；白萝卜下来了，包白萝卜包子、白萝卜缨包子；红萝卜下来了，包红萝卜包子、红萝卜缨包子；荆芥下来了，笋瓜下来了，就包荆芥笋瓜包子。品种多样，难以一一讲述。豆腐粉条包子是每天早上固定有的，这是一个传统的包子品种。肉包子则是大肉的，一吃满嘴流油，余香满口。

老孔家的包子每天也不多做，就六百多个，售罄为止。闲暇时，老孔喜欢坐在门口的小方桌上喝会儿茶，以绿茶信阳毛尖为多，兼有红茶金骏眉、熟茶普洱等。当然这些茶均不是老孔买的，老孔不舍得花钱买茶喝；老孔人缘好，这些茶都是朋友送的。所谓的朋友，都是经常来吃包子的老客户。客户来的次数多了，就成了老客户，老的客户也就成了老孔的朋友。朋友知道老孔爱喝茶，来吃包子时就捎了些茶叶过来。老孔喝茶从不挑肥拣瘦，逮住什么就喝什么。他的烟瘾不大，一包烟能抽好几天，烟包就搁在放碗筷的橱柜上，一伸手就能摸到，什么时候想抽了就来一根。他晚上好抿两口小酒，就着水煮花生豆，酒的品种也不赖，老村长或二锅头之类。不多喝，一回二两足够。

早上包子一包完，老孔的妻子赶紧骑上农用三轮车去几公里远的新发地蔬菜批发市场买菜，那儿的菜既新鲜又便宜。他们的包子店里从来不用干瘪的或是霉烂的蔬菜，用的油都是纯净的花生油，割的肉都是新宰杀的肥瘦相间的五花肉或二膘肉。老孔说："做生意要讲良心，不能坑人蒙人，坑人蒙人等于自毁招牌，砸自己的饭碗，断自家的财路。"包子店的门楣上有一楷书招牌"孔家包子"，简朴干脆，不赘一字。老孔卖包子从不吆喝，颇有点儿禅味，正如店门两侧贴的那副对联说的那样：愿来来，愿走走，概不强求；愿吃吃，愿买买，一切随缘。

热包子蒸好下笼了，小米粥熬好了，胡辣汤做好了，豆浆打好了，老孔的三个孩子也早早起来，下楼给爹帮忙了。两个女儿忙着用洁白干净的藤编小馍筐给客人盛包子、端包子，盛小米粥、胡辣汤、豆浆，端小米粥、胡辣汤、豆浆，像两朵娇艳的花朵在飘动。特别是春夏秋季节，包子门店口摆了好几张小方桌，天气清凉，客人们都喜欢在店外面就餐，两个女儿就店里店外穿梭忙碌，给小店带来了无限的活力和生机。戴眼镜、文质彬彬的小儿子多是坐在那里收钱，或让客人扫二维码。

早晨真好，孔家包子店的生意真好，主客之间的心情都很好，一片热闹祥和。无论春夏秋冬，早上偎着小方桌，就着免费的时令小菜，吃着热包子，喝着小米粥或胡辣汤、豆浆，自有一种布衣暖、粥饭香、人生滋味长的充实和满足。

店里的包子快卖完时，老孔的妻子将第二天包包子用的蔬菜、大肉等物也买回来了。她将东西卸下三轮车，就动手洗刷笼篦和馏布，等忙活完，也近晌午了。老孔晌午好做面条，偶尔蒸卤面。夏天凉捞鸡蛋花儿面条，春秋冬是鸡蛋花儿热汤面条。老孔做的面条油水大，汤汁足，葱花爆得香，很好吃。老孔吃面条时嫌碗小吃起来不赶劲儿，耽误事，总是用一个小铝盆。他说，面条好哇，馍菜汤都有，既好吃，又省事。

吃过午饭，稍稍歇会儿，老孔夫妻俩就开始上二楼补觉，这一觉就睡到下午五点多了。然后起来做晚饭，吃晚饭。吃过晚饭，一家又开始忙活了。大约夜里九点，忙活完了，简单归拢归拢，一家人都上楼休息了。不敢睡得太晚，老孔夫妻俩深夜两点还得起来蒸包子哩。

老孔的日常生活就是这样。开包子店的第二个年头上，老孔还清了家里盖房和仨孩子上大学时借的外债，他和妻子、孩子们都长长地出了一口气。又干了两年，老孔在县城里选了一套新盖的楼房，交了首付。他准备再大干两年，给儿子付完房款并把婚事办了。老孔说这话时，眼里闪动着神采。有理想有希冀的人的眼神，总是明亮的、漾满阳光的。

老孔是我的大妹夫，他的妻子是我的大妹素琴，他的两个女儿是我的俩外甥女小慧和冰心，他的小儿子是我的外甥英桦。老孔小名把子，大名叫孔维仓。

2020年10月16日作

花椒

掬起一捧绚烂如朝霞的花椒，总让我心潮澎湃，诗情奔涌。

在我老家的豫东平原上，农户的房前屋后，田间地头，沟渠池畔，菜园地边，常见一种干弯枝曲的平凡灌木，它枝条遒劲，叶子嫩绿，分蘖力强，浑身上下长满了刺。虽不起眼，却是一种让人永远对它保持敬畏的树。它，就是花椒树。

我对花椒树却感到颇为亲近，因为它是有益于人类的一种树。鲜嫩的花椒叶可是人间美味。采摘一些，濯洗干净，加些许面粉、葱花和精盐，兑水搅拌均匀，倒入热油中煎饼，不时翻动，到两面金黄时出锅，麻香鲜嫩，让人大快朵颐。

春天，花椒树开花啦。起初，它开的花就像小小的桂花一样，一撮一撮的。待花期过后，这些花就结出了小小的果实。那些果实也是一撮一撮的，就像小樱桃或枸杞子。随着时间的流逝，那些绿色的小果就浸染上了岁月特有的斑斓，慢慢地由浅绿变成深绿，再由深绿变成桃红，最后由桃红变成殷红，红得似南国的红豆，如昂贵的红宝石，一嘟噜一嘟噜地缀满枝头。远远望去，酷似熊熊燃烧的火炬，大有燎原之势。村庄里漾满了花椒奇异的果香。在农历六七月份的某些酷热的日子里，熟透的花椒果訇然炸开，露出乌黑透亮的花椒籽，颇似一只只神采奕奕的眼睛，亮晶晶地凝视着养育它的大地。

有一首古诗中说："最热不过三伏天，头戴斗笠汗透衫。颗颗美人羞赧色，针刺手麻放一边。"剪花椒的时候，你会闻到一种麻酥酥的味道。它不像别的果实那样，是从青涩到甘甜，它从青涩到成熟都是一味地麻，且随着日子的加深而愈加浓烈。把新剪下的红花椒取一小撮往热油锅里一放，"哧"，它特有的香味便在平原上的乡村里四溢开来。

明代于谦在《拟吴侬曲》（其二）中说："乍吃黄连心自苦，花椒麻住口难开。"人们平时餐饮时，只享用花椒在饭菜中的味道。宋代刘子翚的《花椒》诗也重在说花椒的味道及作用："欣欣笑口向西风，喷出元珠颗颗同。采处倒含秋露白，晒时娇映夕阳红。调浆美著骚经上，涂壁香凝汉殿中。鼎餗也应知此味，莫教姜桂独成功。"今人陈郑云在《陇南花椒赋》中赞道："花椒名兮誉中外，销东南兮扬国光。"

《辞海》中有个词语叫"椒房"，它指汉代后妃所住的宫殿，用花椒和泥涂抹墙壁，温暖而有香气，兼有多子之意，故名。又称椒室、椒庭、椒第、椒殿等。后人多以此典咏后妃之事，也泛指宫殿。五代花蕊夫人的《宫词》曰："今宵驾幸池头宿，排比椒房得暖无。”椒房之宠，代表皇帝极高的宠爱。椒房的椒是指花椒，不是指红辣椒。花椒这个名字，最早有文字记载是在《诗经》里。《诗经》收集了西周时期的民间诗歌，说明中国人民于两千多年前已经利用花椒了。《诗经·椒聊》中曰：“椒聊之实，蕃衍盈升。彼其之子，硕大无朋。椒聊且！远条且！椒聊之实，蕃衍盈匊。彼其之子，硕大且笃。椒聊且！远条且！”这是对花椒最早的歌咏，大概意思是说花椒状貌姣好，枝繁果盛，其实却是在赞美一位美丽的女性，说她身体壮美，能多生养子女，且生养的子女个个诚实守信，志向远大。

关于花椒，还有这样一个传说。远在洪水泛滥的年代，大禹率领着千军万马治理了黄河，惨遭洪水浩劫的黎民百姓纷纷回归故乡开荒播种，重过田园生活。在治水大军中，有一位跟随大禹的老郎中，他带着一个小孙女，这姑娘长得花容月貌，聪明过人，芳名花椒。大禹治理住黄河之后，正要转移到别的地方，黄河流域的民众却闹起了眼疾和各种疾病。心地善良的花椒姑娘心急如焚，在她的强烈恳求下，大禹和爷爷就将她留下来为百姓治病。她身背小药箱，走东家，串西家，治好了许多人的病。但生病的人越来越多，仅凭花椒姑娘一个人的力量实在难以应付。于是，花椒姑娘就发动大家寻找一种开白花、结小子、味麻性烈的药物来治疗。该物疗效十分显著，治一个好一个。人们为了治疗方便，就将该物的种子种在自家方便采摘的地方，并且在每日三餐的菜肴中也加些清香味麻的小红籽儿，天长日久，这小红籽儿就成了调料，且一代一代流传至今。后人为了纪念花椒姑娘，便把这无名的小红籽称为“花椒”。

掬起一捧殷红如丹、流霞溢彩的花椒，我忍不住叫了两声：“花椒，花椒！”

2020 年 10 月 19 日作

杏花

忘不了杏花，咋能忘了杏花呢，它总在我的心灵深处开着。

杏树是古老的花木，在我国已有两三千年的栽培历史。在豫东平原上，杏花农历二月开放，被叫作“二月花”。人们经常说“杏花白桃花红”，其实你若仔细观察，就会发现杏花会变色。其含苞待放时，如朵朵红云，随着花苞逐渐展开，色彩由浓变淡，先由深红色变成玫红色，再由玫红色变成粉红色，最后变成白色的了。那些多愁善感的雅士，便把对杏花的雅赏写进了诗词，有写“杏花红”的，如宋代诗人宋祁的名句：“绿柳烟外晓寒轻，红杏枝头春意闹。”又如清代《声律启蒙》中的对句：“两岸晓烟杨柳绿，一园春雨杏花红。”有写“杏花白”的，如唐代王维的诗句：“屋上春鸠鸣，村边杏花白。”“红杏出墙”在现代汉语中是“出轨”“艳遇”“婚外情”的隐喻说法，是负面评价，多用来批评女性生活作风不好。“红杏出墙”之事在古今中外都不罕见，这类题材的小说、电影很多，这说明“婚外情”是一个困扰人类生活和情感的社会问题。女人为什么“红杏出墙”呢？作为男人也要从自身查找原因，不要一味地谴责女人。只要男人用心经营自己的家庭生活，一般情况下，你的“红杏”就只会在墙内绽放。

我们不赞成婚姻中的“红杏出墙”，但对于大自然中的“出墙红杏”，我们还是由衷喜欢的。请读读这些“红杏出墙”的诗句吧。宋代陆游《马上作》诗云：“平桥小陌雨初收，淡日穿云翠霭浮。杨柳不遮春色断，一枝红杏出墙头。”没有千树万树繁花盛开的热闹，就那么一枝红艳突然之间映入了诗人的眼帘，给单调的行程增添了无限的惊喜和情趣，那是一种多么蓬勃盎然的春意、一种多么瑰丽勃发的生命力啊！再读读宋代叶绍翁的《游园不值》诗吧：“应怜屐齿印苍苔，小扣柴扉久不开。春色满园关不住，一枝红杏出墙来。”正因“红杏”代表着一种自然的、蓬勃的生命活力，是一堵高墙无法遮蔽、无法束缚、无法限制的，它才显得那么灼人眼目，让人顿生无限情思。

许多年前，在我的童年和少年时光里，我老家坝子村居住的黄河故堤的北斜坡上，种满了杏树和桃树，农历二月和三月里，那是一片多么神奇繁丽的风景呵！村庄里、村庄外的田野上、小院里，人们的肩头发辫上到处弥漫着杏花桃花清新宜人的芬芳。夜深人静时，我有许多次被好闻的幽香熏醒。后来“以粮为纲”了，上级命令社员们将杏树桃树统统砍光，我美丽的故园也随之残破了。

昨夜，故乡的杏花桃花又进入我的梦中，依然那么明媚娇艳、如云如霞。梦醒，见一轮明月的光华透过带花格的窗棂映照到我的枕巾上，乍看上去，酷似一片斑驳的杏花桃花。这光影柔柔弱弱的，不甚明亮，却正好思乡，我的乡情一下子被撩拨得愈加浓烈。

2020年10月25日晨作，是日重阳节

二姑奶

我有两个二姑奶，一个是嫡系的北何庄的二姑奶，一个是远房的董庄的二姑奶。北何庄在我老家坝子村的北面，董庄则在坝子村的南面，两个村子离坝子村都不远，董庄最近有二里地，北何庄较远，也只有六里地。

两个二姑奶都很白净。董庄的二姑奶身材瘦小，麻利，说话快，音量高，眼珠常灵活转动，一脸的精明气。北何庄的二姑奶比董庄的二姑奶体形胖大，皮肤稍黄，但仪态稳重，说话较慢，颇有大家闺秀的风范。

我的曾祖父生性旷达，给自家闺女找婆家从不打听，按现代的标准衡量是“不理正事”。曾祖母劝他说：“恁叫人打听打听吧。”曾祖父哈哈一笑，说：“打听啥，嫁鸡随鸡，嫁狗随狗，嫁个砖头搬着走。”“要是闺女去了受罪咋办?”“咱家有的是粮食，随便拉，随便吃，常年供给。”结果，我的大姑奶嫁到了三合庄贫穷的杨家，二姑奶嫁到了家徒四壁的北何庄何家。二姑奶的女婿长得又老又丑，还是个半秃，我依稀印象中的二姑爷身小肤黑，形同猴子一般，年纪不大就死掉了，也不知道二姑奶是怎样熬过来的。董庄的二姑爷则身材高大，白净面皮，窄下巴，留着一把山羊胡子，远房的二姑奶对她的丈夫似乎很满意。

北何庄的二姑奶生育了两儿一女。我的大表叔叫留房，他头顶稀疏，身量中等，有点哈腰，生性倔强，好跟人抬杠、打官司。我的二表叔叫房雨，他身躯魁伟，高大生猛，腰直胸挺，说话声高，颇有梁山好汉之风。年轻时，他曾在三义寨提灌站看过一段时间的闸门。有天晚上他一个人喝酒喝醉了，院子里的工具被人偷光了。领导一恼，就把他撵走了。从此他躬耕田间，“修理地球”。他说如果那次不被撵走的话，他就混大了，好好再干几年，说不定就转成工人啦。他把这段经历给我讲述了不知有多少遍，特别是春节来我家走亲戚时，他喝了一些酒，大着舌头，就开始给我讲他的这段“辉煌历程”，话音里蓄满了天大的遗憾。一个人无论贫富贵贱，他的生命中总有一段他本人认可的光辉历史，总有一两件让他最感得意、自豪、骄傲的故事。房雨二表叔的人生辉煌就是他看闸门的那段时光。

有一年冬天，刮着大风，很是寒冷。我和家人正在县城的家中吃晚饭，突然听到当当当的敲门声。启门一看，是我的房雨二表叔和他的一个女婿。我慌忙连人带车迎进院子，又将人引进屋里，一问，他俩还没吃晚饭。妻赶忙去厨房另炒了几个热菜，荤素搭配，香气诱人；我急忙倒茶让烟，并去里间拿了一瓶银剑南白酒。酒菜上齐，我便陪房雨二表叔和他的女婿吃喝起来。我说："二表叔，天这么冷，恁俩来县城里干啥来?"房雨二表叔先"嘿嘿"笑了两声，然后用粗大黑乎的手背一抹嘴巴，提高嗓门说："咱是来县城收花生的，冬闲，赚点小钱儿花花，已经收下了好儿百斤哩!"我释然了，谢天谢地，原来不是求我办事儿的。房雨二表叔好酒量，一瓶酒很快就喝干了，当然不是他一个人喝的，我陪着喝了点儿；他的女婿因为开车，为安全起见没有喝酒。我又去里间掂了一瓶，房雨二表叔丝毫没有阻拦的意思，只好开瓶再喝。我喝酒有个毛病，只要吃过饭，再好的酒也难以下咽。但为了陪二表叔，我也只好鼓腹强饮。酒，终于不喝了，二表叔翁婿二人开始吃饭。一番风卷残云、秋击落叶，馍筐里的馒头恰巧被吃了个精光。房雨二表叔趔趄着站起来，我执意不让他二人走，因为外面实在太黑也太冷了。二表叔坚决要走，但他左脚刚跨出屋门，又折转身子说："小哎，再拿两包烟，让俺们路上吸!"我急忙又拿了两包烟，塞进二表叔的衣兜里。二表叔满意地打着饱嗝儿，迈腿上车，但无论怎样努力就是上不去。在他的女婿的帮助下，我俩连拉带抬，总算让他牢稳安坐在车后斗里被花生袋子包围着的一个窝窝里，然后由他的女婿开车拉着他，扬长而去了。从此，二表叔为妻所不喜。妻说："收了那么多的花生，也不拿下来二斤让我给他们炸个花生米，白吃白喝也就算了，临走还要烟。"我说："二表叔挺不容易的……"妻截断我的话说："他不容易，咱就过得容易？省吃俭用买房子、养孩子，还要孝敬双方老的，红白喜事还要随份子……”我默然了，再争论下去徒增闲气。

当年的春节，我和妻带着儿子小鹤回老家过年，又巧遇二表叔来我家走亲戚。为表达他对我儿子的高看，他向我二弟媳妇借了一张五元的钞票，当着二弟媳妇的面，给我的儿子发了“压岁钱”，二弟媳妇的儿子小宁眼巴巴地在旁边看着。后来，二表叔借我二弟媳妇的钱也没有还，当他再次见到我二弟媳妇时，却好像忘记了借钱这件事。从此，房雨二表叔又为我二弟媳妇所不喜。房雨二表叔啊，你兜里没钱，又何必发“压岁钱”呢？借钱不还事小，你给我儿子发“压岁钱”而不给在现场的我二弟媳妇的儿子发，伤了人家的自尊心，何况你又是借的我二弟媳妇的钱呢？

留房大表叔和房雨二表叔的上面，还有一个姐姐，名叫兰。她身高足足有 1.89 米，姜黄脸，说话做事总是凶巴巴的。我看了《水浒传》之后，给她暗地里起了个绰号“孙二娘”。她性情火暴，三拳两脚就将她瘦弱的丈夫击倒在地。她对母亲也不孝，跟两个娘家兄弟也不睦，甚至中间有好多年断了来往。我对她敬而远之，逢年过节很少到她家里去，最后就断了亲戚。

董庄的二姑奶有三个儿子一个闺女。大儿子叫张生，二儿子叫二货，三儿子叫永清。二儿子和三儿子之间有个闺女叫背。大表叔夫妻俩起早贪黑磨豆腐，翌日大表叔利用上工之前或下工之后的时间卖豆腐。如此年年月月天天，一连干了几十年。大表叔卖豆腐，再亲再近的人也甭想多吃，能给够秤就是最大的面子啦。我的祖母好拿豆子换大表叔的豆腐，大表叔的秤杆总是翘得高高的，末了再添那么一小块儿，把祖母打发得高高兴兴的。“让妗子多吃点儿。”大表叔兴高采烈地说。可换完豆腐，祖母回家一称，刚好平秤。祖母骂声“孬孙”，就笑了。二表叔二货是个粗人，一身的蛮力，在生产队里干活从不知道惜力。三表叔永清性格懦软，斯斯文文的，说话没有高音，为人本分。表姑背嫁到红庙集头上，平时跟我家很少来往。有一年她来县城找过我一回，要我帮她办吃低保的事。我问清了她家的基本情况，说她不符合吃低保的条件，她也就没有再强求，快快地走了。

董庄的二姑奶和她的儿女们逢年过节象征性地到我家走亲戚，因为她嫡系的娘家人绝户了，为了给儿女们留个姥娘舅家，只好跟我家往来。他们家没有额外给我家送过什么东西，倒是北何庄的二姑奶好给我家送点儿稀罕东西。北何庄广植桃杏，杏下来了，二姑奶就打发大表叔来送杏；桃下来了，二姑奶就打发大表叔来送桃。

我在县城安家之后的一年夏天，已经得了小脑萎缩的留房大表叔来给我送杏。他一大早就去杏园买了一篮子沾着露水的巴大杏。巴大杏鲜红个大，状若桃子，味道微酸而甘甜，生杏仁可食。除了巴大杏之外，其他品种杏的杏仁均不可生吃，据说生吃七粒苦杏仁就能致命。而且苦杏仁需每天换水浸泡多日，然后煮熟方可食用。且说留房大表叔兴冲冲地乘坐大巴车进了兰考县城，他在一个离我家较近的路口下了车，竟然将那篮子巴大杏忘在了车上。去哪里找呀？他又没有手机，也不知道跟我联系。无奈之下，他又搭车返回了北何庄，又去杏园买了一纸箱子杏，让儿子将他送到柏油路的站口，又进县城给我送杏。这次他上了心，没有把杏落在车上，但却在县城里过早地下了车。他抱着杏走了几步，想到离我家还有恁远，就招了招手，拦了个在街上拉客的三轮，把他和杏拉到了我家院门口。他跳下车，掏出深藏在内衣兜里的钱付了车费，开三轮的加大油门，“哧溜”一声开跑了。杏还在车上呢，留房大表叔拔腿就追，可哪里追得上？没法，就又回了北何庄，又去杏园里赊了一纸箱子杏，这次不好意思再叫他儿子送他到柏油路站口了，就央求卖杏的送他。卖杏的跟他是邻居，磨不开面子，就叫自家儿子骑上自行车，将留房大表叔送到了站口。大表叔第三次搭上车又进县城给我送杏。他到县城下车后又租三轮车来到了我家院门口，付了车费后，摆摆手，就让开三轮的走了。他长吁一口气，就蹲在我家院门口吸了一锅旱烟。正吸呢，他忽然想起杏在三轮车上并没有拿下来。他急得跺脚，额头上直掉汗珠子。最后，为防止我笑话他，他做贼似的又悄然离开了我家的院门口。许多天之后，我才知道了留房大表叔那一天给我送杏三趟都没有送到的事情，我喟然长叹，久久说不出话来。留房大表叔哇，辛苦您啦！虽说没有吃到您送的杏，可您对俺的心意俺心领啦！

北何庄的二姑奶忠厚待人，对娘家人亲，对我尤其亲，经常来娘家小住几天。董庄的二姑奶每年来我家是有次数的，有事则来，办完事就走，像掏把火似的，更别说在我家小住了。

后来，北何庄的二姑奶死了，留房大表叔死了，房雨二表叔也死了；董庄的二姑奶死了，二货二表叔也死了。北何庄二姑奶的孙子孙女们要么在家务农，要么外出打工，没有读书成才的，更没有从政当官的，也没有经商发财的。总之，都是老实本分、安分守已的庄稼人。董庄二姑奶的孙子孙女们也是如此，或务农或打工，但是有个孙子却因跟人合伙打架被判了刑，至今还未出来。

北何庄的二姑奶病逝在夏天。出殡那天，天降大雨，街水没膝，二姑奶墓坑里满是水，棺材放不下去，是几个壮汉踏棺入水才埋葬的。二姑奶葬在北何庄村北边的玉米田里，当时的玉米苗刚有一拃多高。

董庄的二姑奶也病逝在夏天，但她比何庄二姑奶晚死了几年。出殡那天，天气晴和，我和二弟以她的娘家人身份去参加葬礼。葬礼一般，没什么可记，无非是亲朋吊唁、起灵、出殡、摔盆、埋葬等一系列传统流程。豫东的丧俗就是如此。二姑奶葬在董庄南地的沙土岗上，岗子上长着许多粗壮高大的毛白杨，风吹来，树叶子哗啦哗啦响。

2020 年 10 月 23 日作，是日霜降

故里乡亲

陈二毛

这天我回老家，刚走到村头，无意中碰见了同村的陈二毛，陈二毛就住在村头。陈二毛讪笑着，说:“叔，您回来啦!”

“回来啦，回来啦。”我一边笑应着，一边掏烟让与陈二毛。

陈二毛双手接过，从兜里掏出打火机将烟点着，狠劲地吸了几口，呛得吭吭哈哈咳嗽起来。

陈二毛比我大十好几岁，虽不同姓，可按照邻里辈分却比我免了一辈。他七十岁出头了，中等个，瘦瘦的，说话慢慢的，两个眼珠活似琉璃蛋，虽亮而无神采，偏偏又戴着近视眼镜。早先他是不戴眼镜的，也不知他戴了有多久。

陈二毛咳嗽了一阵，才安静下来。他瞅瞅四下无人，忽然神秘兮兮地哀求我说：“叔，您别急着走，有件事情俺想请您帮忙，您看行不行?”

“有啥事尽管说吧，我只要能帮得上。”我真诚地说，抬头望望天，天不甚明亮，是个水白阴天。

“叔，您在县上当官，认识人多，路子广，神通大。俺也不嫌丑气啦，您侄媳妇跟人家私奔了好些年啦，您能不能想办法让她回来?”

陈二毛的婚姻之事，我是知晓的。若干年前，那时候我正上初中，一天中午，我放学回来，刚走到村头，就看见陈二毛的院门口站满了人，吵吵嚷嚷的。原来是陈二毛的媳妇不想跟陈二毛过了，他媳妇的娘家人就来拉嫁妆。俺村的人袒护陈二毛，不让陈二毛媳妇的娘家人拉。来拉嫁妆的毕竟人少，不敢来硬的，最后只好灰溜溜地走了。嫁妆虽然没有拉走，可陈二毛和他媳妇的结婚证件却没了踪影，陈二毛和他媳妇生的唯一的女儿小兰也被他媳妇抱走啦。从此之后，他的媳妇连同女儿再也没有回来过。听说陈二毛的媳妇改嫁到了郑州南面的新郑市区。

“二毛老侄儿啊，这么多年啦，你媳妇跟人家都成事实婚姻啦，你不要再胡思乱想，白费力气啦!”我语重心长地劝慰陈二毛说。

陈二毛挠挠后脑勺，羞涩地笑笑，说：“俺有密探哩，叔，那娘们什么时候回娘家俺都知道咧！她关东娘家门口有俺私下安排的一个密探，她一回来，那密探就来给俺报信，每次俺都给那人十块钱。现在涨价啦，每回报信要二十块钱，不给钱人家就不给俺报信。去年，俺那闺女也结婚成家啦，来瞧看她的姥娘，这也是密探跑来告诉俺的。”

我听了陈二毛的话，不由得一阵苦笑。苦笑之后，我对陈二毛说：“二毛老侄儿啊，你不要再做傻事啦，不要再给密探钱啦。你省吃俭用的，把钱浪费在这上面没有价值哟！听我的话吧，啊？”

陈二毛似乎心有不甘，他痴情地说：“您要是不能让她回来跟俺一块儿过日子，能让她跟俺见个面，说说话也中哇！”

我感到陈二毛已经走火入魔、无药可救了，加之有事情要办而急于脱身，就佯装着宽慰陈二毛说：“你不用着急，耐心等着吧，让我回去考虑考虑。”边说，我边急急地离开了陈二毛。

走出老远，我回头一瞅陈二毛，见陈二毛手里攥着我塞给他的那包烟卷，瞪着琉璃蛋似的眼珠，仍痴痴地向我这边望着。我慌忙扭转头，加快脚步，逃也似的走了。

这还是去年夏天的事。

陈二毛的老婆年轻时颇有几分姿色，她嫌陈二毛家里穷，又嫌陈二毛长得不好看。总之，她不跟陈二毛过，抽身走了。陈二毛的媳妇具体叫啥名字，我实在记不清了。

老婆走后，陈二毛决定再娶，可手里没有钱，就铤而走险，竟然跟一帮偷牛贼搅混在了一起。某天夜里，他们一干人突然包围了民权县一个孤零零的小村庄，把小村庄抢劫一空。1983年严打，陈二毛被判刑八年。

出狱后的陈二毛，没能再娶上媳妇，但他收养了一个还在襁褓中的男婴，就又当爹又当娘地养活起来。男婴长大了，高中没有上到头，就外出打工了。

今年初秋的一天，我回老家，在村头又遇见了陈二毛。寒暄两句后，陈二毛一本正经地告诉我说："叔，人的命天注定啊！俺娘属羊，农历腊月的羊，这时节的羊没有草吃，俺娘吃苦受罪了一辈子。俺属牛，农历四月的牛，正赶上耕种时节，累死累活的，也是遭罪的命。俺儿子属龙，农历二月的龙，又行云又布雨的，有闯劲，比俺的命好哩。"

"老侄儿啊，你从哪儿学来的这套'理论'呀？"我不无惊讶地问。

"嗨，嘿嘿，俺平时瞎琢磨呗。"

我正告他说："这些都是迷信，是无稽之谈，可千万不能当真。幸福都是奋斗出来的，再好的命，你光睡大觉，等着天上掉馅饼，照样一事无成。你好好培养你儿子吧，让他好好打工挣钱，将来娶个好媳妇，好好孝敬你。"

他听了我的话，眨眨琉璃蛋似的眼珠，在明净的阳光照耀下，咧开嘴，高兴地笑啦。

2020年10月26日夜作

善叔

善叔是豫红会的头目，也就是人死后负责穿衣、入殓、打墓、盖棺、捆棺、抬棺、埋葬的这类帮忙人的领头人。我问了老家坝子村好几个上年纪的人，到底弄不清“豫红会”是哪仨字？有说是“义洪会”的，有说是“仪红会”的，我暂且写为“豫红会”吧，按我的理解，“豫”是指豫东地区，“红”是指红白喜事，“会”当然是一个自发的群众团体。

善叔从三十岁开始接手这门活计，至今已经六十多岁啦。他干这门活计既不图名，又不图利，纯粹是为老少爷儿们帮忙办事。他瘦马长挑的个头，水蛇腰，走路一扭一扭的，脑袋小，五官紧凑，说话慢，口讷而不善言辞，为人办事却实心实意，不偷懒使滑弄巧，在村里威望很高。谁家的老人老了（农村人忌讳说死，常用“老”字代替），除找村里的干部当大执事主持丧葬事宜之外，第二个就想到了他。“去，找善先去！”“善先”是对善叔的尊称，“先”即“先生”的意思。善叔姓张，但我和他并不一家，他这门张姓人是从黄河北逃荒要饭过来在坝子落户的。虽不一家，但父老乡亲和睦相处，亲若一家。按邻里辈分他比我尊一辈，我打小就呼其为“善叔”。

不大会儿，善叔就一扭一扭地来了，主人磕头拜谢，善叔慌忙搀起。主人汇报了老人去世的情况，恳请豫红会的老少爷儿们帮忙。善叔总是那句话："咱谁跟谁呀!"就算答应了下来。主人再三唠叨，表达感谢之类的话，善叔却再无二话，闷头吸着烟卷，一脸哀戚的表情。善叔哀戚时，额头更低了，五官挤在一起，比老了人的家人还悲伤，看了令人无不动容。有好打听闲事的人私下里问善叔："人家死了人，您恁悲伤为啥哩?"善叔一听，立马生气起来，怒斥道："你问这样的浑话！人家老了人，你总不能笑吧。再说啦，人活到七老八十老了，这辈子可不容易啊，俺替老者难过，对老者哀悼哩!"

善叔胆子很大，对死人毫不畏惧。在主持给死者穿送老衣仪式时，他面不改色，如同进行一项作业。他先在床上铺上送老褥子，再给死者穿上送老衣，然后将死者的双手和双脚都用红毛线连上，称之"绑手丝""绊脚索"，再在死者口中放一枚"铜钱"，称之"含口钱"。然后，将死者用罩尸单盖上，脸用黄表纸蒙上，头部枕一块土坯。死者头对着门，脚对着屋内后墙。因为没有预先准备棺材，只能如此。也有极少的人家早早给逝者准备好了棺材，谓之"喜棺"；送老衣也早就准备好了，谓之"寿衣"，停尸三天就能入殓。一般情况下，主家为让逝者尽早入殓，马上派人去十几里外的闫楼乡田庄订棺材，或是赶忙找人掘倒自家院子里预留着的那棵泡桐树，请木匠们连天赶夜放墨线锯成板，赶做棺材。同时，大执事派人分头通知报丧，让亲朋好友都来吊丧，死者子女整天陪着来客哭泣。有的子女哭得惊天动地的，甚至哭昏厥了，有的子女只是干号几声而已。

棺材做好了，善叔也请到了，就开始入殓。善叔俨然成了神圣仪式的指挥者，亲属们屏住呼吸，侍立两侧，唯令是从。善叔先在棺材内底上铺上新的送老褥子，由死者的长子抬头部，其他人帮忙拽住床上或门板上的送老褥子，将死者平稳地放入棺材里；棺材盖不能盖严，要留有小缝。

死者在家中一般要“放”三至七天，择日子出殡。如果死者还有老伴，就挑农历的单日子出殡；如果死者的老伴先走了，就挑农历的双日子出殡；如果死者一辈子没有娶妻或一辈子没有嫁人，就随便选个日子出殡。

出殡那天一大早，善叔就率领豫红会的十几号人去打墓坑，墓坑当然是由主家事先勘定好了的。夏天，打墓时，他们干得热火朝天，汗流浃背，实行轮番战术。善叔将人员分成两班，一班干上一阵子歇会儿，再换另一班继续干。这期间主家要派人送来“加班馍”，谁没力气了或饿了，就吃个馒头先垫垫。冬天打墓就比夏天辛苦多了，冰天雪地的，老北风呼呼地刮着，雪花簌簌地飘着，一抓钩下来三个白印。先用抓钩将土地表层的冻土锛开，然后才能下铁锨挖土。善叔头上落满雪花，两手冻得通红，清水鼻涕直滴。他顾不上寒冷，弓起瘦削的脊背拼命挖土。其他人自然不敢怠慢，一锨接一锨朝外甩土。一顿饭工夫，墓坑就挖好了。然后回到主家，主家备好热乎乎的饭菜招待一番。豫红会帮忙是不收钱的，主家心里过意不去，每人塞给一包烟以表谢意。豫红会的其他成员收烟卷，善叔是不加阻拦的，他的兵将确实是很辛苦的，他很体谅他的兵将的。但善叔是坚决不收这包烟卷的，虽然他很好吸烟。因为他又很能体谅主家的难处，少要一包烟就能给主家省一包烟，过日子都不容易呀。按说干他这一行的，是不会缺烟吸的，但善叔就时常断炊，只好自己花钱去村里的代销点买烟。善叔的媳妇善婶有时就免不了数落他："傻实诚，傻耿直!" 善叔听了，也不答话，只嘿嘿笑笑。

早饭后，前来送葬的客人陆陆续续到了。大半晌时分，客人来得差不多了，死者姥娘家和岳父家或娘家的人都来齐了，就开始准备出殡。大执事客吆喝连声："请姥娘家的人（或娘家人）进屋啦，再见最后一面啦!" 善叔命人将棺材盖移开，揭开死者的蒙脸纸，嫡系亲戚们就从堂屋门口的东边进去，缓缓绕棺行走一周，瞻仰遗容，然后从堂屋门的西边出来。大执事客又喊："还有见的没有？要是没有，现在盖棺啦!" 善叔前后左右看看，确认已没有人再见，就将棺材盖复位对榫，盖得严丝合缝，然后干咳一声，立在他身边的爱将、五大三粗的张油锤和立在他对面的另一爱将蔡孬货，立时抓起小孩胳膊粗的缰绳，并在其他兵将的协助下开始捆棺材，不一时便将棺材捆了个四行八道、结结实实。另有八大兵将手持实木大杠子，侍立棺材两侧，只等大执事一喊"起灵"，就将棺材抬起来，出门径奔墓地。

抬棺材有个铁定的规矩，不论墓地有多远，棺材有多重，不到墓地，绝不能让棺材落地见土，否则主家就不吉利。如果实在受不了的话，就在路上放两条长凳，让棺材搁放在长凳上，抬棺者可以歇一歇，喘口气。善叔的兵将们都是青壮年人，都很讲规矩，且都很仗义，对善叔说的话都奉若圣旨，唯命是从。我小时候就见过善叔领着抬棺材的场面。一切人都给抬棺者让道，土路上荡起一溜尘土。特别是新打的湿棺材，二四、三五的还好些，特别是四六的①，死沉死沉的，压得抬棺的人面皮紫涨，龇牙咧嘴的（也有累得吐血的），但也不能吱声，只能强撑着。好不容易到了墓地，将棺材放入墓坑，这才长长地吁了一口气。然后大执事请姥娘家的人或娘家人看灵柩（棺材）摆放的方位，要是不满意，善叔还要依据姥娘家的人或娘家人的指点，命令兵将们挪动灵柩，直到满意为止。然后，孝子们把哀仗统统丢进灵柩的小头那一头，长子或长孙把灵幡插进哀仗堆里，灵幡高高地露出在墓坑外面，上面粘贴的白纸长条迎风飘动着；再由长子或长孙在墓坑四个角各铲一锨土，丢进墓坑里。这项仪式完成后，善叔圆睁双目，发一声喊："开始!"他的众多兵将们一起动手，挥锨填土，轮班作战，噼里啪啦，不大会儿工夫就将灵柩埋没了，还在地面上隆起了一个小土堆。孝男孝女们趴在新坟上哭上一阵，起身，拍打拍打身上的土，就动身返回村庄了。

出殡的当天晚上，主家总要请豫红会的那帮人吃杯薄酒。

---

① 指棺材板的厚度，四指四寸厚，六指六寸厚。

善叔酒量不大，喝上二两脸就红了。他仍然话不多，喜欢静静地坐在那里，看他的兵将们热闹地喝酒，夹菜，吸烟，吐痰，抬杠，比酒量。每当这个时候，就是善叔最轻松自在的时候，也是他最好的休息的时候。

一个人，且不论他的能耐大小，也不论他的职位高低，更不论他社交的范围宽窄，他只要能真心实意地帮父老乡亲做一点事情，就能赢得乡亲父老的尊敬；而处在受人尊敬的份儿上的他，也是一种幸福和满足吧！

最近这几年，老家的殡葬也先进了，不用人抬棺材了，改用三轮车或四轮车拉了，下棺时也改用滑链下了，早先沉重的抬棺、下棺、挪棺活计，现在轻便多了，但干了三十多年豫红会会长的善叔，愈发受人尊敬了。谁家没有生老病死啊？谁家不办丧事啊？哪一回不是善先帮忙操办的啊？善叔也老了，头上生了白发，水蛇腰也扭得慢了，五官更加紧凑了。谁家有人老了，把他请去，他悲戚的神情更像一个沉痛的催人泪下的哀悼者了。

有一次，我回老家与善叔说闲话时，问善叔：“您入殓了那么多的人，您就一点儿也不害怕吗？”善叔说：“你以一种尊敬哀悼的心情入殓老者，你就不害怕啦。”我又问：“你遇到过什么奇异的事情没有？”善叔沉思了一会儿，笑笑说：“多啦。小哎，不能跟你细说，免得你害怕。说一个简单一点儿的吧。那一年你钟奶死了，夜里托梦给俺，说她的邻居、你的二咬爷借她的两块钱没有还她。第二天，俺一问你二咬爷，还真有这么回事。你二咬爷也说他夜里做梦，梦见你钟奶跟他要钱。可人已经死了，咋还呀？最后，你二咬爷买了两块钱的阴钱，到你钟奶的坟头上烧烧，就没事啦。唉，俺觉得吧，人凭良心做事为人，就不会有事，无论在阴间阳间都不会有事。没有亏心事，不怕鬼敲门嘛。你是有学问的人，你说对不对哇，老侄子？”看我点了头，他开心地笑了。

2020 年 10 月 29 日作

李树

李树不是树，而是一个人的名字。

李树家住在俺老家坝子村的最东南头，是一处不大的小院，有一圈土院墙围着。他家在俺村是单门独户，李姓只有他一家。

李树的爹叫李志发，外号“李秃子”。个头不高，虽然头秃，却长得干净利落。他打小给地主扛长工、打短工，受尽了千般苦，可还是以乐观的态度对待生活。他最大的爱好是看大戏，当然不是戏剧院里的那种，而是来乡村演出垒土台子搭戏棚的那种，俗话称之为“野台子戏”。他记性好，模仿能力强，好多戏文都记得清楚，闲暇时就拿腔捏调地哼唱，还蛮像那么回事。他最爱看的戏是《秦雪梅吊孝》，最爱唱的也是秦雪梅吊孝哭灵的那段戏文：“商郎！哭一声商公子啊，我还叫，叫一声商郎——夫啊——啊——我的商郎夫啊——秦雪梅，见夫灵悲声大放，哭一声，商公子，我那短命的夫郎。实指望结良缘妇随夫唱，有谁知婚未成，你就撇我早亡……”声声悲泣，催人泪下，听他唱的人无不悲涌心头，或哽咽，或落泪。

那年麦季，生产队组织社员们收村南地的麦子。李志发是干农活的老把式，他站在四轮车厢里负责装车，车下面几个青壮劳力在他的指挥下，挥动桑叉往车上装割倒捆好的麦子。“嗨，东边！对咧！”“西北角上，好！对咧！”麦子越装越高，四周扎得牢稳，像刀砍斧斫一般齐整。“来，再装一波！”麦车子装有一丈多高了，像小山头一样。突然，意外发生了，李志发一脚踏空，一头从麦车上栽了下来，脑袋刚巧撞上田埂上的一块小砖头，立时破了一个洞，血流如注，还没等拉到村卫生所，就气绝身亡了。因为是因公而亡，生产队队长张老虎破费了生产队一棵粗大的泡桐树，做成四六的棺材，把李志发厚葬了。

李志发死了，可他的老婆志发奶并没有像秦雪梅对待商郎那么痴情，还没等到李志发过百天，她就自寻婆家，改嫁给了十五里开外的土岭村的马老头。志发奶改嫁时，她的儿子李树刚满十六岁。李树绝对不希望他娘改嫁，可也阻挡不了哇。他娘一走，就剩下李树一个人苦熬岁月。村里人都同情可怜李树，谁家做了好吃的都会叫上李树吃点儿。志发奶改嫁土岭后不久，就跟马老头闹掰了，她又改嫁了一家，听说后来又嫁了一家，而且是越嫁越远，最后就没了音信。我是记得志发奶的，一个尖嘴凸牙、好吃懒做的女人，只要有好吃的好喝的好穿的，她咋着都行，自己孩子都可以狠心抛下。

我小时候，志发奶教过我这样的儿歌：

小老鼠，上灯台，
偷油吃，下不来。
喵喵喵，猫来了，
叽里咕噜滚下来。

李树，我该叫树叔的，自幼就心灵手巧。为了谋生，他自学成才，成了方圆几十里有名的木匠。谁家嫁闺女做嫁妆时，都争着去请他。他应接不暇，外出做木工活儿时，就给队长张老虎请假，按规定每天上交给生产队八毛钱，生产队会计张不礼给他每天记十个工分。

我曾见过树叔在俺村里给人家做棺材。一棵泡桐树树身子被钯钉固定在一个木桩子上，树叔和他的大徒弟华三一推一送地在分解泡桐树，华三坐在光溜溜的地面上，树叔高高地站在一条长板凳上，两人各握住大钢锯的一头，推推送送，钢锯的锯齿顺着标划好的墨线印记犀利地吃进木头里。锯齿吃出来的泡桐树的碎末飞落在地面上，空气中荡漾着一种新鲜好闻的木屑味儿。他们师徒俩配合得多么默契啊！他俩的工作是多么灵动有趣啊！我们小孩子们站在一旁，拍着小手，唱起了《拉大锯》的童谣：

拉大锯，扯大锯，姥姥家唱大戏。
妈妈去爸爸去，小宝宝也要去。
拉大锯，扯大锯，你过来，我过去。
拉一把扯一把，小宝宝快长大。

拉大锯，扯大锯，姥姥家唱大戏。
接姑娘，请女婿，就是不让宝宝去。
不让去，也得去，骑上小车赶上去。

有一回，树叔去坝子村北边的土山寨给一家人打家具，主家姓王，这家有一个待嫁的大姑娘，身材颀长，眉目清秀，皮肤微黑，但黑得很耐看。一来二去的，树叔就跟那个姑娘相互产生了爱慕之情。家具还没做好，经女孩的父母同意，树叔找一个熟人当媒人，两人就订了婚。树叔接下来也不走了，开始给未婚妻打结婚的嫁妆。这套嫁妆打做得格外用心，木板刨得特别地光溜，榫口凿得严丝合缝，漆面上得特别均匀。嫁妆做好，往院子里一摆，乖乖，招惹得十里八村的人争着挤着去看，那叫一个风光无限！嫁妆做好，王姑娘的父母择个好日子，就将女儿风风光光地嫁了过去。小两口恩恩爱爱，小日子是越过越甜。

几十年过去了，树叔和树婶生的两个儿子都成家了，一个女儿也出嫁了，树叔、树婶现在都应爷应奶、应姥爷姥娘好几年啦。

现在的树叔基本上不做木匠活儿了，因为现今时兴电铇、电锯、砂磨机、气动磨光机、雕刻机、打钉枪等洋玩意儿了，他那些锛、铇、斧、凿、锯等老式工具都落后了，如同上了岁数的老人，圪蹴在墙角落里，静悄悄地打发着岁月，一副甘愿落伍、与世无争的憨厚模样。

树叔的家里早已焕然一新了，他家盖了小洋楼，圈起了砖院墙，显得整洁、舒适、清爽。

树叔说话有幽默感，虽说稍稍有一点口吃，这口吃非但不影响他说话，反而无形中增添了一分情趣。这天，我在老家的街上见到了他。他上前拉住我的双手，好不亲热。“小哎，哪阵风把你给吹来啦？”“小哎，你给俺说说，人活着到底是为了啥，咋法活才有意义？”“小哎，俺去县城找你，你咋法招待俺呀？”“什么香风暖风的，我想家了，就回来看看。有一首歌名不是叫《常回家看看》吗？”“人活着到底是为了活，进而是为了活得更好。可人活着不能光顾自己，通过努力奋斗，不但要让自己过得比过去的自己好，还要让自家人都过得好，更重要的是，要让家乡人过得好，还要让家乡变得更美丽——这才是活着的最大意义和最高境界。”“您去县城找我，我给您安排七个碟子八个碗，让您吃饱喝足不想家。”树叔听了我的回答，满意地笑了，从后面跟来的树婶听了也笑了。树婶一点儿也不显老，比树叔看上去年轻多了，对于不知情者，说他俩是父女俩也不为过。树婶还是那么苗条，身材一点儿也没走样，一颦一笑依然那么妩媚，像待字闺中的小姑娘似的。有树叔的呵护和疼爱，树婶想不年轻都难呢！

2020年10月30日作

蔡守印

蔡守印小名尿，父母专门给他起个贱名，为了好养活。

过去，豫东一带有这种风俗，叫鸡猫狗驴、粪尿臭烦的遍地都是，一抓一大把。

蔡姓在我老家坝子村统共两家，属于小门小户。

蔡守印这个大名是他娶媳妇之前才起的，是蔡尿自己给自己起的。他生在20世纪30年代，黄皮寡瘦的，佝偻个腰，不成个样子，还有先天性哮喘病，夏天还好，天一冷就吼喽吼喽的，让人听着难受。但他有个特长，种庄稼是把好手，什么时候该种啥，咋着管理，他都了然于心。“清明前后，种瓜种豆。”“麦熟一晌，蚕老一时。”“庄稼一枝花，全靠肥当家。”“冬天麦盖三层被，来年枕着馒头睡。”“正月雷，年成荒；二月雷，多蛇虫；三月雷，庄稼好。”农谚俗语，他说起来一套一套的。正因为他懂农时，又会管理庄稼，虽是小户人家，生产队队长张老虎却经过请示葡萄架大队包坝子生产队的包队干部张蛮场，让蔡守印当了坝子生产队抓生产的副队长。

你别看蔡守印长得不咋样，可他水性好。夏天好到村西北头的西淖里洗澡，不论水有多深，他都如履平地，因为他会“踩水”。这项绝技是他自己练出来的，并没有人教他。那一年，日本人侵略中原，在土山寨集会上杀罢人，又窜到坝子村里烧杀抢掠。在村口，蔡守印刚好与日本兵撞个面对面。他转身就跑，几个日本兵在后面猛追。他迅疾地飞奔着扑进西淖里，扎个猛子游出老远，等他从水里露出头，抹把脸，看见那几个日本兵正瞪着眼睛往水里望，他便在水里大声咒骂着。日本兵朝水里放了一阵子枪，连他的汗毛也没伤着。“蔡尿智斗日本兵的故事”，一时传为美谈。

“铁礼——铁礼——铁礼——”

有一年秋季，队长张老虎派蔡守印和社员张铁礼看护女社员们一连几个白天摘下的那一堆棉花。白花花的棉花被白布缝制的大包装着，准备第二天太阳出来的时候简单晾晾，就交到公社棉花收购站去。棉花包被大块塑料布蒙着，防备露水浸湿或雨淋。蔡守印和张铁礼分头睡在棉花堆旁，蔡守印睡在南边，张铁礼睡在北边。半夜里，辗转反侧睡不着的蔡守印一连叫了张铁礼几声，见张铁礼没有反应，以为张铁礼睡着了，就悄悄起来，掮了一包棉花扛回了家。然后又悄悄回来，悄悄睡下。蔡守印自觉做得万无一失，神鬼不觉，但其实张铁礼当时并未睡着，因为他见蔡守印行为异常，就多留了个心眼，蔡守印夜里所做的一切都被他记在了心里。

翌日早晨，张铁礼装作若无其事的样子，和蔡守印一道扛着昨夜睡觉的被子各自回了家。张铁礼一到家，放下被子，就跑进了队长张老虎的家，把蔡守印偷生产队棉花的事情一五一十地汇报给了队长张老虎。“这还了得！监守自盗，罪加一等！”张老虎叫上几个思想先进的社员，一阵风似的冲进了蔡守印的院子里。正沾沾自喜的蔡守印一看来人，脸立刻吓黄了。他的脸色本来就黄，此时黄得没有了血色。几个人经过一阵翻箱倒柜、鸡飞狗跳的搜查，最后，从蔡守印屋后的柴火堆里拖出了一个沾满草末碎屑的棉花包。蔡守印家住在黄河古堤南面朝阳的斜坡上，屋后即是一人高的土岗子，柴火垛恰巧在屋子后墙与土岗子相夹的狭窄过道上。

很快，队长张老虎将此事汇报给了大队包村干部张蛮场，张蛮场又将此事汇报给了大队支书孙世忠，孙世忠早饭也顾不上吃，匆匆跑到红庙公社革委会汇报给了党委书记常正红。常正红勃然大怒，派公社革委会副主任陈玉发迅速回坝子生产队，叫上包队干部张蛮场，晚上以坝子生产队为单位召开批斗蔡守印的批斗会。

顺便说一句，张蛮场和陈玉发都是坝子村人，对坝子村情况熟悉，公社书记常正红认为，这样开起批斗会来更有威力，不但能让蔡守印低头认罪，痛改前非，更能收到杀鸡儆猴、杀一儆百的良好社会效果。

晚上，在生产队队屋的大院子里，早早聚满了全村的社员，男男女女、老老少少都有，乱哄哄的。队屋前的土台上，放着一张三斗桌，上面点着一盏昏暗的煤油灯，生产队长张老虎、包队干部张蛮场、公社革委会副主任陈玉发端坐在桌子后面，面向广大社员。张蛮场在左，张老虎在右，陈玉发居中，个个脸色铁青，如临大敌，严肃得令人心生畏惧。台子的角落里蹲着垂头丧气的蔡守印。

生产队队长张老虎主持批斗会，他先是宣布批斗大会开始，接着大吼一声："蔡守印，你给我站起来！"蔡守印扭头瞪眼看看他，并没有主动起身的意思，只听他瓮声瓮声地说："大家伙儿都认识俺，站起来又能咋着？俺的吼病又犯了，浑身打软，站不起来啦！"张老虎碰了个软钉子，但也不甘示弱，又提高嗓门说："坦白从宽，抗拒从严，当着全队广大社员的面，你把咋偷生产队的棉花交代交代吧！"蔡守印又扭头盯着张老虎，足足盯了有三分钟，然后，底气十足地说："要是真叫俺交代，俺就把个别人的老底子都抖搂出来，你可别怪俺不留情面咧！"此话一出，张老虎如泄了气的皮球，僵坐在那里，再不吭声。张蛮场面子上挂不住，不说两句也难堪，他本来就口吃，这时更加口吃了："阶……阶级斗争……一抓就……灵！路线是个纲……纲……举目……目张……"说完，也来个老牛大憋气，再不吭声。轮到陈玉发坐不住了，他一拍桌子，站了起来，激昂慷慨地讲了起来，先从国际形势讲起，进而讲到国内形势一片大好，批斗会完全变成了形势报告会。陈玉发外号“陈咋呼”，小个子，黑黄精瘦，左肩膀低右肩膀高，走路耷拉个膀子，歪斜着身子。他讲得唾沫飞溅、云天雾罩、神出鬼没、跑题万里。最后，他振臂一挥，发号施令般鼓动说：“广大社员同志们，党考验我们的时候到啦，请大家踊跃发言！”

台下鸦雀无声，一片肃穆。大家大眼瞪小眼，你看看我，我看看你，没有一个人吱声。

陈玉发无奈了，他掏出烟卷，自顾自吸了一根，又吸了一根，然后，他环顾会场一周，以关心的口吻说：“天不早啦，大家伙儿都劳累一天啦，为了不耽误明天早上上工，批斗会到此结束，散会！”

人们松松垮垮地散了，有的社员嘴里还小声地骂着：“啥批斗会哟，当官的人人心里都有鬼，咋批斗别人咧。净哄咱穷老百姓！”

批斗会结束后，蔡守印仍然当他的抓生产的副队长，他一改从前的谨小慎微，似乎比过去有胆量了，也敢批评干活拖拉偷懒的社员了，抓生产更卖力气啦。他的威信非但不降，反而有所提升，真是令人匪夷所思。社员个人有啥难事，都爱找老蔡商量商量。许多人不再叫他“尿”“守印”“蔡队长”了，而是亲切地喊他“老蔡”。村里办红白喜事，都撇开原先当大执事的张二林，而改请老蔡主持了。老蔡在坝子村里当大执事当了许多年，直到他老了，喊不出来了，才换成在葡萄架行政村当副主任的张二林的儿子张金保当大执事了。岁月轮回，很是奇怪。

六年前，老蔡老了，张金保给他主持了葬礼。葬礼办得很隆重，全村的父老乡亲都参加了。对了，原来的坝子生产队现在变成葡萄架行政村第一组了。

2020 年 10 月 31 日夜作

二南瓜

你认识二南瓜吗？

他是咱坝子村南面那个董庄村的。我可是认识他，我打小就认识他，但我不知道他姓啥。他时常从俺村里走过，不是背个篓头拾粪，就是去红庙赶集、闫楼赶会，再者因董庄有一部分田地在俺村的村东头，他下田劳作或是赶着牲口犁地，再或是背着耧耩地总要经过俺村，大家伙儿见面都叫他二南瓜。既然叫他二南瓜，他势必在家中排行老二，难道他的大哥叫南瓜？我不得而知，也没有想起来去问问大人们。可笑的是，二南瓜长得也真像南瓜。他椭圆形的脑袋瓜子，肤色白不假，但白得不正常、不好看，是白里泛黄，黄中带白，而且脸上还有不少的红血丝，酷似嫩南瓜纽儿表层的脉络；肚子大大的，身子胖胖的，无论冬夏都常穿浅黄色的衣裳。衣裳是家织白棉布用胶泥土捶染后裁剪缝制而成的，这使他远远望去，活像一个成熟了会直立行走的大南瓜。我之所以对他印象深刻，除了他特殊的长相之外，还因为他走动时好唱路戏。他最好唱的路戏是《智取威武山》第六场主角杨子荣打入匪窟那一段，唱之前他总是先来一段对白，当然是自问自答式的，听起来颇为有趣。他虽然是个公鸭嗓，但表演起来却声音洪亮高亢。

土匪："蘑菇，溜哪路？什么价？"

杨子荣："哈！想啥来啥，想吃奶来了妈妈，想娘家的人，孩子他舅舅来了。"

杨子荣："拜见三爷！"

土匪："天王盖地虎！"

杨子荣："宝塔镇河妖！"

土匪："野鸡闷头钻，哪能上天王山！"

杨子荣："地上有的是米，喂呀，有根底！"

土匪："拜见过阿妈啦？"

杨子荣："他房上没瓦，非否非，否非否！"

土匪："嘛哈嘛哈？"

杨子荣："正晌午说话，谁还没有家？"

土匪："好吧哒！"

杨子荣："天下大奪拉！"

座山雕："脸红什么？"

杨子荣："精神焕发！"

座山雕："怎么又黄了？"

杨子荣："防冷，涂的蜡！"

座山雕："晒哒晒哒。"

杨子荣："一座玲珑塔，面向青寨背靠沙！"

杨子荣（唱西皮快板）："虽然是只身把龙潭虎穴闯，千百万阶级兄弟犹如在身旁。任凭那座山雕凶焰万丈，为人民战恶魔我志壮力强。"

后来我长大了，才知道二南瓜姓翟，我家与他家还沾点儿亲戚，属于老表亲，我该叫他表叔。有一年，大概是 1980 年吧，从云南来了几个人，一男三女。他们来到二南瓜家里，说是请二南瓜相媳妇呢。当然是由媒人牵线而来的。这消息像新闻一样迅速传遍了方圆几个村庄，俺村里就有不少的人抱着看稀罕的心态呼朋唤友、成群结伙奔向了董庄。二南瓜家那个平时冷冷清清的小院一下子热闹起来，看稀罕的人挤满了小院，里三层外三层，嘁嘁喳喳的，像看猴戏一般喧嚷。我是跟随着我父亲去的，因有老亲戚，二南瓜热情地把父亲和我迎进了堂屋里。堂屋的板凳上并排坐着云南来的那几个人，面前的小桌子上摆着葵花子、烟卷和茶水。我偷眼打量那几个人，人都瘦瘦的，一色的黑黄肤色，深眼窝，高颧骨，说话活似鸟叫，一点儿也听不懂。通过媒人的"翻译"，我知道了那四个人的关系：年纪最长的那个老太婆是两个女孩儿的妈，俩女孩儿是姐妹俩，妹妹比姐姐长得好看，那个男的大约有三十岁的样子，是妹妹的未婚夫。他自称当过兵，打过仗。他的一双眼珠子骨碌碌乱转，很机警，同人说话时戒备心很强。坐了一会儿，父亲就告辞出来了。临走，他把满面春风的二南瓜叫出门外，站在旮旯里，小声叮嘱道："俺看这几个人不咋样，二南瓜，你可得多长个心眼儿，别上当受骗啦！"二南瓜咧嘴嬉笑着，不以为然地说："哈哈，他想骗咱，咱可不是好骗的！"父亲拨开人群，走了，他又不放心地回头盯了二南瓜一眼，最后还是走了，我也跟着走了。至于后来发生了什么曲折离奇的情节，我就不知道了。但二南瓜努心巴力积攒半辈子的钱都被那几个云南人骗走了。他从此走路就低着头，无精打采的，再也听不到他唱路戏了。

实行包田到户后，二南瓜把自己分的那几块零星地跟人换成了一整块地，不足二亩，全部栽成了苹果树。他在苹果树临路的地头盖了两间简易房，就把家搬了过来，吃住都在苹果园里。他又买了几只青山羊，一边养羊，一边照护管理苹果。第三个年头上，苹果挂果了，鲜红个大，红富士品种。二南瓜日夜坚守在苹果园里。他又开始高兴了，又开始哼唱杨子荣打入匪窟的那段戏词了，唱之前仍然是先来那一串儿烂熟于心的对白。他之所以能把对白和唱腔记得那么牢那么准，是因为早先他进过董庄大队的宣传队，排演过革命样板戏《智取威武山》，但他未能演正面人物杨子荣的，而是演了反面人物栾平。为此他曾愤愤不平了好些年，因为据他自己说，以他的水平和个头他应该演英雄人物杨子荣，而又瘦又柴的庞升因为跟大队庞支书是本家，竟然由他扮演了杨子荣。二南瓜骂道："奶奶个熊，他要个没个、要样没样，他咋能演好杨子荣！哼，让俺来演杨子荣，让他演栾平才是正路！"骂归骂，二南瓜最后还是演了栾平。就因为他演了栾平，走到三里五村，人们背后都叫他栾平，他更难找上媳妇啦。媒人跟姑娘们一提他，姑娘们齐撇嘴，七嘴八舌就嚷开啦。有的说："你看他见了杨子荣吓得那样，躺倒在地上，眼可怜巴巴地看着杨子荣，浑身哆嗦，俺要嫁给他，真丢死人啦！除非俺烂了鼻子瞎了眼，太阳从西边升起来，俺才会嫁他！"有的说："看他那笨熊样，南瓜头南瓜脸的，又演了土匪栾平，更变成'坏南瓜'啦！"有的说："谁嫁他，栾平！他真像坏人栾平！"媒情事就这样一个接一个地黄了。有人私下评论说："二南瓜毁都毁在演栾平演得太像啦，遭多少人骂哟！正儿八经的女孩子谁肯嫁他！"

某天夜里，二南瓜苹果地头的小屋突然起火，火光映红了半拉天。乡亲们赶过来，从蹿着火苗的小屋里把二南瓜拖了出来，他还一个劲儿哼哼唧唧地不愿意。原来，他一个人喝多了酒，不知怎的就把准备卖苹果用的一堆纸箱子燃着了，引起了火灾。把他拉到乡卫生院，医生诊断为二度烧伤。住了几个月院，二南瓜总算出了院，但脸上、手上、胳膊上留下了几块伤疤，左腿也有点儿跛了。

他又在苹果园临路的地头重新搭建了两间简易房，仍然一个人住了进去。他发誓戒酒戒烟，可出不了两天，就又喝又吸了。

愿我的表叔二南瓜，生活快乐！

2020 年 11 月 1 日夜作

十二能五

老家人说某个人聪明绝顶时，总会说“看你能的”，或是“看把你能的”。说这话的人，若是对能的人打心眼里佩服，这话就是赞美的；要是对能的人嫌弃，这话就是语含讽刺的。俺老家坝子村南边二里地远的董庄村，出了俩能人，一个外号叫“十二能”，一个外号叫“十二能五”。

说十二能五之前，先说说十二能吧。单看十二能这外号，就知道这人够能的。三能、四能就不得了啦，何况十二能呢。十二能当然有姓名，但大家伙儿早把他的原姓原名忘了，大人小孩都叫他十二能，他也愉快地“哎哎”地答应着。他大高个，瘦身板，一双大眼炯炯有神，走路轻快，脚底生风，办事干净利落，从不拖泥带水。干农活更是一把好手，犁来耙去，摇耧撒种，扬场放磙，样样精通，处处内行。讲起庄稼经来更是一套一套的，什么“庄稼一枝花，全靠肥当家”啦，什么“小麦种迟没有头，油菜种迟没有油”啦，什么

“麦种深，谷种浅，芝麻盖半脸”啦，等等。实行包田到户之后，他种庄稼非常卖力气，全村的庄稼数他种得最好，地犁得深，肥上得足，埂打得直，麦是麦，豆是豆的，他整个白天躬耕匍匐在田间，除非生病，从来不肯歇息。新下学的年轻人种庄稼粗枝大叶，囫囵吞枣，他就嘲笑，年轻人背后恨他骂他，他也不在乎，仍旧嘲笑他的。他拄锄站在地头，面含笑容，对路过的乡亲们指点着说：“看看，这就是那个高中生田娃种的地，像秃子的头发——稀稀拉拉的！”又指向另一方田：“看看，这就是高才生刘孩种的地，跟小孩儿的胎毛似的。啊哈哈哈，啊哈哈哈！”村里的年轻人受不了他的奚落，赌气到外面打工去了。几年下来，不少年轻人打工发了家，回来穿金戴银的，盖了小洋楼，买了小汽车，娶了漂亮媳妇，有几个还是从外地带回来的。

十二能有点傻眼了，他嘲笑不起来了。他更加卖力气地侍弄庄稼了，他种的庄稼仍然是全村里最好的。这回轮到年轻人嘲讽他了：“庄稼种得再好，能卖几个钱呀？他一年种庄稼的收入，还赶不上俺打俩月工挣的钱多咧！嗤！还十二能呢，去他的吧！”论经济实力，十二能逐渐成了全村里最穷的，他吃上了低保。

村里比十二能更能的就是十二能五了。十二能五当然有名有姓，但大家伙儿早把他的原姓原名忘了，大人小孩都叫他十二能五，他也愉快地“哎哎”地答应着。十二能五长相不行，个子又瘦又矮不说，一双眼睛总是搭蒙着，好像永远睁不开、睡不醒的样子。“能人相轻”，十二能绝对不服气十二能五，十二能五更是不服气十二能，俩人明里暗里较量着。他俩有一个共同点，就是靠种地吃饭，谁也不外出打工。“哼，让俺去打工，白天黑夜没命地干，还得看老板的眼色。呸，俺饿死也不去丢人现眼！人活着得有骨气！”十二能这样说，十二能五也这样说。他们是这样说的，事实也是这样做的。俩人比着掏力气种庄稼，可十二能五种的庄稼及收入咋着也比不过十二能。十二能拍着大手笑着，那真叫笑得开心。虽说十二能五种庄稼比不过十二能，但十二能五有才华，他上知天文，下知地理，上下五千年，没有他不知道的。他还会许许多多的土单验方，乡亲们有个头疼脑热的，向他讨个方子，一用就好，比打针吃药都灵，还省钱。他还会占卜，谁家的鸡丢了，猪跑了，羊迷路回不到家了，他用几个小铜钱往上一撒，收起来再撒，一连撒上三次，拿个破铅笔头在小孩子用的作业本上划拉划拉，就眯缝着眼睛说：“去吧，往某个方位找吧。”结果，不出一顿饭的工夫，鸡或猪或羊有时就找着了。于是便有人说他神，这样一传十，十传百，他也好像真神了似的。

更吸引人的是，十二能五口才特好，会讲故事，会说戏文，《秦琼打擂》啦，《诸葛亮吊孝》啦，《王三姐住寒窨》啦，才子佳人《红楼梦》啦，讲得有板有眼，绘声绘色，说得声情并茂，根梢明白，听得人废寝忘食，泪眼婆娑。十二能不服气，愤恨不平地说：“听戏文能当饭吃？饿他个龟孙三天试试，看看是馒头卷子当饥，还是听戏文当饥。”村里有几个上了岁数又好管闲事的人一同商量后，就对外发布消息说：“要是十二能五再能不过十二能的话，就要把他俩的外号调换调换，以两年为期，开展擂台比武，能要能到正地方，比谁家挣得钱多定输赢。”消息一出，舆论哗然，大家伙儿欢呼雀跃，兴致很高，都等着看笑话。并一致推荐那几个上岁数的人当评委做裁判。听到这个消息，十二能甚喜，十二能五极忧。

这年开春，十二能地里的麦苗都返青了，可十二能五的那块好地还荒着，村里人每次从那块好地的地头走过，都替十二能五着急。“十二能五，你可总不能让这块好地荒着，你打算种啥哩？”“种金子！”十二能五胸有成竹地说。人们摇摇头，讪笑着走了。不知从什么时候起，十二能五的那块好地上长满了草棵子，疯了似的往上长，一片碧绿，还开着紫色球花。十二能五在地头建了一溜猪圈，去集市上买了几十头小猪崽，割了草棵子就喂猪，那猪个个吃得肥嘟嘟的。第一茬猪出栏了，赚了一兜子钱。十二能五又买了几十头猪娃子，还是割草棵子喂养。村里有个高中生从外面打工回来，听到村里人议论，就悄悄溜到了十二能五的草地上去看。他回来告诉村里人说：“啥草棵子，那是种的苜蓿草，是猪最爱吃的！”“哦，苜蓿草？！”村里人这才恍然大悟了，咂着嘴说：“这个十二能五哇，可真能！咱不服不中！”

2020年11月2日夜作

故乡深秋蓼花红

一个秋阳尚暖的午后，我漫步在老家坝子村北的小河边，河道里的蓼花开了，红彤彤的，如一望无际的云霞，散发出淡淡的幽香。那一串串紫红色的花穗，如沉甸甸的稻谷，迎风摇曳，洋溢着金秋丰收的喜悦；又似一群娇羞的少女低垂着头，清风中舞动着娉婷婀娜的身姿，荡漾出深秋季节最亮丽的色彩和最楚楚动人的风景。

红蓼，别称红草、东方蓼、大毛蓼、游龙、水红花等，俗名狗尾巴花，一个土里土气好养活的名字。蓼科蓼属一年生草本植物，茎粗壮直立，高可达两米，其生长迅速，高大茂盛，叶绿且花密红艳，适于观赏，喜水又耐干旱，野生，多为种子繁殖。

关于红蓼，曾有这样一个传说：有一位姓铁的官员，要去远方工作，临别之时，他的各路朋友都来相送。送别的队伍中以文人居多，但也有一名看似粗鄙的武官，在这些文人中显得格格不入。文人们打算为难这位武官，提出到场的每个人都即兴作诗一首，赠送这位姓铁的官员。当这群文人纷纷吟诵出诗句后，终于轮到武官了。文人们等着看武官出丑。只听武官开口吟道：“你也作诗送老铁，俺也作诗送老铁。”这两句诗太俗了，文人们暗自得意，正想着怎样嘲笑武官时，可是武官的后两句诗，却令文人们震惊：“江南江北蓼花红，都是离人眼中血。”这首诗虽然朴实，其中的意境却非常符合送别的情绪。

几千年前，人们就注意到了这种开着红花的高大野草。秋天的河滩上，红蓼花像星星点点的火焰，燃烧渲染着它们的妩媚。远远望去，沿水而开的红蓼花，就像一条蜿蜒而去的巨龙，十分壮观。在《诗经·郑风》中，红蓼花就被称为“游龙”。“山有扶苏，隰有荷华。不见子都，乃见狂且。山有乔松，隰有游龙，不见子充，乃见狡童。”这首诗描写了一位少女与心上人在山中郎情妾意、打情骂俏的场景。这一株株野性的红蓼花，就如同《诗经》中这个女子，陌上溪头，自在随性，乐观旷达。《楚辞芳草谱》中说：“蓼生水泽。”只要有水和土，它就可以顽强地繁衍。

红蓼花有一种乡野气质，越是荒芜僻静之处，譬如山谷、路旁、田埂、河川两岸的草地及河滩湿地，它越是开得热烈奔放。久处喧嚣都市的人们，若是在芦苇、菖蒲掩映的水边，瞥见那一片灿若云霞的红蓼花，心情会顿时豁然开朗。继而细细嗅着这熟悉的花香，会把人们的思绪带回到童年，想起故乡的蓝天、白云、老牛、田野，想起曾经在旷野中无拘无束的嬉闹。

红蓼花的花语之一是立志、坚强，代表着人们内心对生活的执着与希冀。

南宋诗人写红蓼花的特别多，红蓼花的志存高远、坚忍顽强，在那个风雨飘摇的年代，正是文人们所特别提倡的。刘克庄写过一首《蓼花》："分红间白汀洲晚，拜雨揖风江汉秋。看谁耐得清霜去，却恐芦花先白头。"在诗人笔下，红蓼花看似如此茎细叶弱，在风雨中摇晃着，然而，当霜寒到来之时，芦花已经衰老，它却能傲然独立。宋祁的《红蓼》诗云："花穗迎秋结晚红，园林清淡更西风。纤条尽日差差影，时落钓璜溪水中。"表达了作者内心深处渴望明君贤臣横空出世，救生灵出水火的强烈愿望。宋伯仁《蓼花》诗云："秋到梧桐我未宜，蓼花何事已先知。朝来数点西风雨，喜见深红四五枝。"秋风秋雨，梧桐叶黄，片片蓼花，摇曳生姿，不觉秋悲，但见野趣。昭示人们不畏艰难困苦，奋起抗争的决心和斗志。

红蓼花，这种人们不待见的杂草野花，在画家眼里，那红灼艳丽的花穗，却成了入画的好题材。《红蓼水禽图》相传为北宋名家徐崇矩所作，其所绘意境，正如当时一首诗中所咏："西风红蓼香，水禽破苍茫。小虾清滩里，涟漪泛斜阳。"齐白石晚年喜欢画红蓼，他的《红蓼群虾图》《红蓼蝼蛄》《螽斯红蓼图》《红蓼珍禽图》等一系列作品，极具乡野气息。

红蓼花就是这样独具野性，它生性自在，开得忘我，洒脱逍遥。

红蓼花的花语之二是惜别，可用此花表达心中对爱的渴望以及不舍分离之情。在古代的诗词中，红蓼花常作为离别的意象。一方面，是因为它秋天盛开，而秋天是离别的季节；另一方面，红蓼生于水边渡口，也是依依惜别之地。因此，蓼花，逐渐成了“离愁之花”。多愁善感的诗人看到红蓼花，就会有依依惜别之感，写下很多动人的诗篇。唐代诗人司空图《寓居有感》中写道：“河堤往往人相送，一曲晴川隔蓼花。”《红楼梦》中有一首《紫菱洲歌》：“池塘一夜秋风冷，吹散芰荷红玉影。蓼花菱叶不胜愁，重露繁霜压纤梗。”这是迎春出嫁前，被父亲贾赦接出大观园到紫菱洲后，小说主人公贾宝玉的有感之作。在这首诗中，秋天的残荷韵致渐渐消退，蓼花和菱叶徘徊中飘落，在严霜逼迫下，似乎纤梗也承受不住这份离别之苦了。宝玉看着这样伤感的景色，感悟着那份淳朴真挚的骨肉亲情离别之痛，有一种隐隐的悲凉，情动于怀，以诗抒怀。

蓼花还经常勾起游子的思乡之情。比如宋代诗人王十朋写的《书院杂咏 · 蓼花》：“秋色在何许，蓼花含浅红。客情禁不得，归兴逐西风。”秋天的红蓼花十分迷人，但留不住游子的脚步。因为，他要在萧瑟的秋风中回家，探望久别的家人。

清代的多情才子纳兰容若词《梦江南》云：“江南好，怀古意谁传。燕子矶头红蓼月，乌衣巷口绿杨烟。风景忆当年。”静谧的夜晚，独坐渡口边，看着身边的红蓼花，纳兰想起了昔日往事，今昔对比，离愁别绪不禁涌上心头。

红蓼浑身是宝。它有辛味，古人常用作调味品，祛除食材的腥味。先秦时，没有辣椒、蒜之类的辛辣佐料，蓼就已被用来做肉食配菜。李时珍在《本草纲目》中说：“古人种蓼为蔬，收子入药。故《礼记》烹鸡豚鱼鳖，皆实蓼于其腹中，而和羹脍亦须切蓼也。”宋代苏轼《浣溪沙》中说：“雪沫乳花浮午盏，蓼茸蒿笋试春盘。人间有味是清欢。”蓼芽春季可食，采来做郊游野味，便有清淡欢愉。红蓼花可以用来制作酒曲，故红蓼花又叫“酒花”。红蓼的枝干和叶晒干可以制作蚊香，点燃后有一股辛辣气味，熏蚊虫效果极佳。红蓼还可以入药，其茎叶有祛风除湿、清热解毒、活血止痛等功效。

红蓼，就是这样一种雅俗共赏的野花，既可悦目欣赏，又可解毒疗伤。诗歌的雅趣，生活的俗乐，在它的身上都集中得以体现。它看似不起眼，却带给人无限的欢乐。

生活是俗气的，诗和远方是高雅的。人在草木间，才知道草木无言的深情。在寂寥的深秋里，还有什么能比得过红蓼花让你如此激动与感动呢？

我伫立在小河边，久久不愿离去。夕阳衔山，金风飒爽，河道里的红蓼花卷起一道汹涌澎湃的红潮，把我的灵魂挟裹着，向天边漫去，漫去……

2020 年 11 月 4 日作

立冬

早上起来，天骤然冷了。一看日历，才知道今日立冬啦。

元代诗人仇远《立冬即事》诗云：“细雨生寒未有霜，庭前木叶半青黄。小春此去无多日，何处梅花一绽香。”明代王稚登《立冬》诗云：“秋风吹尽旧庭柯，黄叶丹枫客里过。一点禅灯半轮月，今宵寒较昨宵多。”两首诗均生动形象地说出了立冬节气的标志及特点。

中国古代民间习惯以立冬为冬季的开始，此时的北方，正是“水结冰，地始冻”的时节。水面开始冻结，但未成坚冰；地表开始上冻，但并未龟裂。立冬之后，岸畔的芦花愈发像雪一样洁白，黄花犹带露水，红叶随风飘落；万物开始收藏，避寒冷以免损毁；野鸡一类的大鸟不多见了，蛰虫休眠，诸多活物的活动趋向休止。人类虽然没有冬眠之说，但民间却有立冬进补的习俗。“好吃不过饺子”，立冬这天总要包一顿饺子来吃。饺子来源于“交子之时”的说法。大年三十是旧年和新年之交，立冬是秋冬季节之交，故“交”子之时的饺子不能不吃。这一天，大家改善一下生活，就选择了饺子。全家人借着饺子之缘，欢聚一堂，拉家常，述心事，话明天，把希望与希冀包进饺子里，将欢乐与喜悦煮进锅里，把硕果与收获吃进肚子里。肚子饱了，人更精神啦，信心便大增啦。立冬这天，豫东老家不但吃饺子，还兴吃烤红薯。红薯经储存入冬，则淀粉转化为糖，香甜糯软，食之健脾益气、补肾强腰，利于预防动脉硬化、高血压和肥胖等。村庄里，到处可闻到烤红薯的焦香。

有一首疑似唐代大诗人李白的《立冬》诗。说疑似，是因为没有确凿的证据能直接证明这是李白的诗歌。其诗云：“冻笔新诗懒写，寒炉美酒时温。醉看墨花月白，恍疑雪满前村。”立冬时，笔墨冻结，新诗也懒得去写，寒冬里的炉火上美酒时常温热。可炉火上的美酒一旦温热起来，诗人的诗情又被点燃了。说好了不写新诗，于酒的香味中又止不住要“斗酒诗百篇”了。醉眼观看砚台上的墨渍花纹如月光一样雪白，恍惚间怀疑是大雪落满山村。墨花月白，是多么瑰丽的一幅景象啊，这是诗人喝醉之后蒙蒙眬眬看到的奇景。诗人又进一步想象，村庄外面应该都落满了白雪吧。诗人笔下的立冬，非但不让人感觉到一丝的寒冷，反而比以往时节更加温馨而浪漫。

此时此刻，我披衣在自家院子里逡巡着，院门内那株银杏树浅绿色叶片的扇缘上，洇出了一圈黄褐色的裙边，树下的小草枯萎了，野菊花凋零了，已不复见往昔的风采。菜畦里的辣椒仍然开着细碎的倒垂的白花，白花脱落的茎蒂处已然长出了几枚细瘦青碧的小辣椒。棚架上的眉豆角殷红殷红的，像蔻丹染过凝固了一般，旁边冬瓜粗大的藤蔓上，袅着一朵细瘦的黄花，努力要结出一个小冬瓜的架势。虽然桂花树和香樟树尚未有多大的变化，但吊在晾衣架上的笼里的蝈蝈叫声却喑哑了许多。我抬眼瞥见院门外广场上那棵楝树顶上的叶片还很碧绿，可碧绿的叶子下面，一簇簇的楝豆已经金黄。

关于立冬吃饺子，还有这样一个传说。东汉末年著名医学家、被后人尊称为医圣的张仲景，有一年，他在立冬这天从南方回到北方的家乡，看见乡亲们的耳朵都冻烂了，就研究了一种食疗方法。他命人把羊肉和各种驱寒的食材还有辣椒捣碎包在面皮里，包成耳朵形状的饺子，称之为“娇耳”，让众人食之，而且还每人发给一大碗肉汤。人们吃了饺子喝了汤之后，就真的不再冻耳朵了。从此以后，每逢立冬这天，人们竞相包饺子来吃，逐渐形成了一种风俗。后来的饺子也不仅仅局限于一种馅料，最传统的就是白菜大肉馅的。早先的豫东地区把饺子叫作扁食。现今，吃饺子不仅仅在立冬这天和冬至这天吃，在家人团圆或者重大节日的时候都会吃，它代表着对美好生活的向往和祝愿。

立冬这天，我为众多的亲人每人送上一盘饺子，这盘饺子是平安皮儿包着如意馅，用真情煮熟的，吃一口快乐，吃两口幸福，吃三口顺利，吃四口心想事成，吃五口吉祥如意，再多吃几口是财源滚滚，然后喝全家健康汤，回味是甜蜜，余香是我最诚挚的祝福！

2020年11月7日作，是日立冬

梦之旅

国庆长假的第四天下午，我和同事小袁从长白山天池山脚下的一个小站坐大巴车下山，至晚方到敦化，顾不上休息，直接从敦化坐普通火车直达哈尔滨。我俩买的硬卧，我睡下铺，小袁睡中铺。安顿下来，我才开始注意周边的情况。

我的对面下铺坐着一位中年女士，齐耳短发，肤色白皙，身材匀称，一双秀目亮若秋水，两只纤手嫩似春葱。她穿一身简约可体、质地上乘的浅蓝色休闲装，脚蹬小巧玲珑的黑色皮靴，举手投足优雅明丽，韵味十足。卧铺靠窗处，折叠方正的被卷上放着她精致昂贵的麂皮挎包。睡她上边的中铺，她叫“王姐”的那位女士年龄比她略大一些，也比她清瘦，俩人正在有一搭没一搭地说话。她俩的谈话内容全是旅途中的种种情形，说明她俩也是结伴旅游的。王姐躺在那里，她叫她的旅伴“淑梅”，时而又叫“小赵”，看来俩人的关系是挺亲密的。时间尚早，大概有七点多钟，外面却完全黑了，我问小袁饿不饿，小袁说中午在长白山天池下面一连吃了好几个温泉水煮鸡蛋，还不饿呢。我俩商定休息一会儿再用晚餐。

我和小袁的这次旅游，是先驾车从兰考出发到郑州，而后从郑州坐火车到了黑龙江省的牡丹江市，再从牡丹江市坐大巴车到宁安市，行驶50公里，就到了松花江支流牡丹江干流的镜泊湖。镜泊湖以湖水照人如镜而闻名。湖内有大胖头鱼、红尾鱼、鲤鱼、鲫鱼跳跃其间，惹得游人一阵欢呼。景区内古木参天，空气清新，令人流连忘返。第四日上午，我和小袁至长白山天池脚下，为的是看天池的奇特景观，却因雪花飘零、雾气弥漫而遭遇封山。景点管理处关闭了上山的道路，拉乘客上山的小巴士全部停靠在天池脚下的停车场上。整整齐齐，密密麻麻，似排列齐整的甲壳虫。我俩在露天温泉里洗了个温泉澡，浸泡于热腾腾的泉水之中，看着头顶精巧灵动、舞姿蹁跹的雪花飘落，倒也别有情趣。虽然为上不了天池看不了天池美景而颇感遗憾，但也无可奈何。只能遥望雾霭沉沉的天池，做兴叹状了。假期有限，我俩不敢再耽搁，只好选择下山。

此时坐在开向哈尔滨的列车上，闲着无事，我顺手从提包里掏出在旅游景点买的一本长白山摄影集看了起来。此摄影集图文并茂，装帧精美，看看图片中的长白山天池的美景，也聊胜于无吧。摄影集的开篇写道："春天，这里是花的海洋，夏天是云的故乡，秋天是五彩斑斓的童话，冬天是冰与雪的世界。"我继续往下翻，看到了一大池碧水和碧水周围白雪皑皑的峰峦。一旁的文字介绍道："天池位于长白山主峰火山锥体的顶部，是一座火山口，经过漫长的年代积水成湖。长白山天池湖面海拔 2194 米，略呈椭圆形，南北长约 4.4 公里，东西宽约 3.37 公里，平均水深 204 米，最深处达 373 米。天池像一块瑰丽的碧玉，镶嵌在雄伟的长白山群峰之中；它是我国最高最大的火山口湖泊。”接着我又看了几幅图画，展示的是金秋时节的长白山风景，色彩斑斓，层林尽染，秋山如画，灿烂若金，雾暖溪寒，岳桦夕照，白桦秋艳。再接下去的风景是长白山瀑布飞流如练，气概不凡。我呷了一口茶水，又继续往下看，是几帧天池的画面：柔美的天池白云缭绕，波光潋滟，群山环抱，蔚为壮观。这本摄影集，简直是长白山和天池美景的一场盛宴，让我看得目迷五色，应接不暇。

我正看得入迷，突然被一个娇美的声音打断：“先生，您在看什么呢？看得那么投入。”我的神思从图画中走出来，抬眼一看，见对面卧铺上的那位美丽的夫人正桃花含笑地望着我。“噢，是本摄影集，有关长白山和天池的。”我磕磕巴巴地说，因为没有心理准备，骤然之间与美女说话，我倒有点儿窘了，脸也微微地红了。“能不能让我也看看？”“可以呀，你看吧，挺好看的。”我一边说着，一边躬身把摄影集递了过去。她礼貌地双手接过，说了声“谢谢”，就兴致勃勃地翻看了起来。

权且称她赵女士吧，这样称谓的话，比直呼其名“淑梅”显得稳妥，又比叫她小赵来得尊敬。当赵女士兴致盎然地看摄影集时，同事小袁买来了晚餐——一包酒鬼花生米、一包涪陵榨菜、两包康师傅红烧牛肉方便面、一瓶长白山烧刀子酒。我让了让赵女士和那位王姐，她俩都说晚上不吃饭。我和小袁把吃食抱到火车车厢内过道上的小餐板上，相对而坐，一边聊天，一边吃喝。夜里十点，车上的灯灭了，而卧铺车厢过道的小桌子下面的小型睡眠灯还亮着，隐隐约约还有极弱的灯光照明。我俩仍然喝着酒，我偷眼打量那两位女士，她们都休息了，那本摄影集就放在我的卧铺上面。酒瓶干底之后，我俩都有点儿微醉，相互说了句“休息吧!”“好，休息吧!”就各自休息了。

翌日早晨，我仍在睡梦里时，就被车内嘈杂的人声吵醒了。我看看时间，还不到六点，外面还不太明亮，对面卧铺上的赵女士和王姐已经收拾停当，正精神饱满地并排坐在对面下铺的床沿儿上，准备下车了。一问，原来哈尔滨站快到了，火车已进市区了。我叫醒小袁，急急忙忙地去到洗漱间里洗漱完毕，检查了一遍随身携带的东西，列车已经进站了。我和小袁随着人流跟着赵女士和王姐前后下了车，赵女士撇开王姐和小袁，凑近我的身旁，小声地向我说道：“先生，你们准备在哈尔滨玩几天?”我略略思考了一下，回答她说：“顶多待一天，假期有限，我们回去还要上班呢。”赵女士挺挺胸脯，好像鼓起了很大勇气似的，说：“你们来趟哈尔滨游玩不容易，我就是哈尔滨人，路都熟，我给你俩当向导好吗?”我惊讶地说：“那怎么行！你旅途挺累的，怎好意思再麻烦你呀。”“你不要客气了，我是自愿的。再说了，我回家也没有事情急办。”我快走两步赶上小袁，征求他的意见。小袁表示高兴，但又问了一句：“向导费一天多少钱?”赵女士一听脸就红了，连忙解释说：“说哪里话，要什么钱呢！我是义务向导。”说得我们几个都笑了，就这样很快说定了。王姐因回家有事，不能陪我们，出了站口，就与我们三个分开了。

赵女士娓娓地向我俩介绍了哈尔滨市的诸多景点，供我们筛选。我许多年前就知道有一首歌的歌名叫《太阳岛上》，就果断地选择道：“先到太阳岛上看看吧，其他景点毕竟太多，时间短暂，实在看不过来，看与不看临时再定，晚上一定要到‘夜幕下的哈尔滨’看看。”赵女士莞尔一笑，连说：“好呀好呀。我也好长时间没去太阳岛啦，陪两位一同去看看，也是故地重游呢。”商议完毕，我们找个早餐点简单吃过早点，就一同坐上出租车，向太阳岛进发了。坐在车上，我的耳畔竟然响起了郑绪岚的歌声，那是出租车上的音响播放的：

美丽的太阳岛多么令人神往。
带着垂钓的渔竿，
带着露营的篷帐，
我们来到了太阳岛上。

小伙们背上六弦琴，

姑娘们换好了游泳装，
猎手们忘不了心爱的猎枪。

幸福的热望在青年心头燃烧，
甜蜜的喜悦挂在姑娘眉梢。
带着真挚的爱情，
带着美好的理想，
我们来到了太阳岛上。

幸福的生活靠劳动创造，
幸福的花儿靠汗水浇，
朋友们献出你智慧和力量，
明天会更美好。

哈尔滨市内的道路是宽广平坦的，我们一面听着歌，一面观赏街景。不消半个时辰，就到了太阳岛。

太阳岛坐落在哈尔滨市松花江北岸，总面积为 88 平方公里。太阳岛是从满语“鳊花鱼”的音译演变而来，满语对鳊花鱼有三种叫法：一是普通鳊花称“海花”，二是黑鳊花称“法卢”，还有一种圆鳊花称为“太宜安”，与“太阳”二字的发音十分相似。再则，岛内坡岗全是洁净的细沙，阳光下格外炽热，故称太阳岛，现为国家 AAAA 级旅游风景区。离景区的大门还有一段距离，大老远就看到有一块大石头横在前面，赵女士讲解说："这石叫太阳石。它长7.5米，厚2米，高4.3米，重150吨，是一块天然奇石。相传，太阳石为太上老君炼丹时遗落的仙丹。金太祖少年时曾在此石上磨刀励志，东北抗日联军李兆麟将军曾率人在此休息。"一边说，一边走，就到了太阳石前。我和小袁不由自主地走近太阳石，用手抚摸此石，隐隐地感到一种温热，似乎太上老君炼丹的余热仍在。

再往前行走就是太阳门了。太阳岛大门即太阳之门，坐落在太阳岛西部主入口处。太阳门全长68米，两端向太阳石方向环抱，主门高12.03米。大门为一大四小五个椭圆拱形门相连组成，其创意主题为"太阳的窗口"。中间的拱形大门与太阳石在同一中轴线上，行进方向为正东正西，由此可以面向日出日落。门前的巨石，坐落在光辉四射的太阳门中心位置，二者相互映衬，浑然天成，古朴大气。

我们三人行走在景区的小路上，一边漫步行走，一边欣赏着美景。时值金秋季节，枫红柏绿，金叶覆径，老圃黄花，四周白沙细浪，宛如置身于色彩绚丽的人间仙境。赵女士指着前面说，前面那个小岛，就是松鼠岛，岛上散养着人工驯化的松鼠近2000只。果不其然，走近松鼠岛，矫捷机敏的众多松鼠在丛林中上蹿下跳，机灵活泼，逗人欢笑。赵女士欢快地笑着，高兴得像个孩子。

看过松鼠岛，我们一同走到太阳岛公园北部的天鹅湖景点。景点内散养着黑天鹅、大天鹅、小天鹅、鸳鸯、绿头鸭、鸿雁、灰雁等游禽。景点的隐形音响里放着柴可夫斯基的芭蕾舞曲《天鹅湖》，曲调流畅舒展、典雅大方，听得人心儿陶醉。《天鹅湖》取材于民间传说，剧情为王子齐格费里德游天鹅湖，深深爱上了公主奥杰塔；奥杰塔在天鹅湖畔被恶魔变成了白天鹅。王子挑选新娘之夜，恶魔让他的女儿黑天鹅伪装成奥杰塔以欺骗王子。王子差一点上当受骗，最终及时发现将其扑杀之。白天鹅恢复了公主原形，与王子美满结合。赵女士屏息凝神地站在那儿听着音乐，我分明看到她的眼里噙着泪水。从闲聊中我和小袁得知，她们家曾开过好些年头的高档饭店，她任总经理，因丈夫死得早，就把饭店租赁出去了。她只有一个女儿，母女俩相依为命，总算熬了过来。而今，女儿也出嫁了，还生了一个小外孙。女婿在部队服役，也很孝顺。她和女儿生活在一起，一家人和和美美地挺幸福。《天鹅湖》的旋律难道勾起了她的伤心往事？我和小袁均不好打听，只好默默地看着她，她似乎察觉到了自己的失态，慌忙低下头，揩了一下眼睛，仰起脸淡淡地笑了笑，又领着我俩往前走。

位于1号门北侧的就是花卉园，占地7公顷，有牡丹、芍药等39个品种，北方稀有名贵花卉有20余万株。真是姹紫嫣红，异彩纷呈。

太阳岛围堤内靠近东部的地域，就是东北抗联纪念园，为纪念东北抗日联军而修建，以抗联战士组雕、湖水和草地为核心，通过主题雕塑、抗联营地和起伏的地形、树木、流水、巨石等景观相结合，再现了白山黑水间的抗日战场。在纪念园中，有一棵北方名贵树种名糖槭的大树被称为“抗联树”，树龄80余岁。此树树干虽已枯干，但其躯干处已长出新的子树，子树枝繁叶茂，郁郁葱葱，以此象征抗联英雄虽已故去，但革命的火种世代延续，抗联精神永垂不朽。

到了哈尔滨，太阳岛上的冰雪艺术馆不能不看。该馆占地5000平方米，内部净高7米，有冰景100余件，是世界上规模最大的室内冰雪艺术场馆。馆内冰景以松花江天然冰和人工雪为材料。该馆的意义在于使得在冬季才有的冰雪景观，可以在春、夏、秋三季的室内实现。馆内主要分为五个景区：第一部分是古韵生辉。借助敦煌壁画、龙门石窟、大同雕刻、大足石刻等中国远古艺术，展现人类文明与进步的历史。第二部分是梅园赏雪。反映中国悠久的造园艺术，把植物与冰雪巧妙结合，营造出“宛若天开”、艳绝千秋的神奇景色。各种品类的梅花争奇斗艳，煌煌夺目，令人目不暇接，叹为观止。第三部分是北疆冬趣。作品描述了黑龙江特有的林海雪原和少数民族的风土人情，以及黑龙江省内宝贵的野生动物、植物资源。第四部分是玉海龙宫。其特点是参与性、互动性强，有大河马滑梯、彩冰迷宫、大龙宫等。第五部分是异国风情。通过冰雪作品表现一些世界著名景观、文化遗产，如泰国皇宫、印度神像、罗马艺术广场等。最后我们看了太阳岛的美术馆。它展示了地域文化精髓，馆内设有“名人名家太阳岛主题书画作品”1000余件，是集专业展览、艺术采风、文化交流于一体的多功能艺术展览馆。

整整逛了一上午，我们都有点儿疲累了。出了太阳岛景区，我们坐上出租车，赵女士将我俩带到松花江畔的一个地锅炖饭店里。这个饭店是一个赫哲族人开的。我们要了一条肥肥的松花江鱼，现场开膛破肚之后，加足汤料，用熊熊燃烧的劈柴火在锅里炖着。我们又另要了几个特色小菜和美食小吃——松仁小肚、风味口条、哈尔滨熏鸡、大列巴、大拉皮、哈尔滨红肠，开了一瓶哈尔滨产的玉泉方瓶酒。松仁小肚是哈尔滨的特色传统名菜，它色泽红润，清香四溢，入口爽利，极易咀嚼。风味口条是哈尔滨有着百年历史的名菜，这道美味闻起来就芳香四溢，吃起来更是别有一番滋味。哈尔滨熏鸡是东北的一道特色小吃，东北的天气比较冷，熏制食品比较多，哈尔滨熏鸡就是其中极具代表性的一大特色美食。熏鸡肉质细腻，嚼起来满口生香。大列巴源于俄罗斯，这种大面包呈圆形，具有十分传统的欧洲风味，外皮焦脆，内瓤松软，味道芳香。大拉皮是东北地区的传统名吃，它的原料主要是木薯淀粉、红薯淀粉、豆类淀粉等，吃起来很是清爽开胃。哈尔滨红肠原产于东欧，而这种灌肠传到哈尔滨已有近百年的历史。与人们常见的香肠相比，哈尔滨红肠吃起来不仅不会油腻，还带有异国风味。

我们边吃边喝边聊。赵女士起先不愿喝酒，但经不住我俩的诚心相劝，她要了个小杯，也跟着我俩饮了起来。几杯酒下肚，我们的话匣子就打开了。我看着面色潮红的赵女士说："赵女士，有一句话我不知当讲不当讲，要是说错了，你也莫生气，就当我没说就行啦。""请讲！"赵女士含笑盯着我说。"你说说，你为什么对我们这俩陌生人这么好呢？"赵女士笑了，说："我想着你就是要问这个问题，我就实话告诉你吧，这就是人们常说的缘分，我和你俩刚一见面就觉得很投缘，特别是你那专心致志看摄影集的模样，深深地吸引了我。再则呢，我一问你俩是河南人，我就更加对你们有好感了。为什么呢？社会上有个别人对河南人看法不好，有误会，认为河南人素质差，坑蒙拐骗什么都干。我一见你俩就觉得你们这俩河南人是有文化的人，有涵养，有素质，起码不是坏人，并不像传说的那样。当时我的心里就想，你俩既然来了哈尔滨，就想帮帮你们，帮你俩做点什么，你们俩可千万不要认为我是一个轻浮的女人，那就大错特错了。我们东北人，性子直，有啥说啥，说话不拐弯抹角。你俩琢磨琢磨，看我说的是不是实话？"赵女士这一番话说得我和小袁很感动，一下子拉近了彼此之间的心灵距离，我俩对赵女士尚存的戒备之心一下子都烟消云散了。少了拘束，多了亲切，我俩轮流和赵女士又碰了几杯。"不喝了，不喝了，不能再喝了。"赵女士连连拒绝说。

这顿午饭吃得那叫一个愉快加豪爽！吃过午饭，赵女士乘兴领着我俩逛了哈尔滨市最有名的中央大街，其建筑充满欧式风格，被誉为"东方小巴黎"。赵女士掏钱给我俩每人买了一块马迭尔冰棍，要我俩尝一尝，说："有百多年历史呢，还不加膨化剂。”中午喝的酒正在胃里作热，拿到冰棍，我迫不及待地咬了一口，哇，好凉好凉！甜而不腻，冰中带香。吃进肚里，好爽好爽！一下子消融了胸中的许多热气。

不知不觉间，天黑了下来，“夜幕下的哈尔滨”降临了。大约是2008年的秋天，我读了陈玙的小说《夜幕下的哈尔滨》。该小说讲述了20世纪30年代日本占领我国东北后，以教师王一民为首的中共地下党员及爱国人士在中国共产党的领导下，与日本侵略者顽强斗争的故事。今天我站在这块洒满先烈们鲜血的热土上，心潮澎湃，思绪难抑，暗自下定决心一定要向先烈们学习，继承他们未竟的遗志，珍惜来之不易的幸福生活，努力工作，为党和祖国做出自己的贡献。

我在大街上徜徉着，思索着，大家一时都沉默起来。赵女士和小袁不知道我心里在想什么，以为我走累了，就提出找地方吃饭。赵女士提议今晚喝哈尔滨啤酒吃海底捞火锅，她说：“来哈尔滨不喝哈尔滨啤酒是挺遗憾的。”我俩均表示同意。最后由赵女士选定了一家饭店，我们要了火锅和哈啤，像一家人似的随意吃喝。每个人喝了不少啤酒，都微微有点醉意了，但大脑还很清醒。待小袁去吧台结账时，赵女士不知什么时候已经把账结过了。我和小袁一定要把钱补给赵女士，赵女士无论如何不要，她说：“有朋自远方来，不亦乐乎！我请你俩吃顿饭，尽地主之谊，有什么不应该的？”小袁连连说着“那怎么能行呢”，仍执意要给，眼看赵女士要生气了，我赶忙制止了。我和小袁说好明天一大早就走，感谢赵女士带着我俩转了一天，请她早点回家休息。赵女士点头说好。小袁叫了一辆出租车，付了 20 元车费（也不知道该付多少），请赵女士坐上车，关上车门。挥手告别之际，我们仨竟然都有点儿依依不舍的感觉。出租车跑出好远了，我俩同赵女士作别的手还没有放下来，仍然高高地举着。突然之间，我想起了一个问题，赶紧问小袁："你留赵女士的联系方式没有？以后邀请她来咱河南观光旅游呀！"小袁后悔不迭地说："唉唉，没留哩！你留了吗？"我也后悔不已地说："没留，没留，忘啦，忘啦！"从此一别，茫茫人海，何处寻觅赵女士呢？

夜深了，我同小袁都有点懊悔和丧气，胡乱找个旅馆住下，第二天天不亮，就坐出租车奔了哈尔滨南岗区火车站。透过车窗，望着渐行渐远尚在夜幕中沉睡的哈尔滨市，我俩心中既有缺憾，又颇感欣慰。缺憾的是忘记留存赵女士的联系号码了，欣慰的是此次旅游遭逢了聪明善良、气质高雅、冰清玉洁的东北美女赵女士。广袤的白山黑水地区，山美水美人更美啊！

这是 2011 年国庆长假旅游时发生的故事，就像做梦一样。

呵，梦之旅，让它永远留存在我们的心底吧！无论岁月怎样更替交叠，那美好的过往决不会磨灭和消失。

2020 年 11 月 15 日深夜两点写讫